中国作家协会重点作品扶持项目
山东省"齐鲁文艺高峰计划"重点项目

曾在部队扛过枪

衣向东 —— 著

天津出版传媒集团

百花文艺出版社

图书在版编目（CIP）数据

曾在部队扛过枪 / 衣向东著. -- 天津：百花文艺出版社, 2024.7. -- ISBN 978-7-5306-8896-0
Ⅰ. I247.5
中国国家版本馆CIP数据核字第2024LC0156号

曾在部队扛过枪
CENG ZAI BUDUI KANG GUO QIANG
衣向东　著

出　版　人：薛印胜
选题策划：汪惠仁
责任编辑：韩新枝　张　烁　　美术编辑：郭亚红
出版发行：百花文艺出版社
地　　址：天津市和平区西康路35号　邮编：300051
电话传真：+86-22-23332651（发行部）
　　　　　+86-22-23332656（总编室）
　　　　　+86-22-27862135（邮购部）
网　　址：http://www.baihuawenyi.com
印　　刷：山东临沂新华印刷物流集团有限责任公司
开　　本：900毫米×1300毫米　1/32
字　　数：200千字
印　　张：9.625
版　　次：2024年7月第1版
印　　次：2024年7月第1次印刷
定　　价：56.00元

如有印装质量问题，请与山东临沂新华印刷物流集团有限责任公司联系调换
地址：山东省临沂市高新技术产业开发区新华路1号
电话：(0539)2925886
邮编：276017

版权所有　侵权必究

一朝戎装，
终生兵魂。

——谨以此书，献给曾在部队扛过枪的战友

第一章

1

伴随着十几声枪响,一群惊鸟从胡杨林上空四散而去,几枚干枯的树叶被惊鸟的翅膀拍得稀碎。也就七八分钟,胡杨林便恢复了寂静。空气中飘浮着火药味儿,有风从远处的戈壁滩吹来,把萦绕在树梢的一缕硝烟吹得无影无踪。远处山脊上的皑皑白雪亮得刺眼,阳光铺在茫茫戈壁上,看上去很厚重,却没有温度。

两辆防暴车从胡杨林返回军营时,楼群深处浮出淡淡的夜色,在篮球场活动的士兵们满身汗水,歪坐在球场边说笑。林梳雨和反恐分队的战友走下防暴车,听到球场那边有几个人在打招呼,祝贺他们凯旋。林梳雨并不用心辨认谁在说话,也不去细听说了些什么,只是胡乱地朝球场方向挥挥手,忙着上楼冲澡。类似的"处突"任务,反恐大队每年经历几十次,不值得大惊小怪。

冲完澡,夜色还没有浓度。边疆的夜来得迟缓,已经九点多了，夜色中仍旧混杂着夕阳的光影。暮色是从地面开始升起的，最先覆盖了树木，然后是楼群上空，再之后是飘浮的白云。边疆的夜是黑不透的，白云之上总是有明亮的光影。

林梳雨正准备休息，通信员跑来通知，大队长要找林梳雨谈话。林梳雨去大队长办公室，发现教导员也在那里，两位领导见到林梳雨，争着夸赞他们小分队这次"处突"干得漂亮。林梳雨有些纳闷儿，这种小打小闹的"处突"任务，都是由中队组织完成的，大队领导很少专门听取汇报。林梳雨警觉地问："我们小分队不就是出去'吃了碗面条'，怎么，有'硬菜'了？"他这一问，两位领导语塞，屋内突然静下来。

林梳雨没来之前，大队长和教导员愁眉苦脸的，商量该怎么跟林梳雨谈话。反恐大队春季士兵复退名单下来了，里面竟然有林梳雨。确实很意外。林梳雨在反恐大队服役十二年，荣立一次二等功和四次三等功，他有资格留队转成四级士官。上级首长解释说："今年四级士官的名额太少了，只能忍痛割爱。"大队长不冷静地顶撞了首长，说："这哪是割爱，这是割我的心头肉！"

牢骚归牢骚，老兵复退工作还要做。大队长问教导员："你说怎么跟林梳雨谈？"林梳雨是个"兵痴"，非常热爱身上的军装，就没想过今年退役的事情，似乎只要他不提出退役，部队就会留他在军营干一辈子。大队长说："你是教导员，做思想工作的专家，你要跟林梳雨谈话。"教导员知道大队长故意把难题推给自己，就问："谁规定大队长不做思想工作了？"

两个人正推太极的时候,林梳雨来了,他们艰难地琢磨着怎么捅破窗户纸,把真话告诉林梳雨。

林梳雨感觉出屋里的气氛涩巴巴的,追问了一句:"怎么啦?大队长、教导员,这道'硬菜'没我的份儿?"大队长苦涩地一笑,朝教导员努嘴,示意去问教导员。教导员索性不绕弯子,直接跟林梳雨说了。林梳雨听明白后,身子僵在椅子上,好半天才缓过神来。

"噢。"林梳雨说了一个字,抬眼去看大队长和教导员,仿佛自己在做梦。他本来就不善言辞,这个时候更不知道怎么说了。

直到这时,林梳雨才意识到今天是自己在部队最后一次执行"处突"任务了,心里懊悔,早知道这样,应该把过程放慢,享受过程中的每个环节。

大队长和教导员一起扭头看窗外,故意避开林梳雨的目光。林梳雨的神情可怜巴巴的,很无奈的样子。教导员心里难受,没话找话,说:"我们大队特想留下你,就是没有名额……不过……或许还有机会,以后或许……"

林梳雨听不明白,怎么还有机会?还有机会留下来?他瞪大眼睛等待教导员说下去,满眼的渴望。教导员不说不行了,就发挥自己的想象力,继续编下去:"特殊情况下,你还可以回来……这几年海军空军召回了不少技术过硬的士官,我们边疆反恐部队越来越重要,这支特殊的部队以后很可能扩编,召回一些骨干力量。"教导员说完,喘了一口粗气,心里突然很佩服自己编故事的能力。

林梳雨轻轻叹息一声。他说:"你们在安慰我,我知道召回很难……不过教导员,如果以后真有召回,你和大队长一定别忘了我,行吧大队长?"

林梳雨转头去看大队长,希望再得到大队长的承诺。大队长心里责怪教导员,你这不是给自己找事嘛,他只能硬着头皮点头许诺:"那肯定,我们反恐大队有一个召回名额,也是你的,你放心好了。"

林梳雨站起来,身子晃荡了一下。他说:"谢谢大队长,谢谢教导员,就怕过几年你们也转业了,部队一个熟悉的领导都没有了……"

教导员张了张嘴,不等他说话,林梳雨已经走出屋子。教导员尴尬地咽了口唾液,其实他也不知道自己要说什么话。大队长抓起茶缸,饮驴一般咕噜咕噜喝了几大口水,他似乎刚刚穿越了塔克拉玛干沙漠,嗓子干渴得要冒烟。

教导员瞪了大队长一眼,想怼他几句,大队长却突然发神经,扯开嗓门儿喊道:"稍息,立正——!"

教导员一个字都懒得说了,憋着气离开大队长的屋子。

第二天上午,反恐大队的告示栏内就张贴出了复退士兵的名单,跟往年一样是用大红纸张榜的,上面点缀了两朵大红花。士兵们都围着看,林梳雨却躲得远远的,一整天都不敢从告示栏前走过。到了深夜,他才小心翼翼地走近告示栏,从榜上找到了自己的名字。尽管早就知道红榜里有自己，但看到自己的名字时，心里还是一揪。告示栏不远处就是训练场，一排排训练器材浸在月色里。军营门口的哨兵持枪伫立，枪刺在月色下闪着寒光，却看不清哨兵的面孔。还有五天林梳雨就要跟这些熟悉的场景告别，再想回来，只有在梦中了。

五天的时间很短，复退的士兵们有很多事情要处理，他们要购买各种物品，要跟战友老乡和部队驻地的熟人打招呼辞别，都很忙碌紧张。林梳雨却什么人都不想见，他只是给父亲打了个电话，语气淡淡地说了自己回家的时间，然后坐在宿舍里发呆。父亲得知他要退役，挺高兴的，答应亲自到高铁站接他。其实接不接站不重要，他只是要把退役这件事告知父亲。

林梳雨待在军营里，沙日娜就找上门了。她得知林梳雨复退的消息，在屋里偷偷哭泣，母亲理解她的心情，建议她到军营去跟林梳雨见一面。三年前的一场暴风雪中，如果没有林梳雨和他的战友们舍命相救，沙日娜不会存活下来。她曾一度爱上林梳雨，渴望成为他的新娘。甚至，沙日娜的父母亲自到部队，请部队的领导做月下老儿。沙日娜像天山上的雪莲一样冰清玉洁，艳而不妖。林梳雨告诉沙日娜，自己在老家有女朋友，为了证实自己没有说谎，他还把女朋友的照片拿给沙日娜看了。然而部队领导和战友们都觉得林梳雨说谎了，因为士兵们的女朋友休闲时候都会跟士兵们视频，还会千里迢迢到军营探亲，但是林梳雨照片上的女孩从来没有出现在林梳雨的生活中。

的确,林梳雨说谎了,照片上的女孩叫孙颖,他高中的女同学,已经去世十多年了。沙日娜却信了,这次她专门给林梳雨女朋友送来一块羊脂玉,是脖子上佩戴的挂件,并且在士兵们的注视下,主动拥抱了林梳雨。她知道这一别,可能就是永远。

林梳雨将羊脂玉挂件握在手里的瞬间,仿佛烫着了似的,手腕剧烈地抖动了一下。他猛然想起自己曾经送给孙颖一块翡翠雕琢的弥勒佛作为爱的信物,如今那块弥勒佛挂件在哪里?

离开军营的前一天,部队举行了士兵复退仪式,四百多名复退士兵列队站立,脱军帽,摘掉帽徽和警衔。这一瞬间很折磨人,再硬的汉子也要落下泪蛋子。一位大校首长走到队列前讲话:"同志们,战友们,铁打的营盘流水的兵,从今天开始,你们就成为一名光荣的复退老兵。虽然离开部队,但你们要记住,一朝戎装,终生兵魂!无论你们走到哪里,都要捍卫军人荣耀,要继续保持和发扬军人本色!若有战,召必回,战必胜!"

队伍响起山呼海啸的回应:"若有战,召必回,战必胜!"

林梳雨也跟着声嘶力竭地喊,嗓子快喊岔劈了。

他很想把自己的声音永远留在军营上空。

2

烟威市高铁站出口的醒目位置,竖起一块超大广告牌,上面写着"烟威市欢迎复退老兵载誉归来"。烟威市退役军人事务局以及政府相关单位,在出口设立了接待站。很多复退老兵的亲属早早抢占了出口的有利位置,手拿鲜花,翘首以待。天南海北归来的复退老兵刚走出高铁站,就被亲人们团团围住,父母送上拥抱,妻子或女友送上亲吻。

林梳雨从高铁站走出来,并没有看到父亲林芳晨的身影,他就在出口附近寻找。父亲办事谨慎,答应来车站接他,肯定不会忘记的。身边很嘈杂,有唱歌的,有敲锣打鼓的,各种欢迎仪式争奇斗艳。一些欢迎仪式感染了他,于是他摇身变为局外人,饶有兴味地到处观看。他被一个"凯旋门"吸引了,准确地说是被"凯旋门"两边的对联吸引了:

昨日光荣入伍壮志凌云,今日凯旋归乡意气风发。

什么人复退这么大的阵仗?林梳雨正疑惑时,突然发现一个熟悉的身影,仔细打量,是父亲林芳晨。林梳雨更惊奇了,他悄悄站到父亲身后,就听有人喊:"来了来了!"抬眼看去,一位白白净净的退伍兵穿过"凯旋门"走过来,有人将花环套在退伍兵的脖子上,林芳晨举着专业照相机,跑前跑后地拍摄,两条腿不停地倒腾着,那样子像争抢重大新闻的小报记者。从退伍兵的面孔上,林梳雨断定对方是新兵蛋子,也就当了三五年的兵。

他的判断没错,这个退伍兵叫吴一天,是烟威市开发区副主任吴铁城的儿子,只当了两年兵就退伍了,而且在部队服役期间是后勤兵,负责给厨房买菜,没真正地上过训练场。他高考成绩不好,考上了个三本,但他一直向往军营,大学一毕业就参军入伍了。吴一天今天退伍归乡,吴铁城在市政府开会,就让妻子鲁雪香接站。鲁雪香是一所幼儿园的园长,处于待退休状态,有大把的时间挥霍。

林梳雨胸前也有一朵大红花,那是他离开军营去高铁站的时候,教导员给他戴上的。他正看得出神,忽然听到有人问:"帅哥,需要帮助吗?"林梳雨转头看到一位穿军装的女干部正微笑地看着他胸前的大红花。林梳雨连忙摇头说:"谢谢啦,不需要。"尽管他说话的声音不大,父亲林芳晨还是听到了,转身看到了人堆后面的林梳雨。

"梳雨,你回来了?"林芳晨吃惊地说。

林梳雨迟疑地叫了一声"爸",父子对视,不知道再说点儿什么。林芳晨似乎是为了打破尴尬场面,忙指着身边的鲁雪香介绍说:"这是你鲁阿姨,开发区吴主任的妻子,这是鲁阿姨的儿子吴一天,今天退伍回来。"林梳雨恍然明白,父亲为了迎接顶头上司吴铁城的儿子,竟然对亲儿子不闻不问了。

林芳晨看着林梳雨,示意他跟吴主任的妻子鲁雪香打招呼,林梳雨却沉默不语。一边的米兜兜反应过来,急忙上前朝林梳雨伸出手,说:"你好,我是烟威市退役军人事务局的,欢迎你回家。"林梳雨淡漠地瞅了一眼米兜兜,并没有跟她握手。鲁雪香也反应过来,责怪说:"哎呀,林科长,你儿子今天也回来,你怎么不说?咱们正好一起欢迎啊!"林芳晨说:"没事的,他没跟我说哪天回来。"林芳晨给林梳雨使了一个眼色,说:"你一边等我,我马上就忙完了。"然后,又转头对吴一天和鲁雪香说:"来来,还缺少一段视频,鲁大姐,你跟儿子拥抱一下……"

"我没跟你说哪一天回来?"林梳雨鄙视地看了一眼父亲林芳晨,转身离去。

米兜兜感觉到父子间的不和谐,拦住了林梳雨,说:"你等等,我找个人送你回家。"林梳雨哼了一声:"我小人物,不敢劳驾退役军人事务局。"说完,他心里骂,退役军人事务局竟然为开发区副主任的儿子作秀,太恶心了!

林梳雨误解了米兜兜。退役军人事务局在高铁站设立了接待站,米兜兜来值班,吴主任的妻子鲁雪香是米兜兜的表姐,外甥吴一天退伍回来,于公于私她都要过来迎接一下。问题出在鲁雪香身上,为了迎接儿子,她别出心裁搞了个"凯旋门",还给开发区宣传科科长林芳晨打电话,让林芳晨到高铁站帮忙拍照。

米兜兜从林梳雨说话的口气中知道林梳雨误会了,她没有计较林梳雨的冷淡,连忙朝闺密喊:"叶雨含!叶上尉——!"

刚才跟林梳雨搭话的女军官快步走过来,她叫叶雨含,是烟威市预备役团的上尉训练参谋,被米兜兜拉来帮忙的。叶雨含来高铁站帮忙,其实也有私心,毕竟这些退伍军人大多要加入预备役,她分管预备役的训练,提前跟他们见个面也没有坏处。

叶雨含站在米兜兜面前说:"我在这儿呢,嚷嚷啥?好端端一个淑女,被你嚷嚷成卖豆腐的……"

米兜兜压低声音,急急地说:"快快,追上前面的帅哥,林科长的儿子,他好像误会我们了,你必须把他送回家。"

其实叶雨含在旁边已经看出了端倪,忙去追赶林梳雨。在马路边,林梳雨招呼排队的出租车,被叶雨含拦住了。她说:"嘿,帅哥,别叫出租车了,我送你回家。"林梳雨匆忙瞥了一眼叶雨含,说:"谢谢了,不敢劳烦你这么大的首长。"显然,话语里带着嘲讽。叶雨含解释说:"我可不是什么首长,我是烟威市预备役团的,奉命送你回家。"林梳雨压抑着自己的不满情绪,说:"你还是奉命去欢迎吴主任的儿子吧。"

出租车司机不耐烦了,摇下车窗问:"走不走?"林梳雨打开出租车的后备厢,刚放进行李,就被叶雨含一把抓出来。她也不说话,拎着行李朝自己的车走去,走得很有气势。林梳雨追上去喊:"你要干啥?给我行李!"

叶雨含走到自己的车旁,把行李放在后备厢里,对林梳雨说:"你是军人吧?执行命令是军人的天职,我奉命送你回家,必须完成任务,请你配合我的工作。"

叶雨含的眼睛盯着林梳雨,一脸严肃。叶雨含严肃起来,很硬气的。

"嘻,你这人,我说了不用你送……我也不值得你送,我只是一个普通的退伍兵。"林梳雨说话的声音软下来,显然他感觉到了叶雨含的硬气。

"你是一个普通的退伍兵,但每一个普通的退伍兵都是我们这座城市的骄傲,我生活在烟威市,是你的战友也算是你的老乡,欢迎你回家,请上车!"

林梳雨听了叶雨含的话有些动容,犹豫一下,拉开车门上车了。

车子启动后,开得很慢,叶雨含从后视镜看林梳雨,声音柔和起来。"帅哥,我们去哪里?"林梳雨看着窗外的人流,以及熟悉又陌生的城市,一脸茫然地说:"随便找个宾馆吧。"叶雨含有些吃惊:"你不回家?"他说:"没钥匙,进不了家门。"叶雨含觉得不对劲儿,把车慢慢靠到路边,停下,转过身说:"你妈不在家?给你妈打个电话,让她……"叶雨含没说完就意识到自己的话说多了,忙闭嘴。

林梳雨平静地说:"我妈在宁波。"

"在宁波?她在宁波做什么?"

林梳雨的表情起了变化,他厌烦地闭上眼睛,显然不想跟叶雨含说话了。叶雨含忙解释说:"抱歉,我问多了,我是宁波人,当兵到了烟威市。"

听到叶雨含的解释,林梳雨很认真地看了看叶雨含,她确实长了一张南方女人的脸。他正要说什么,手机响了,打开手机看了一眼,犹豫着接听,说道:"哦,我在车上了。"手机里传来父亲林芳晨的声音:"钥匙在老地方,门口鞋柜。我下午还要去单位一趟,你先回家休息,晚上跟我们吴主任一家吃饭,你鲁阿姨安排在酒店……"

林梳雨不等父亲说完便挂了电话,对叶雨含说:"文化路霞光小区。"

叶雨含点点头,启动车,她想跟林梳雨说点儿什么,回头看了他一眼,发现他又眯上了眼睛。就在她回头的瞬间,主路一辆车快速驶过来,撞在叶雨含的车头左侧。她急忙刹车,林梳雨的身子弹了起来。

寂静。两个人坐在车内一动不动,沉默地看着撞车的司机打开车门下车。司机是一个四十多岁的壮男人,手里拎着车钥匙,对着叶雨含的车轮子踹了一脚。

"怎么开的车?眼瞎了?"

叶雨含急忙下车,跟壮男人道歉:"对不起,对不起,我的责任……"

壮男人手里的车钥匙引起了林梳雨的注意,车钥匙环上带有一块翡翠雕琢的弥勒佛。林梳雨立即下车,盯着车钥匙看,刚看了两眼,壮男人就把钥匙装裤兜里了。

壮男人发现叶雨含和林梳雨都穿着军装,嚣张气焰收敛了一些,他气呼呼地说:"辅路并入主路,不看着后面的车?"叶雨含说:"我并道的时候,没发现后面有车。"壮男人看了林梳雨一眼,嘲讽叶雨含说:"你只顾着谈情说爱啊?你以为马路是你家花园吗?是偷情吧?只顾痛快不顾死活了?"

林梳雨终于忍不住了,说:"哪来这么多废话?该怎么处理就怎么处理,别说这些乱七八糟的。"

后面堵了很多车,有十几人下车查看情况。壮男人看到有人围观,突然发飙,故意煽动周围人的情绪,拖着长腔吆喝:"哎哟,你们强行并道,还挺横的。大家都看看这俩当兵的,他们什么关系?在车里干什么勾当?"

林梳雨说:"请你不要瞎嚷嚷,有事说事。"林梳雨对周围拍摄的人摆摆手,又说:"你们不要乱拍好不好?把手机放下!"

壮男人以为林梳雨害怕曝光,提高了声音喊:"我就嚷嚷,这都什么当兵的,一对狗男女!"林梳雨气愤地冲到壮男人面前,要跟他理论,壮男人看到人越来越多,更嚣张了:"怎么?你要动手打人?大家替我录个视频,当兵的打人啦!"

叶雨含把林梳雨推到后面,淡定地冲着录视频的镜头走去,边走边说:"你们拍视频发抖音是吧?那就拍吧,我是烟威市预备役团参谋叶雨含,今天到高铁站迎接复退老兵,这是我的军官证。"叶雨含亮出军官证,对着那些录视频的手机晃了晃。

叶雨含自报家门,围观的人禁不住鼓掌。叶雨含转身直视壮男人,弄得壮男人心虚地后退。她说:"我并道违反交通规则,愿意承担交通事故的责任。你在这里不分青红皂白散布谣言,损害我们军人的名誉和形象,知道该承担什么责任吗?"正说着,一辆警车开过来,显然有人报警了,众人纷纷闪开。叶雨含迎着交警走去,主动把驾照递给交警,说:"很抱歉,我从辅路进主路,没注意后面有车,我的责任,不过这个人……"叶雨含回头,发现壮男人不在了,他看到警察后有些心虚,快速上车离去了。

围观的人觉得没什么热闹可看了,也都上车离去。警察询问了情况,简单做了记录,就把驾照还给了叶雨含。

林梳雨站在那里发呆。叶雨含走到他身边,诧异地看着他说:"愣着干啥?上车。"

林梳雨突然有一种冲动,一定要找到这个壮男人,仔细看一下他车钥匙上的那块翡翠雕琢的弥勒佛。

3

林梳雨回到家里,发现父亲已经给他收拾好了房间。闲着无事,他打开背包收拾物品,把军帽摆在显眼的位置,把战友的合影放在床头柜上,把沙日娜送他的羊脂玉挂件放在抽屉里。整个下午,他脑子里一直晃荡着钥匙环上的弥勒佛,这个特殊的物件,又让他想起了初恋女友——高中女同学孙颖。十二年过去了,孙颖的命案仍旧石沉大海。

刚上高一的时候,母亲终于忍无可忍,跟父亲离婚了。母亲长得好看,父亲总是怀疑她跟别的男人有瓜葛,经常指责甚至打骂她。林梳雨的舅舅在宁波做生意,母亲离婚后,去宁波投奔了林梳雨的舅舅。那年林梳雨十七岁,母亲走后,他感觉家里突然空荡荡的,细想家里什么东西也没少,就少了母亲。他这才明白少了母亲的生活是空荡荡的。他哭了几次,就变得沉默寡言了。他不想让同学知道自己父母离婚的事情,但同桌的孙颖无意中看到了他的日记。孙颖跟他同岁,十七岁的女孩要比十七岁的男孩成熟很多,她用了一些小心思,尽量让他不孤单。正值青春期的林梳雨,在最孤单的时候得到了孙颖的温暖,很自然地喜欢上了她,甚至有一些依赖。母亲去宁波的时候,留给林梳雨一个小挂件,是翡翠雕琢的弥勒佛,价值两千多块钱,他送给了孙颖。

孙颖模样很甜美,身材丰满,很容易让人想起含苞待放的花朵。这种美具有诱惑力。孙颖胆子小,一个人都不敢走山路。有一次她坐在学校花园的排椅上,林梳雨悄悄走到她身后,吓得她失声尖叫。林梳雨掏出弥勒佛放在孙颖的手心里,说带上弥勒佛就不会害怕了。孙颖把弥勒佛挂在新买的双肩包上,她很喜欢这个双肩包。

林梳雨跟孙颖最后一次见面是在一个周六,两人去综合超市的电影院看了一场电影,走出电影院,在超市冷饮店买了两杯饮料,一边呡着一边转悠,经过花店时,孙颖站住了,盯着一位军人看。军人买了一束鲜花朝外走,孙颖竟然情不自禁地跟在军人身后走出超市,目送军人上车离去,这才回过神来。她对林梳雨说:"你信不信,他挑选的鲜花是送女朋友的。"林梳雨心里不爽,故意说:"不一定,可能送给老师或者母亲呢?"孙颖朝林梳雨翻白眼,弄得林梳雨急忙改口:"好吧好吧,你说得对,他是送给女朋友的。"

孙颖很认真地告诉林梳雨,她喜欢军人,希望林梳雨以后也能去部队当兵。她说:"我胆子小,你当兵可以保护我。"她说话的时候,口气像个长者,语重心长。林梳雨当场许诺报考军校,他的学习成绩比孙颖好很多,考军校不是难事。

孙颖点点头说:"嗯嗯,我信你。你穿着军装回来,也送我一束鲜花好吗?"

林梳雨说:"999朵玫瑰。"

"你能一直留在部队吗?"

"能是能,可你怎么办?"

孙颖羞涩一笑说:"我跟你到部队呀。"

"你说话可要算数。"林梳雨快活地笑了。

已经是半下午了,孙颖要去坐公交车回家。公交车站距离超市不远,步行也就十五分钟。因为两人的去向正好相反,林梳雨要送她去车站,被她拒绝了。她背着双肩包走到地下通道入口处,回身跟林梳雨挥了挥手。林梳雨看到双肩包上挂着的弥勒佛甩动几下,她的背影便消失在通道里。后来林梳雨回想这个场景时,恍惚觉得她走的不是地下通道,而是通往地狱之路。

晚饭时间,林梳雨接到孙颖父亲的电话,问孙颖在哪里,怎么还不回家。林梳雨说半下午时就回去了,她父亲很吃惊,说孙颖没有回家。到了第二天上午,就有警察找到林梳雨,反复询问他跟孙颖分手时的细节。第四天,警察在玉米地里找到了孙颖,人已遇害，上衣被什么人扒掉，蒙在她的头上。法医现场勘查推断，玉米地是孙颖被害的第一现场，她遭到性侵时奋力反抗，被罪犯用上衣堵住嘴巴憋死了。因为其间落了一场小雨，刑侦专家无法提取现场脚印，也没有找到有价值的物证。而且被害地点比较偏僻，周边没有任何监控。按照林梳雨的说辞，孙颖乘坐公交车回家了，怎么会在玉米地里遇害？玉米地旁边，有一条小道是通往樱桃镇的近路，办案警察推测孙颖是乘坐出租车或是搭顺风车的时候遇害的。折腾了几个月，案件没有进展。孙颖遇害后，林梳雨无法专心读书了，年底入伍去了边疆武警反恐大队。尽管人在军营，但林梳雨一直关注着孙颖案。他越来越焦虑，随着高科技的发展，很多沉睡二十多年的命案都破了，孙颖案何时才能水落石出？

今天偶然看到那男人车钥匙上的弥勒佛，林梳雨自然想起了孙颖的双肩包，遇害后她的双肩包去哪里了？车钥匙上的弥勒佛，会不会就是孙颖双肩包上的挂件？过去他只是思念孙颖，从来没想过追踪凶手，当然，即便想到了也没有分身术，现在回到家乡，完全有时间去做这件事。

他忙去找孙颖的照片，这才发现自己的退役证丢了。他的身份证和孙颖的照片一起夹在退役证里面，记得出高铁站的时候，证件还在裤兜里。他给叶雨含打电话，说自己的退役证可能丢在车上，里面还夹着身份证。叶雨含的车送到修理厂喷漆，只能明天取车的时候找一找。

傍晚时分,父亲林芳晨匆忙回家,要带林梳雨去参加鲁雪香的宴请。林梳雨说:"我不想吃饭了,你自己去吧。"林芳晨愣了一下,明白林梳雨为什么冷脸。他解释说:"本来安排好今天去高铁站接你,没想到昨天吴主任的妻子突然找我帮忙拍视频,我不好意思说去接你,怕她多想。我看吴主任儿子到高铁站的时间在你前面,接完他再去接你也来得及,没想到吴一天乘坐的高铁晚点了……"

林梳雨打断父亲的唠叨,说:"接不接我不重要,我长着腿,又不是三岁的小孩子。"

林芳晨觉得儿子林梳雨还在赌气,于是又说:"吴主任对我挺好的,为帮我解决副处的位子操了不少心,估计今年下半年就能解决。你正好借今晚吃饭的机会,认识一下吴主任。"

林梳雨反感地说:"我认识他干吗,我又不解决副处!"

林芳晨压抑着不满,瞪了一眼林梳雨说:"吴主任在咱们烟威市人脉很广,口碑也很好,你回来参加工作,各方面的关系都需要联络,说不定哪天他就能帮你大忙。"林梳雨没好气地说:"我不用他帮忙,你需要提副处,赶紧去陪他吃饭吧。"

林芳晨终于没耐性了,走出林梳雨房间,狠劲儿带上房门。

林芳晨给鲁雪香打电话,谎称林梳雨刚回家,身体有些不舒服,就不去吃饭了。鲁雪香也就不等了,招呼大家吃饭。在座的有思源贸易公司老总于德华和其妻子。于德华是吴铁城的初中同学,两家关系很好,所以今天吴一天的接风宴他们夫妻也来了。

在座的还有吴一天和他的"女朋友"真真,以及鲁雪香的表妹米兜兜。吴铁城在开发区开会,不确定会议什么时候结束,大家就边吃边等他。

鲁雪香给真真夹菜,真真坐在吴一天身边。鲁雪香说:"真真,你别拘束,快吃菜。"又对儿子吴一天说:"一天,你照顾真真,别就知道自己吃。"真真笑了,说:"鲁阿姨太客气了,我们今晚是给一天哥接风,我应该照顾好一天哥才对。"

米兜兜在一边夸张地瞪大眼睛,看着真真说:"哎哎,真真,你叫一天哥叫得太肉麻,我身上起鸡皮疙瘩了。"

众人哄笑。鲁雪香笑得很甜美。真真是鲁雪香替吴一天选定的女朋友,她对儿子说:"真真可是研究生毕业,会计师,你要多向她学习。"吴一天今晚第一次见真真,说不上喜欢,因此怼了鲁雪香一句:"学什么?我又不懂财会。"

鲁雪香瞪了瞪眼,不知道该说什么话。米兜兜忙替表姐训斥吴一天:"怎么,不懂财会还不懂追女孩子吗?当了两年兵当傻了!"

吴一天跟米兜兜差不了几岁,说话也就很随意,当即反驳说:"你不傻,到现在还没把自己推销出去。"

鲁雪香拍了儿子一巴掌,说:"怎么跟你小姨说话的?没个规矩!"

米兜兜说:"他什么时候尊重过我这个小姨了?"说着瞪吴一天,又说:"你妈妈在幼儿园天天抱别人的孩子,一直盼着能抱自己的孙子,半年前就忙着给你找女朋友,逢人就夸自己儿子多么优秀,就怕别人把她儿子当白痴。你跟真真好好处,别让你妈跟着焦急。"

米兜兜的话,让吴一天和真真都红了脸。鲁雪香也有些尴尬,对于德华夫妻说:"我表妹嘴皮子不饶人,活该嫁不出去。"

于德华笑了,说:"她嫁不出去?都把烟威市挑了个遍了,就差挖地三尺了。"

于德华刚说完,吴铁城突然推门进来,一身风尘,歉意地对大家点头,他走到吴一天面前,带着调侃的神色看着儿子,说:"林科长把视频发给我了,你们在车站搞得很隆重啊!"

于德华招呼吴铁城坐下,说:"你们当领导的也真不容易,开会开到这时候,都过饭点了。"吴铁城说:"今晚还算是早的,经常饿着肚子开到十点多。来吧,我不能喝酒,用水吧,首先欢迎吴一天同志光荣退伍!"

大家举杯。鲁雪香顺嘴说:"林科长的儿子今天也退伍回来,在高铁站碰上了,我让他们晚上过来一起吃饭,他们说有事。"吴铁城一愣,把筷子拍在桌子上说:"他在录视频,没去接儿子?"

"林科长说不知道儿子今天回来。"

"瞎说,他怎么可能不知道?嗐,这个林芳晨,传出去会是什么影响?别人会说你耍特权!"吴铁城说着,气愤地朝鲁雪香瞪眼。

鲁雪香很委屈,说:"我怎么耍特权了?我让他帮忙录视频,如果他告诉我他儿子今天也回来,我肯定不用他,找别人了。"

"他这个人就是心思重,想得太多了。当初他老婆跟他离婚,就是因为他整天疑神疑鬼的,怀疑他老婆跟这个跟那个……"吴铁城看了一眼米兜兜和真真,后面的话咽回去了。

于德华妻子问:"哪年离的?"鲁雪香没好气地说:"十好几年了,那时候他儿子刚上高中。他老婆我见过,原来在园林局上班,挺好的人,他三天两头打骂人家,谁受得了这种男人。"

于德华妻子还要问什么,被于德华打断了,他显然不想议论林芳晨了。于德华关心吴一天的工作安排,他问吴铁城:"吴一天能留在开发区吧?开发区比县市区的工资高两三倍。"吴铁城当即否定:"怎么可能。我在开发区,他去开发区让别人怎么说?"

鲁雪香不满地瞅了吴铁城一眼:"别人都不怕,就他事儿事儿的。"

"别人的事咱不管,但我不能这么干。我准备让他到霞光区办公室,跟着跑跑腿,锻炼一下。"

于德华说:"在区政府办公室也好,锻炼人。"他又转头问真真:"你在哪里上班?"

米兜兜抢答,替真真说了:"审计局,挺好的女孩,我姐姐亲自挑选的。"

吴铁城不屑一顾地看了一眼鲁雪香:"瞎操心!什么事情都跟着搅和!"

吴铁城并不是对真真不满意,不过真真听了这话有些尴尬,低头偷偷瞅了瞅鲁雪香,像是寻找救命稻草。

吴铁城当着真真的面怼了鲁雪香,让她很没面子,她脸色顿变,回怼:"你是不操心,家里什么事你操过心?儿子从小到大你就没管过,你有什么资格说话?"

米兜兜想不到自己的一句话挑起了战争,伸了一下舌头说:"好了好了,姐,别唠叨了,还说我嘴皮子不饶人,你训我姐夫像训孩子。"

"他那智商,还不如三岁的孩子。"鲁雪香说完这句话,又直截了当地问吴铁城,"你说真真这孩子不好吗?"

吴铁城语塞,不知道该怎么回答。平心而论,他并不了解真真。他气愤地朝鲁雪香瞪眼,心想,你的智商还不如一头驴,这种问题能在真真面前回答吗?

最后还是米兜兜给吴铁城和鲁雪香解了围,她说:"真真好不好,我们说了都不算,要听吴一天的。"

于德华夫妻连忙点头赞同,大家的目光都落在吴一天身上。吴一天却像一个局外人,茫然地问:"你们都看我干啥?"

第二章

4

按说退役回家后的第一个早晨,肯定要睡个懒觉,但林梳雨习惯了五点多醒来。醒来后他有些蒙,一时不知道自己在哪里,坐在那里晕乎了好半天,才想起已经离开军营了,现在在自己家里。他仔细叠好被子,到客厅活动身体,举哑铃,推腹肌轮,把自己折腾得满头大汗,也把隔壁屋子的林芳晨折腾起来了。

林芳晨到客厅瞅了一眼,差点儿被地板上的哑铃绊倒了。他问林梳雨喜欢吃什么早餐,要去厨房准备。林芳晨过去不做早餐,都是到外面小店小摊吃一口,顺路就去上班了。今天周六,林芳晨还要去单位加班,他几乎没休过周末。当然,很多政府机关部门周末都要加班,也不知道怎么养成了这种习惯。

林梳雨趴在地上推腹肌轮,气喘吁吁地说:"我吃饭不用你管,又不是没长手,我自己做。"林芳晨愣怔了片刻,心想我还懒得伺候你呢,掉头走进卫生间,洗漱完后,提着电脑包出门了。

　　林梳雨做完了晨练,冲了个澡,去厨房准备早餐。当兵的人都在炊事班帮过厨,做饭不是难事。一个煎鸡蛋、几片牛肉、一碗小米粥。他没敢多吃,因为中午要吃大餐。离开部队前,几个同学得知他退役的消息,提前约好给他接风洗尘,聚餐地点在宏通大厦的好事来文化传媒有限公司,距离林梳雨家小区一个小时路程。好事来文化传媒有限公司的总经理郝世爱是林梳雨高中的同学,这几年公司专门打造网红,直播带货赚了不少钱。听说林梳雨退役,郝世爱动了心思,在他看来,林梳雨作为反恐部队的特种兵,很适合打造成网红。

　　上午十点多钟,林梳雨出门了,穿了一身迷彩服。宏通大厦是一栋写字楼,林梳雨走到门口的时候,他前面的年轻女孩突然被保安拦住了。保安四十多岁,他指了指女孩抱着的小狗,很严肃地提醒,不能携带宠物进入写字楼。女孩身边有两个小伙子,上前跟保安解释,说女孩不去别的单位,就去他们公司。保安说不管去哪个单位,带宠物就不能进写字楼。两个小伙子很不友好地瞅了保安一眼,对女孩说:"走走,懒得跟他废话。"

　　三个人继续朝里面走去,保安急了,喊了一声:"站住!回来!"

　　林梳雨已经走在女孩前面了,他不喜欢看热闹。听到背后保安的一声喊,林梳雨突然站定了,仿佛保安喊的是他。林梳雨转身,看到保安挺胸抬头,迈着有力的步伐走到女孩前面,伸出胳膊挡住了她的去路:"请你退出去,谢谢你的配合。"

女孩视而不见,绕开保安继续朝前走。保安一把抓住女孩的胳膊,但不等她说话,两个小伙子冲上去,跟保安厮打起来。保安左躲右闪,被动地抵挡袭来的拳脚,头上的大檐帽被打飞了。

林梳雨忍不住出手了,抓住一个小伙子的衣领使劲儿一拽,就把他摔在地上。两个小伙子打量着林梳雨,大概觉得自己不是林梳雨的对手,就说:"你再动我们一下,我们就报警了!"林梳雨不理睬他们,弯腰捡起地上的大檐帽,递给保安说:"老班长,你的帽子。"

保安愣住了,看到林梳雨一身迷彩服,问林梳雨:"你怎么知道我当过兵?"林梳雨说:"你刚才那一声'站住',只有当过兵的人才能喊出这味道,而且你至少当了七八年兵。军人的口令,不是谁都可以喊出味道来的,就像酱缸里腌黄瓜,越久味道越浓。"

保安一脸激动,连连点头:"我是1998年的兵,北海舰队,2011年退伍,当了十三年兵。你呢?"

"你退伍那年,我刚入伍不久,昨天退伍回来。你是老班长。"

林梳雨给保安戴上帽子,行一个军礼。保安忙双腿并拢,回礼。他们敬礼的气势,仿佛哨兵的上下岗交接。两个小伙子和女孩看傻了眼,很识趣地退出大堂。

好事来文化传媒有限公司在大厦五楼,里面布置得像茶馆,一切摆设都古香古色的,很有文化气息。屋子中央的一张长条桌上摆放着餐具和各种瓜果,两边坐着十几个男女,看到林梳雨走进屋子,都站起来鼓掌。

"欢迎老同学!"公司的总经理郝世爱说着,上前跟林梳雨握手。

林梳雨仔细打量郝世爱,虽然是高中同学,彼此却很陌生,在高中分手后,只见过三两次,他长得什么模样都忘了。林梳雨半开玩笑地说:"郝总,这么大的排面啊。"

绰号"大熊猫"的同学说:"郝世爱为了给你接风洗尘,把我们都召集来了。"

林梳雨说:"哎哟,大熊猫,好几年不见了,你媳妇呢?"

大熊猫朝一个女孩招手,说:"小邱,过来介绍一下,这位就是林梳雨。"说着,又小声跟林梳雨说:"别搞岔劈了,这是我女朋友小邱。"

这时候,一个女孩站到林梳雨身边,一直微笑着看他。郝世爱指着女孩说:"林梳雨,你看这是谁?认识不认识?"大熊猫起哄说:"你不认识,一会儿要罚酒。"林梳雨愣住了,瞅了女孩半天,显然想不起来了。大熊猫嚷起来:"嗐,你都不认识她?孙颖的妹妹孙娜呀!"

林梳雨跟孙娜只见过一面,那时候孙娜才十二岁,像丑小鸭,现在二十五岁,变成大美女了。

"仔细看,长得还真像你姐孙颖。"林梳雨惊讶地说。

郝世爱说:"人家亲姐妹,能不像吗?高二的时候,同学们都知道你跟她姐孙颖谈恋爱。"

大熊猫抢着说话:"郝世爱请客,谁也不准带老婆,只准带女朋友。知道你还单身,就让孙娜来陪你,想得够细致吧?"

林梳雨不好意思地笑笑。

郝世爱解释说:"带老婆来太烦了,一点儿气氛都没有。好多同学说你因为孙颖一直不结婚,是真的?"林梳雨看了一眼孙娜,连忙摇头:"谁说的啊?瞎掰,没合适的。"

郝世爱笑了,说:"女朋友的事,包给我了。"

大熊猫急忙拍马屁,说:"郝世爱的公司专门打造网红美女,你随便挑选。"

大熊猫的女朋友小邱说:"郝总,能不能把我也打造成网红?"

大熊猫瞪了她一眼:"你一边去!你要不要脸了?你要是成了网红,我能把你的脸打肿。"

郝世爱不愿听:"谁说网红不要脸了?"

众人哄笑。

郝世爱又说:"要什么网红呀,孙娜不就很合适吗?"

大家都去看林梳雨和孙娜,说两个人还真有夫妻相,说得孙娜满脸绯红。

入席的时候,孙娜很自然地坐在林梳雨身边。几杯酒下肚,气氛热烈起来,大熊猫拿起早已准备好的话筒开始唱歌。嘈杂的音乐声、说话声充满了房间。微醉的男女都在窃窃私语,做着各种小动作。好几对男女离开餐桌,歪坐到旁边的沙发上,把林梳雨冷落在一边。

林梳雨不习惯这种场合,他悄悄离开屋子,走出写字楼后,长舒了一口气,拿出手机准备叫一辆出租车。孙娜从后面跟上来,喊了一声:"梳雨哥,你要走了?"

林梳雨一愣,不知道该怎么回答,有些尴尬:"哦哦,我有点儿事情,你回去跟我同学郝世爱说一声,我先走了。"

孙娜说:"我也走了。"

林梳雨迟疑了一下,问:"你现在在哪里上班?"

孙娜说:"我开了一家玩具厂,你有空去指导一下?"

两人沿着马路边的一条小路慢慢地走着。柳树刚刚吐芽,大多数树木还光秃秃的,小路显得很空旷。一些绿色的植物已经在树下悄悄地冒出头来,抢先享受春天的阳光,大有"春江水暖鸭先知"的味道。马路上很嘈杂,但小路挺清静的,有好几对谈恋爱的男女,相互依偎着从林梳雨身边走过。

林梳雨问孙娜她爸妈都好吗。孙娜说都好,说着抬眼看了看林梳雨,压低声音说:"他们好几次念叨你。"林梳雨有些吃惊:"念叨我?念叨我什么?我去你家的时候,他们不在家,从来没见过我啊。"孙娜说:"我姐高中跟你谈恋爱,我爸妈都知道,他们说如果我姐活着跟你成家了,肯定会很幸福,还说……"

孙娜不说了,显然后面的话很伤感。林梳雨突然站住了,看着孙娜,又想起孙颖的双肩包,本来想问双肩包的去向,转念一想,孙娜那时候还小,不可能知道这些事,转而问孙颖的墓地在哪里。孙娜说:"就在樱桃镇。"

两个人不说话了,仍旧沿着小路沉默地朝前走,走到月子中心的时候,被一堆人堵住了去路。月子中心的大门口摆放了两排大鼓,一些穿花花绿绿衣服的人手拿乐器站在那里。人群中,有位穿白大褂的妇女突然把路边的一个大鼓掀翻了,朝身边的胖男人说:"你们赶紧把这些东西撤走,不然我都给你们砸了。"胖男人穿白衬衣,一看就知道是政府工作人员,他很愤怒,警告妇女说:"你别在这儿捣乱好不好?领导的车队一会儿就过来,你再捣乱我们就报警。"

穿白大褂的妇女说:"我怕你报警呀?我们月子中心有三十多个刚出生的孩子,你们敲锣打鼓的,惊吓了孩子,谁负责!"

胖男人烦躁地说:"你跟我说没用,你找上边。"

"上边,上边是谁?"妇女追问。

胖男人的对讲机传来叽里呱啦的声音,胖男人听了很紧张,没时间跟妇女纠缠了,忙朝手拿鼓槌的壮汉们挥手,让大家做好擂鼓的准备。

站在旁边的林梳雨听明白了,他看了看月子中心的楼房,又看了看前面的路口。远远地,一支车队刚拐弯朝这边驶来。林梳雨瞬间起步,飞奔过去,站在马路中央拦住了车队。两个穿白衬衣的男人快速冲上去,把林梳雨架住,想尽快带离现场,却被林梳雨一把挣开。

很快,三四个"白衬衣"增援过来,围住了林梳雨。

5

退役军人事务局每个周六上午加班,主要是给上班族提供方便。米兜兜走进安置科办公室的时候,她的同事王姐已经到了,正在收拾屋内卫生。米兜兜发现自己办公桌上有杯热奶,问王姐谁放这儿的。王姐很有深意地笑了笑:"还能是谁?你明知故问。"

米兜兜抓起热奶去了维权科。丁科长正认真地往茶杯里放茶叶,有一根茶叶掉在桌子上,他小心地往茶杯里捏,捏了几次才成功捏进杯子里。抬头发现米兜兜站在身边,忙站起来。

米兜兜把热奶放在丁科长办公桌上说:"丁科长,谢谢你,以后不要麻烦了。"丁科长羞涩地笑笑,说不麻烦,只是顺路买的。米兜兜说:"我不用你买,我不习惯别人给我买东西。"说完,米兜兜转身走了。

丁科长看了一眼办公室里一男一女两个同事,有些尴尬。男同事为了缓解丁科长的尴尬,说:"谈朋友,男的追女的不丢人,追到手就变成护花使者了,以后早晨你还给她买热奶,一直坚持下去,总有一天会打动她的。"女同事仰着一张冬瓜脸,翻了翻白眼说:"都三十岁的剩女了,她傲气什么呀,不就是表姐夫在开发区当了个副主任,好像多大官似的。"男同事听出女同事话中酸溜溜的味道,替米兜兜申辩:"米兜兜把什么事情都看得风轻云淡,还真没靠那个副主任,她傲气是因为长得好看,有傲气的资本。"

女同事的脸都被气绿了,用一本书拍了拍桌子上的灰尘,并狠劲儿对着桌子吹了几口。其实桌子上并没有灰尘。

半上午,米兜兜被分管她的副局长谭春燕喊到办公室,询问了复退军人的接站情况,叮嘱她尽快把今年的复退军人花名册报上来。安置科科长调走了,暂时由米兜兜主持工作。谭春燕叮嘱米兜兜说:"今年省局对复退军人安置特别重视,要求不能出任何问题,这段时间你辛苦一下,主持安置科的工作,年底我给你申请个副科长。"

米兜兜慌了,忙说:"千万别呀谭局长,你让我干什么都行,就是别让我当领导,干不了,干不了,真的干不了。"

米兜兜满嘴的"干不了",谭春燕恨铁不成钢地说:"你怎么一点儿上进心都没有?"

米兜兜无奈地摊开双手:"没能力也就没梦想,没梦想也就没担当,现在这样就挺好。"

"你这岁数就'躺平'了?开发区吴主任还特意跟我交代,让我好好锤炼你。作为公务员你竟然说没担当,不如趁早辞职!"

米兜兜意识到自己说错话了,忙解释:"说错了,不是没担当,是没胆量,真的不敢挑重担。谭局,求你了,你就别培养我了……"

谭春燕气得翻白眼,说:"你以为不当科长就不用承担责任了?就可以偷懒了?告诉你,安置科就让你负责,出了问题处理你!"

米兜兜离开谭春燕办公室,心情很不爽,就给闺密叶雨含打电话,说自己活得太累,需要放松一下,霞光路新开了一家小龙虾店,小龙虾好不好吃都在其次,关键是他们店里的红烧猪蹄特别好吃,中午过去品尝,下午一起看电影。

叶雨含的车还在汽修厂,她跟米兜兜通话后,就去汽修厂取车。她还记得林梳雨打电话的事情,打开后车门,寻找林梳雨的退役证,果然落在车上。她从退役证里取出身份证,正反两面看了看,知道林梳雨是1993年5月11日出生的,比她小四岁。她把身份证放回退役证里的时候,感觉里面还有东西,仔细摸了摸,摸出一张女孩的照片,背面写着"孙颖"。她猜测这个叫孙颖的女孩,一定跟林梳雨有特殊关系,否则不会跟身份证放在一起随身携带。

叶雨含有着明星般的长相,穿军装英姿飒爽,虽然追求她的人很多,但没有交往超过三个月的,好多人都觉得叶雨含太挑剔,甚至不敢给她介绍男朋友了。米兜兜曾问她选择男友的标准,她说没有标准,身高、长相、职业、贫富、性格之类都不是标准,感觉好才是标准。这话没毛病,就算你设定的这些条件男人全都符合,但在一起感觉不好,这些条件就等于零。尽管叶雨含也不知道自己要找个什么样的,不过有一点她很清楚,就是这个男人得跟自己有相同的精神品质,有坚定的毅力,能够让她心动,让她有安全感,让她的生活惬意随性,当然更重要的是这个男人要重感情,对爱忠贞不渝。这样的男人有吗?别的不说,对爱忠贞不渝这一条,就能淘汰百分之八十的男人。到后来,叶雨含都懒得相亲了,觉得一辈子单身挺好的。

从汽修厂开上车,叶雨含直接去了退役军人事务局门口。米兜兜走出大院的时候,叶雨含已经在外面等她二十分钟了。两个人见面刚说几句话,丁科长从后面追出来,邀请米兜兜一起吃午饭,看到叶雨含,他有些不好意思,说:"叶参谋,好久不见了,给个机会,中午一起坐坐?霞光路新开了一家小龙虾店,听说很不错。"

叶雨含看了一眼米兜兜,刚要说话就被米兜兜抢话了:"不好意思啊丁科长,我们几个朋友约好了,去友谊路的馨园酒楼。"

叶雨含也反应过来,频频点头。米兜兜坐进叶雨含的车,说猪蹄啃不成了,那就去馨园酒楼吧。叶雨含觉得丁科长人挺好的,不明白米兜兜为什么看不上丁科长:"你到底想找个什么样的?别追求完美了。"米兜兜说:"我真没太大追求,谭局长年底准备让我当副科长,可吓死宝宝了,这辈子我就想当个小虾米,在河边晃呀晃呀,衣食无忧就满足了。"叶雨含说:"你和丁科长都是公务员,以后还愁吃穿吗?"

米兜兜突然转头,朝叶雨含翻了翻眼皮说:"那要看怎么吃穿了。"

叶雨含明白米兜兜的意思,她说的吃穿不是普通人的吃穿。叶雨含说:"看你这死猪不怕开水烫的表情,真想对你脑门儿踹上两脚。"

两个人在馨园酒楼吃完午饭，步行去隔街的电影院看电影，发现街道旁有很多戴红袖箍的人在维持秩序。叶雨含觉得奇怪，问："今天有什么重大活动？"米兜兜说："领导下来检查'创城'工作。"叶雨含有些蒙："什么创城？"米兜兜说："创建文明城市，我们快被折腾死了。"

正说着，前面传来吵闹声，叶雨含朝街心看去，就看到一个穿迷彩服的人跟四五个穿白衬衣的人厮打在一起。她愣住了，这不是林科长的儿子林梳雨吗？米兜兜也看清了，跟着叶雨含朝街心跑去。

穿白衬衣的人折腾半天也没拦住林梳雨，他跑到车队前张开了双臂大喊："停车！停车！我要见领导！我要见领导！"

车队停下来，一位穿西装的领导下车，走到林梳雨面前："说吧，你有什么事情？"

林梳雨对着领导行一个军礼，领导没有丝毫准备，在林梳雨敬礼之后，才慌忙并拢双腿挺直身子，动作有些滑稽。周边很多围观的群众用手机拍照和录视频，这些年发抖音似乎比命还重要，有的人被狗咬了，被驴踢了，死到临头还不忘拍个视频发抖音。

林梳雨恳求说："领导，车队不能从这里经过，请你下命令，让前面的锣鼓队撤走！"领导不明白锣鼓队什么意思，林梳雨解释说："前面月子中心门口摆了一支锣鼓队，欢迎领导下来检查工作，月子中心有很多刚出生的婴儿，敲锣打鼓会惊吓到他们。"

领导看到那么多人拍视频,点了点头,朝前面张望,看到路边披红挂绿的人,便转头询问身边陪同的人怎么回事。穿白衬衣的胖男人已经跑过来,凑到领导面前耳语几句,领导突然恼怒,推开了胖男人,责问:"谁让你们夹道欢迎的?谁让你们敲锣打鼓的?撤了!"领导又回头对车队的人喊:"把车停在这儿。"

领导一行人从月子中心前走过去,林梳雨松了口气。孙娜紧张地跑到林梳雨面前问:"梳雨哥,你没伤着吧?"林梳雨发现孙娜的眼里满是惶恐和关爱,心里一热,说:"没事,总算化解了险情。"

林梳雨和孙娜正准备走开,两名警察拦住了他们的去路。警察问:"喝酒了吧?"林梳雨有些蒙,本能地点点头:"同学聚会,喝了两杯啤酒,可我没开车呀。"警察说:"我们想了解一些情况,请你配合一下,跟我们到派出所。"

林梳雨犹豫了,在他的印象中,只有犯了事才会被警察带回派出所。这时候,一直躲在人群后面的叶雨含忍不住站出来替林梳雨解困,没别的意思,就是觉得都是当兵的,而且也见过面,这个时候总要出来帮两句。她走到警察身边问:"哎,警察同志,为什么要把他带回派出所?你们误会了。"警察反问:"我们误会什么了?我们就是了解一些情况。"

林梳雨没想到会在这儿遇到叶雨含,惊讶地瞅了她一眼。他跟叶雨含目光相遇的瞬间,感觉内心某个地方酥软了,并发出断裂的声音。他很慌张,似乎是为了逃避叶雨含,他忙跟着警察走了。

叶雨含瞅着林梳雨身后的孙娜,心想,这女孩我在哪儿见过……

猛然间想起了林梳雨退役证里夹着的女孩照片,就招呼米兜兜一起去了派出所。

孙娜站在派出所外等候林梳雨,叶雨含走过去跟孙娜搭话,问她是不是叫孙颖。孙娜愣怔了一下,说:"你认识孙颖?"叶雨含不知道该怎么回答了,如果说认识,对方问怎么认识的,会很尴尬;如果说不认识,对方又可能会问那你怎么知道孙颖这个名字的。叶雨含只能不说话,对孙娜意味不明地微笑了一下。很多时候,笑是万能的,可以替代很多语言。恰好这时候林梳雨从派出所出来了,他也就进去了十几分钟,警察问了他的身份和刚才发生的事情,笔录都没做就让他离开了。

叶雨含迎着林梳雨走过去,把退役证交给他说:"还真掉在我车上了。"林梳雨接过退役证,说了声"谢谢"就匆忙跟孙娜走开了。米兜兜就站在叶雨含身后,林梳雨竟然没看她一眼。米兜兜有些生气,觉得她被林梳雨严重忽略了,故意朝林梳雨身后喊:"林梳雨,请你抓紧去退役军人事务局报到!"

林梳雨仿佛没听到,脚步没有任何迟疑。米兜兜有些尴尬,瞅着林梳雨的背影,瞪眼说:"叶上尉你看见了吧?这个人……脑子有病吧?"

叶雨含没说话,目光一直落在孙娜的背影上。

林梳雨在马路上拦截领导的视频,当天下午就传开了,父亲林芳晨看到后很生气,没心思上班了,急匆匆回家找林梳雨。林梳雨不在家,地板上放着一些训练器材。他立即给林梳雨打电话,说有急事找他,问他在哪里。林梳雨猜到是什么事情了,说在外面办事,晚上回家再说。

林芳晨晚上回家直奔林梳雨房间,也没敲门,直接推门而入。林梳雨正跟在宁波的母亲视频,他把手机顺势扣在床上,问林芳晨有什么事。林芳晨气呼呼地说:"什么事情你不知道?为给你安置工作,我厚着脸皮到处求人,你却在外面惹是生非,你神经病呀去管那些闲事?就你这个样子,哪个单位敢要你?"林梳雨不想跟父亲辩论,他只是直截了当地说:"我就是神经病,就爱管闲事,爱谁谁,我的工作不用你操心,我的事情不用你管。"

林芳晨气得说不出话,摔门而去。林梳雨又拿起手机,视频中的母亲很惊慌,问发生了什么事情,林梳雨平淡地说没大事。母亲知道林芳晨的臭脾气,他跟林梳雨住在一起肯定吵架。她说:"梳雨,答应妈,年底结婚好不好?我这辈子什么心事都没有了,就操你的心,都三十多岁的人了,要有自己的家,不能跟你爸住一起。"

母亲说这话的时候眼圈红了。

6

叶雨含在训练场组织预备役团的战士训练,她这种身材和美貌,穿一身作训服,柔中带刚,有一种说不出的魅力。参谋长姜少华皱着眉头走过来,问今年有多少预备役士兵,叶雨含说武装部那边的名单还没传过来。姜少华有些生气了,说:"你就不能打电话催一催?"参谋长指着办公楼上的一行大字说:"听党指挥,能打胜仗,怎么打?现在咱们预备役干部比战士多,而且不少是技术兵,能拉出来的就这些人吧?"

叶雨含看了看训练场上的六十多名战士,点了点头。

姜少华又说:"打仗就要有人,我们的人在哪里?遇到突发情况顶得住吗?我说过多少次了,我们最强大的战斗力就是复转军人,尤其是预备役士兵,一定要想办法把他们组织起来,凝聚成钢铁拳头!"

姜少华说着,攥紧了拳头挥动几下。

叶雨含明白参谋长姜少华的意思。这些年部队整编,曾经驻扎在烟威市的几支部队都被调走了,应对重大自然灾害就要靠预备役队伍。预备役特训方队分为两部分,一部分是干部,一部分是士兵,干部转业后大都安置在政府机关,至少也是事业编,而且很多人都在领导岗位上,工作繁忙,很少会参加预备役的训练和大比武。再说了,转业干部的岁数普遍比士兵大,而且多数在部队机关工作,在一线部队带兵的很少,他们的身体素质和训练技能也不如士兵好,因此退役的士官和士兵是预备役的骨干力量。按照规定,士官和士兵在退伍时,部队在退役证上已经标明他们被列入预备役,回到地方后,他们必须到退役军人事务局和武装部报到,否则就无法办理落户等一切手续。问题是,很多退伍的士官和士兵回到家乡,没有稳定的工作,为了生活四处奔走,即便是到退役军人事务局和武装部登记造册后,也不跟预备役团联系,他们只是预备役花名册上的数字。这也无可厚非,他们没有稳定的生活,哪有心思参加预备役训练?如果不主动联系他们,他们就永远藏在人海中,成为一盘散沙。

预备役师每年秋季都要组织军事大比武,烟威市预备役团一直是中游水平。预备役大比武,其实就是士兵预备役的比拼,尤其是那些从特种部队回来的士官,他们之前都是因为军事素质过硬转成士官留在部队,在特种部队多次参加各种战斗任务,训练有素,是预备役大比武中攻营拔寨的"尖兵"。姜少华几年前就问过叶雨含:"我们什么时候能在预备役秋季军事大比武中拿个冠军?"叶雨含知道这是参谋长对她委婉的批评,心里就憋着一股劲儿,想尽办法从退役的士兵中物色"兵王"。这几年,叶雨含瞅准机会摸排人选,选拔了二十名军事素质过硬的退伍兵组建了士兵预备役特训方队,暗中进行训练,准备在下一次军事大比武中异军突起。但姜少华并不满意,说烟威市至少要组织两百人的士兵预备役特训方队。叶雨含心里叫苦,别说两百人的特训方队了,就是一百人的士兵预备役队伍都很难凑够人数。

训练场上传来战士喊号子的声音,姜少华又皱起眉头。六十多名战士喊破了嗓子也喊不出排山倒海的气势。他是从野战部队调过来的,听惯了气势磅礴的呐喊声。他对叶雨含说:"你要主动跟退役军人事务局沟通,复退军人的工作安置不仅是退役军人事务局的事情,也应当成为我们预备役团的一项重要任务,你要尽快跟退伍战士建立起情感通道。"

叶雨含没说话。姜少华有些生气,追问:"你听明白了吗?有难题需要我出面,及时向我报告。"

叶雨含双脚立定,行了个军礼,干脆地回答:"是,参谋长,坚决执行您的命令!"

说完,她自己先笑了。姜少华拿她没脾气,朝她翻了个白眼,甩着胳膊大步走开。不管什么时候、什么场合,参谋长姜少华走路永远是雄赳赳的步伐。

叶雨含回到办公室,给米兜兜打电话,问林梳雨到退役军人事务局报到没有。她已经问了几次了,米兜兜觉得不寻常,问叶雨含:"几个意思?这么快就盯上了?寝食不安了是吧?"

叶雨含听了米兜兜的调侃,不知道该怎么回击她,气得挂了电话。确实,在今年的退役士兵中,她盯上了林梳雨,还特意让米兜兜查了林梳雨的情况。那天在月子中心前的大街上,她看到林梳雨一人对付四五个穿白衬衣的人,就知道林梳雨是特种兵出身,身手不凡,是自己要找的"尖兵"。

赌气挂了电话后,叶雨含心里更生气,猜测米兜兜一定在那边看着手机坏笑,于是她又拨通米兜兜的手机:"米兜兜,我不像你那么着急嫁人好不好?你才寝食不安呢。"

果然,手机里传来米兜兜咯咯的笑声。笑够了,米兜兜才说:"林梳雨昨天来报到了,今年转业干部、退役士官和复员战士总计上百人,基本到齐了。"

叶雨含立即跟武装部联系,要来了今年符合预备役人员要求的士兵花名册,挨个儿打电话,通知他们下周二下午穿春季作训服到预备役团训练场上参加军事考核,挑选军事素质过硬的加入士兵预备役特训方队。她在给林梳雨打电话的时候,特意介绍了士兵预备役特训方队的情况,林梳雨只回了一句:"知道了。"

士兵预备役特训方队的队长叫王猛,叶雨含也给他打了电话,让他带几个老队员下周二去当考官。王猛入伍前上过武校,入伍后被挑选到空军特战队,二级士官,号称特战队的"兵王",四年前退役,被招聘到烟威市保安公司担任副总经理,人称"王总",不过他更喜欢别人喊他"王司令"。叶雨含组建士兵预备役特训方队的时候,任命他担任队长,一方面是因为他曾是空军特战队队员,另一方面是因为士兵预备役特训方队大多数队员在他的保安公司工作。

退伍兵在预备役团训练场上集合,看到熟悉的训练器材,感觉很亲切,都忍不住去摸几下。王猛趁机在这些预备役士兵的"新兵蛋子"面前展示自己的军事素质,从单杠第一练习做到第五练习,博得了士兵们的掌声。林梳雨却摇摇头,嘴里情不自禁地冒出一句:"太不标准了。"

尽管声音很小,还是被身边的一个兵听到了,他侧头瞅着林梳雨,一脸不友好的表情:"不标准?你上去做个示范呀?"

林梳雨自知失言,转身要走开,却被对方拦住:"别走啊,厌了?哎王总,他嘲讽你的单杠动作稀松一裤裆,咱们鼓掌,让他做个示范吧。"

拦住林梳雨的兵叫赵庆波,去年退役的二级士官,曾在陆战旅大比武中拿过名次,被王猛招聘到保安公司担任部门队长,成为王猛手下最得力的助手。单论军事素质赵庆波还是不错的,只是处事有些鲁莽。

王猛听了赵庆波的吆喝,不动声色地打量林梳雨,弄得林梳雨挺尴尬。恰好这时候,有个兵边走边喊:"谁叫林梳雨?哪位是林梳雨?"

这兵走路有些跛,显然腿脚不利索。

林梳雨听到有人喊自己,忙举起手臂说:"我是,在这儿!"

喊叫的兵紧跑几步,朝林梳雨伸出手:"你好,我叫贾亮,在视频上看到你,我猜你是特种兵出身,哪个特种部队的?"林梳雨被贾亮的问话弄蒙了,贾亮忙解释说:"就是你在大街上拦截领导车队的视频,把四五个家伙撂倒了,我就看出你是特种兵。"林梳雨不知道该怎么回答,只能笑着不说话。王猛在一边听明白了,他看过林梳雨拦截车队的视频,心里咯噔了一下,立即意识到对面这个人,以后可能会成为自己的竞争对手。

叶雨含手里拿着几个文件夹走过来,快速扫了一眼面前的退伍兵,也就四十多人,心里有些失落,最多也就能挑选出十个八个的人编入特训方队。她对王猛说:"召集大家集合!"

王猛立即抖擞精神,跑到前面的空地上大声喊道:"听口令!

排头在左,成横队,面向我集合!动作要快!"集合完毕,王猛跑到叶雨含面前,磕腿立定,举手敬礼:"报告叶参谋,队伍集合完毕,请您指示!预备役特训方队队长王猛。"

林梳雨看着王猛的一举一动,心想,这家伙在部队是个好兵。

叶雨含走到队列前面,喊了一声"稍息":"我给大家介绍一下,王猛,空军特战队二级士官,2019年退役,担任我们士兵预备役特训方队队长。我们的预备役特训方队,主要是为了参加预备役师举行的秋季军事大比武,以及特殊日子的训练表演,今天所有参加特训方队选拔的同志,要完成五个项目的测试,下面请王猛队长讲解注意事项。"

王猛并没有讲解注意事项,而是突然走到林梳雨面前,脸上露出傲慢的表情:"你,出列!"

林梳雨愣了一下,跨步出列。王猛说:"擒拿格斗,如果你赢了我,可以留下,输了,那你只配在大街上丢人现眼!"王猛随即拉出了格斗的姿势,虎视林梳雨。他的用意是杀鸡给猴看,打掉林梳雨的锐气,震慑所有人。林梳雨站着没动,目光投向叶雨含,想看她如何处置王猛的故意挑衅。叶雨含没有任何表示,她也想借机看看林梳雨的真实能力。

贾亮看不惯王猛的霸道,一瘸一拐地站出来说:"让我先来。"

林梳雨被迫迎战,上前一步把贾亮挡在身后,拉出格斗的姿势跟王猛对峙。他先做出一个试探步,王猛迅速出拳,林梳雨佯装躲闪不及,被王猛击中锁骨。随后,林梳雨一记勾拳直奔王猛下巴,王猛左胳膊推挡开林梳雨的勾拳,顺势抓住他的胳膊,准备上步反腕制服他。其实林梳雨的勾拳只是幌子,他已经试探出王猛进攻的特点,在王猛上步的瞬间,左脚一个小勾绊,趁着王猛站立不稳的瞬间,右腿侧踹,王猛的身子横着飞出几步远,重重地摔在地上。

叶雨含表面不动声色,心里却美滋滋的。终于有人能够打败王猛了,以后一定会上演龙虎争霸的好戏。

退伍兵们静止了三五秒,随即发出叫好声和鼓掌声。王猛快速从地上弹跳起来,怒视林梳雨。林梳雨淡定地问:"王队长,我可以留下来了吗?"

叶雨含不失时机地站在两人中间说:"我给大家介绍一下,这位是边疆武警反恐大队三级士官林梳雨。王猛队长,恭喜你手下又多了一位得力干将,今年咱们士兵预备役特训方队,要多补充这样的新生力量。"王猛和林梳雨对视,眼神中掩藏不住对对方的排斥。其实人和人对一下眼,就知道彼此的气场是否融合。

测试分为三个小组进行。赵庆波负责测试穿越障碍物,贾亮准备起跑的时候被赵庆波喊停了。赵庆波说:"不要浪费时间,你被淘汰了。"贾亮问:"凭什么淘汰我?"赵庆波看了看他的跛脚,说:"你心里清楚,还要我说吗?这里不是残疾人运动会。"其实贾亮的残疾并不严重,只是走路略微跛脚,不影响他做任何动作。贾亮气得嘴唇哆嗦,提出跟赵庆波一决胜负。周围的士兵们立即起哄。赵庆波笑了,觉得贾亮是自取其辱,于是把手里的文件夹丢在地上,跟贾亮一起奔向障碍物。高空障碍攀登、地面匍匐前进、翻越高架铁丝网、快速奔袭后的池塘泅渡……他们身后,退伍兵扯着嗓子喊叫,最终在众人的欢呼声中,贾亮率先到达终点,领先赵庆波四十多秒。赵庆波喘着粗气,瞅着贾亮的跛脚,不敢相信自己会输给这只跛脚。他哪里知道,贾亮曾是陆战旅侦察分队一级士官,因在执行任务中负伤,退役时被评为二级甲等残疾。

叶雨含负责测试单双杠,有个退伍兵说自己双杠转体下杠的动作总是不标准,希望叶雨含做个示范。叶雨含愣怔一下,明白对方想测试她这个训练参谋的水平,于是纵身跃上双杠,身体摆动,在到达最高点时旋转,一手松开,一手单臂撑杠,用力一推,身子越过双杠,腰肢柔软地弯曲,双脚稳稳落地,动作舒展优美。

在部队训练时,单双杠落地必须有专人保护。叶雨含上杠的时候,林梳雨急忙站到双杠一侧,在叶雨含落地的瞬间,用胳膊托住叶雨含的腰肢。尽管他的担心是多余的,但叶雨含还是看了他一眼,目光里含着感激。

林梳雨莫名其妙地脸红了,忙把头转到一边。

就在这时候,预备役团大门口传来吵闹声,似乎有人要进大院,被哨兵拦住不放。叶雨含忙跑过去查看情况。吵闹声不仅没有停止,反而愈加激烈,能够清晰地听到叶雨含愤怒的声音。

林梳雨朝大门口张望了几次,终于忍不住也走过去。

大门口站着一个四十多岁的男子,张牙舞爪地跟叶雨含和哨兵争吵,言语中夹带着脏话,显然争吵已经升级。林梳雨大致听明白了,男子曾经跟预备役团有过纠纷,多年前由政府出面解决完了,现在男子觉得不公平,又来找预备役团的领导讨要经济补偿。叶雨含耐心解释,这件事应当去找政府解决,预备役团不能随便进入。男子对叶雨含说:"政府跟你们穿一条裤子,我就要找你们预备役团的首长。"

男子试图摆脱哨兵的阻拦冲进大院,被哨兵用力推开。男子顺势倒在哨兵脚边,朝行人大声叫喊,声称哨兵打人。哨兵瞅着在脚边滚来滚去的男子,气得瞪圆了眼睛,却一句话也说不出来。男子知道当兵的有纪律,不会对他动手,就肆无忌惮地躺在地上耍无赖。林梳雨偷偷地瞥了叶雨含一眼,发现叶雨含站在一边不吭声,冷冷地瞅着地上的男子。林梳雨被叶雨含的眼神刺痛了,内心很羞愧,他在部队一直为家乡人的纯朴而骄傲,家乡人怎么突然变成这个样子啦?

林梳雨冲着地上的男人喊:"快起来吧,别丢人现眼了,我都替你脸红,欺负当兵的不敢打你是吧?那我来教训你!"林梳雨说着摁住地上的男子,作势就要动手,叶雨含慌了,慌乱中抱住林梳雨的腰,使劲儿拽他起来。叶雨含说:"你回去,这儿交给派出所来处理。"

说话间,一辆警车停在旁边,两名警察跳下车。林梳雨这才明白,叶雨含早就报警了。一名五十多岁的老警察走到叶雨含身边,简单交流几句后,对地上躺着的男人说:"赶紧起来,跟我到派出所。"男子躺着不动,老警察指了指大门口的一块牌子说:"你看看那上面写着什么?哨兵神圣,不可侵犯!你侵犯了哨兵,是自己起来上车,还是我把你铐起来?"

男子不再坚持了,爬起来跟警察申辩。警察推了他一把:"有话去派出所说,上车!"

叶雨含看着男子走上警车,对林梳雨说:"别招惹这种无赖,被他赖上能扒你一层皮。"说完,叶雨含率先走回训练场。

男子这一闹腾,拖延了测试进程,结束的时候天色已晚,退伍兵都匆忙离开预备役团大院。贾亮边走边寻找林梳雨的身影,不料却撞上了赵庆波的目光。他立即用鄙视的目光回击了赵庆波。赵庆波有些羞恼,大声质问:"你朝谁瞪眼?新兵蛋子别牛烘烘的,以后我慢慢陪你玩,把你另一条腿也玩瘸了!"

赵庆波的话太没水平了,他不能拿贾亮的腿说事。贾亮恼怒,冲过去要跟赵庆波理论,背后有人拽住了他,回身一看是林梳雨。

林梳雨说:"别冲动,都是战友。"

贾亮说:"这熊兵倚老卖老,我才不惯着他。你现在去哪儿?我正找你呢,该吃晚饭了,找个地方坐坐吧。"

林梳雨说:"不客气,有事你就说。"

"有事,很多话想跟你说。走吧,找个地方慢慢说。"

林梳雨犹豫了一下:"我跟一个老战友约好了,今晚聚聚。要不,一起过去?"

"好好,你等着,我开车去。"

贾亮说完,快速跑到停车场,把车开到路边,让林梳雨上车。林梳雨打量着贾亮的新越野车,边上车边夸赞:"行啊,刚回来就买新车了。"贾亮轻描淡写地说:"我腿脚不利索,有辆车方便。反正有一笔退伍费,留着又不能生小崽。你也要买一辆,不用太贵的,代步工具。"林梳雨笑了笑,没说话。贾亮又说:"我观察了一下,今年退伍的这批战友,你军事素质最过硬,我看不惯王猛牛烘烘的样子,不会听他摆布,咱俩重新组建一个特训方队好不好?不跟王猛掺和在一起。"

林梳雨也觉得王猛和赵庆波太自负了,于是点头说:"这个王猛不好相处,特训队队员大都是他们保安公司的人,没有人敢顶撞他,所以他很霸道,我去跟叶参谋商量一下,我们自己组建一个特训方队,看叶参谋同不同意。"

贾亮兴奋地说:"就这么定了,我跟你干!如果叶参谋不同意,我们就不参加特训方队了,反正我不会让赵庆波这种人指挥我。"

林梳雨带着贾亮去了战友李晓飞的宠物用品商店。李晓飞跟他同年入伍去边疆,被分在警犬基地,成了一名训犬员。退役后他很失落,特别想念自己的那些特殊的"战友",加之没有合适的工作,于是开了一家宠物用品店,在院子里养了金毛、边牧和拉布拉多,连女朋友也不谈了,跟三条狗终日相伴,被亲友看成"没出息"的人。他并不太在意,觉得单身挺好,仍旧晃晃悠悠地打发日子。

李晓飞的宠物用品店临街,房子后面有个小院,他就在小院里摆了张小桌,从街面饭店叫了几个菜招待林梳雨和贾亮。饭菜上桌后,金毛、拉布拉多和边牧三条狗迅速趴在桌子前面,眼巴巴地看着。李晓飞叮嘱三个毛孩子老实点儿,家里有客人了,看谁表现更好。他跟三个毛孩子唠叨的样子,很像一个家庭主妇。林梳雨忍不住笑了,说李晓飞一点儿退伍兵的样子都没有了。李晓飞说:"退伍兵应该是什么样子?慢慢你就知道了,生活不像你们想的那么美好。"李晓飞边说边打开一瓶"衣品福延"酱香白酒:"我一位朋友的私人定制酒,很不错。"

贾亮忙拿开自己面前的酒杯说:"我开车。"

"找代驾。"李晓飞的口气很硬,容不得商量。

贾亮抬眼看了看李晓飞:"也对,也对呀,倒酒!"

李晓飞端起酒杯,对林梳雨说:"来吧老战友,我不跟你拼酒,就是陪你喝两杯,要论喝酒,我没见过谁能把你喝醉。网上说你喝醉酒在大街上闹事,扯淡,我一看就知道是有人造谣。"

贾亮忙说:"我看过那个视频了,真给我们退伍兵壮威。"

林梳雨跟李晓飞碰杯,喝了一口,抿了抿嘴唇:"爱说啥说啥,我做事凭良心,月子中心那么多刚出生的婴儿,你在人家门口敲锣打鼓的,能不惊吓了婴儿?这事让你遇见了,你也会管。"

李晓飞立即说:"管,肯定管,我放狗咬他们。"

趴在地上的三个毛孩子同时站起来,李晓飞忙说:"趴下!"

三个毛孩子又同时趴下。贾亮要给它们肉,被李晓飞制止:"你别喂,它们跟孩子一样,不能养成坏毛病。"

前面宠物店有人喊叫:"晓飞,又忙着开直播?给我拿一瓶洗浴液。"

李晓飞拍了拍拉布拉多的头:"多多,你去给客人拿一瓶香香。"

拉布拉多快乐地跑去。边牧和金毛一脸羡慕,仍旧安静地趴在地上。

林梳雨笑了:"行啊老战友,训练狗是你的老本行。"

李晓飞无奈地说:"我从部队回来四年了,什么事情也没干成,就养了这三个毛孩子,把那点儿退伍费都花光了,我爹妈说我不走正路,懒得管我了。今年年初疫情结束,我看到抖音里有人直播毛孩子才艺表演,我心想,训练毛孩子,我是专家,就开了一家宠物用品店,每天晚上直播带货,让三个毛孩子卖萌耍宝。"

说话间,拉布拉多回来了,李晓飞给了多多一块肉。林梳雨问李晓飞:"你回来后,跟警犬基地有联系吗?"李晓飞摇头:"不联系了,彻底忘了。"贾亮不解地看了看李晓飞:"你说忘就忘了?我怎么每天晚上做梦还在部队?"李晓飞叹了一口气:"别说部队了,别让我晚上又梦见那些警犬。"贾亮笑了:"你是嘴硬,不可能忘掉。"

李晓飞强行转移话题,问林梳雨和贾亮回来被安排在什么单位。因为贾亮是残疾军人,优先安排在矿山机械厂保卫科上班,国企单位,据说工资还可以。林梳雨的工作没有眉目,却也不用担心,因为复退军人的安置会严格按照在部队积攒的分数排名,他的分数很高,单位不会太差。他对李晓飞说:"其实我有些害怕上班,在部队搞了十几年训练,突然停下来,不太适应。"

李晓飞听懂了,点点头:"要尽快适应,至少要学会做表面文章,学会拍马屁。"

林梳雨瞪了李晓飞一眼:"我才不呢,爱谁谁。喝酒,走一个。"

林梳雨到家的时候已经晚上十二点多了,他担心惊动了父亲,将钥匙插进锁孔,很小心地扭动,然后轻轻推开门。他愣住了,客厅亮着灯,父亲林芳晨坐在客厅沙发上,静静地看着他。

林芳晨站起身,夸张地看了一眼墙上的挂钟,说:"以后晚上十一点前必须回家,没事别老出门,少跟你那些同学战友掺和在一起。"林梳雨想跟父亲解释几句,林芳晨转身进了自己房间。

林梳雨进屋,目光不经意间触碰到了放在桌子上的战友合影,他拿起照片看着,恍惚中远处有军号声响起,有铿锵的脚步声由远及近……

第三章

7

林梳雨退役回来后，林芳晨就开始为儿子的工作安置操心，这天他又跑到吴铁城副主任的办公室，希望林梳雨能安置在开发区。吴铁城平时很随和，下属有了困难都喜欢跟他倾诉。林芳晨当了十几年科长，一直没解决副处，吴铁城调到开发区任副主任，分管宣传教育，跟林芳晨接触了一年多，觉得他人很老实，也有才华和能力，就是性格不太好。在常委会上，吴铁城专门说了林芳晨的事情，希望尽快为他解决副处。林芳晨得知这个信息后，心里非常感动，每次遇见吴铁城，都会立即站定，给吴铁城鞠个躬。

孩子的工作安置是大事，吴铁城自然认真对待，不过现在退役军人安置都是透明的，他答应跟退役军人事务局那边沟通一下。林芳晨出门的时候，吴铁城说："这件事我记住了，你不要瞎跑了。"吴铁城这么说,林芳晨心里踏实了许多。

林芳晨一直焦虑地等结果。最近一段时间,很多符合安置条件的复退军人陆续上班了,吴铁城的儿子被安置到霞光区政府办公室,林梳雨的工作单位却一直没有落实。林芳晨坐不住了,心想吴铁城可能忘了林梳雨的事情,他决定去退役军人事务局询问一下情况。

分管退役安置工作的副局长谭春燕接待了林芳晨,因为米兜兜主持安置科的工作,谭春燕把米兜兜也喊到接待室。林芳晨情绪有些激动,说退役军人事务局不按规矩来,很多条件不如林梳雨的退伍兵都已经安置好了工作。谭春燕耐心给林芳晨解释,林梳雨在今年这一批复退军人中分数很高,是重点安置人员,退役军人事务局非常重视,跟编办多次沟通,尽可能给林梳雨安排一个合适的工作,正因为这个原因,才一直拖到现在。

谭春燕说:"为了林梳雨的工作,吴铁城主任还给我们打过电话。"

林芳晨愣了一下:"吴主任打电话了?"

"打了,不过我跟你说林科长,你谁也不要找了,就回去等着,林梳雨的工作很快就会有结果。"谭春燕说着,指了指旁边的米兜兜,"这是我们安置科代理科长米兜兜,你以后有什么事情,就直接给她打电话。"

米兜兜尴尬地笑笑,心想,我怎么就成代理科长了?千万别赶鸭子上架,我可不想当这个科长。正想着,看到林芳晨要跟她加微信,忙掏出手机。

果然,林芳晨去退役军人事务局的一周后,林梳雨就接到了报到通知,他被安排到烟威市委政法委下属的综合治理中心。吴铁城得知后,特意给林芳晨打电话祝贺,林梳雨不是干部身份,能安排在综治中心非常不错。林芳晨觉得脸上很有面子,去单位的时候遇见熟人就微笑着点头,仿佛浸泡在水里的生菜,立马支棱起来了。

林梳雨上班的前一天晚上,林芳晨特意跟儿子谈话,要把自己多年在政府机关工作的经验传授给他。林芳晨坐在沙发上,膝盖上放着一个笔记本,跟坐在对面的林梳雨说:"综合治理中心是一个重要的单位,现在各级政府很重视利用'枫桥经验',防控化解重大风险隐患,你刚参加工作,不熟悉这方面的业务,要从头学习。"说着,林芳晨翻了翻膝盖上的笔记本,其实他笔记本里根本没这方面的内容。

"以我这么多年在政府工作的经验,你要学会'四勤',就是脑勤、手勤、腿勤、嘴勤。脑勤,就是遇到事情要多思考……"林芳晨正说得声情并茂,林梳雨拿起手机站起来,说:"你不用跟我唠叨这么多,虽然部队跟地方工作性质不一样,但能在部队干好,就能在地方干好。"

林梳雨说完,直接回了房间。林芳晨很气愤地合上了笔记本,无奈地摇头。

林梳雨去综合治理中心报到,先去见了单位一把手邱主任。

邱主任上下打量着林梳雨说:"你坐,坐吧,非常欢迎你到我们综治中心,政法委王书记专门给我介绍了你,你在部队很优秀。今年有好几个转业干部想进我们单位,都没有进来,你作为退役士官能来,说明组织上对你很关照。"

林梳雨忙说:"感谢邱主任,感谢组织的关怀。"

"部队的工作跟地方完全不一样,可能会有一个适应阶段。在部队只要刻苦训练就行了,我们地方工作需要动脑子……"

林梳雨说:"在部队也需要动脑子,尤其是处置突发事件,没脑子怎么行?"

林梳雨很反感这种话,似乎当兵的就是四肢发达、头脑简单。其实真的是大错特错。突发事件现场情况瞬息万变,"处突"不仅需要胆识,更需要智慧。不过即便心里反感,这些话也不应该当面说出来。

邱主任皱眉头,不满被林梳雨打断话:"你们当兵的,容易冲动,我们综治中心不管做什么事情,需要头脑冷静,千万不要鲁莽,我看过网上流传的你的视频……"

林梳雨很不舒服地动了动身子,再次打断邱主任的话,解释说:"邱主任你误会了,我那不是鲁莽……"

邱主任终于不耐烦了,站起身子说:"我还有个会,以后再聊。"

邱主任率先朝外走,林梳雨忙从椅子上站起来,跟在后面出屋。

林梳雨回到自己办公室，同屋的人还没有来，他忙去搞卫生。第一天上班，作为办公室的新同志，总要有个姿态。他擦完地板，又拿着抹布擦办公室窗台。窗台旁的一张桌子桌面乱糟糟的，几本书散落开，还有吃过的快餐盒没丢。林梳雨迟疑一下，把桌子上的快餐盒丢掉，把散乱的书码放整齐。

这时候，一位女同事走进办公室，发现林梳雨在动她的书，老远就尖叫："哎哎，放着放着……你搞好自己的卫生就行了，我的桌子不用你收拾。"

林梳雨愣了一下，拿起抹布走开。女同事随即把码放整齐的书又推倒了，显然是故意做给林梳雨看的。林梳雨愣了一下，有些尴尬。

一位男同事进屋，发现屋子收拾利索了，看了一眼林梳雨，坐到自己办公桌前，突然发现桌子下面的纸箱不见了，就喊："哎，我的纸箱呢？"

林梳雨忙说："纸箱子……我丢了，还有用吗？我以为是破烂儿。"

"什么破烂儿！没用我会放这儿？我是用来装杂物的。"

"对不起，我去给你找回来。"

林梳雨急忙出屋。身后，女同事跟男同事说："我最讨厌别人乱动我的东西。"

林梳雨走出屋，在楼道走着齐步去前面的厕所，纸箱子被他丢在厕所垃圾箱旁边。楼道的拐角处有两个人在抽烟，看着林梳雨的背影,他们笑着议论:"这哥们儿是有点儿傻。"说着,两人在楼道模仿林梳雨走路的姿势。正模仿着,林梳雨拿着纸箱从厕所走出来,看到两个人在模仿自己,他装作没看见,依旧迈着标准的步伐从他们身边走过。

一整天,林梳雨呆坐在自己的办公桌前,没什么事情可做,也没有人给他安排事情,甚至没有人主动跟他搭话。林梳雨心里委屈,我得罪谁了?都是初次见面,怎么一个个都黑着脸?其实在他来报到之前,有个二十多岁的女孩借调过来工作了一年多,大家都很喜欢她,原定要正式调过来,中途被林梳雨顶替了,离开办公室的时候哭成泪人。邱主任给大家解释说:"把林梳雨安置进来是政治任务,无法拒绝。"一听是强行安置进来的"政治任务",大家就对林梳雨有了反感,似乎他是通过不正当途径插队进来的。再后来,他们摸清了林梳雨的底细,找出了他在大街上拦截领导车队的视频,初步判断他是个傻货,还没见面就对他有了抵触情绪。

这样沉闷了一周,林梳雨像是一直憋在水底,想浮出水面透口气,于是给贾亮打电话,约了晚上去烧烤街见面。烧烤街很火爆,上百张餐桌摆在大街两侧,空气中弥漫着烟熏火燎的味道。林梳雨要了烤串和几个小菜,还有一箱啤酒,边喝边跟贾亮吐苦水:"我们跟谁讲理啊,都觉得我们当兵的四肢发达、头脑简单,是鲁智深一样的莽汉……这全是偏见!"

贾亮也深有感触,骂了一句:"他们把当兵的都看成傻子,好像部队是培养呆傻人员的大学校。说真的,你让他们扒拉一下,中国有多少企业家、大老板和领导干部是从部队出来的!"

"干一个!凭什么都看不起我们?凭什么嘲笑我们?"林梳雨的语气,似乎在跟谁赌气,在酒精的刺激下,他终于可以释放自己的情绪。

"让他们嘲笑吧,我们连死都不怕,还怕被嘲笑?"贾亮一口气干掉了杯子里的酒。他说得没错,他和林梳雨都参加过多次重大"处突"任务,经历过生死考验。

有句俗语叫"屋漏偏遇连阴雨"。林梳雨因为在大街上拦截领导的车队,给综治中心的领导和同事留下不好的印象,偏偏这种事情总是让他碰上。在他们左侧的摊位上,坐了五六个小伙子,袒胸露背,正大声叫嚣着喝酒。贾亮嫌他们声音太吵,斜眼瞅了瞅几个男人。恰在这时候,一个黄毛小伙子端起一杯啤酒转身,要跟身后座位的女孩子碰杯,因为喝了很多酒,说话都不利索:"美女,碰一下。"

黄毛小伙子身后的位子只坐了两个女孩子,她们没搭理黄毛。

黄毛很生气:"不给我面子?"

一个女孩瞪眼说:"凭什么给你面子?"

"凭什么?就凭我想跟你交个朋友。"黄毛一脸无赖相。

两个女孩子低头,不再搭理黄毛。黄毛的同伙们笑了,嘲讽黄毛太窝囊了,干脆把脑袋塞进裤裆里吧。黄毛被同伴嘲讽很没面子,借着酒劲儿,他拿出了草寇的嘴脸喊道:"真不给我面子?我让你们跟我碰杯,听到了没有!"

两个女孩一看情况不妙,站起身子准备离开。黄毛抓住一个女孩的胳膊,疼得女孩尖叫起来。黄毛恶狠狠地说:"想走?不跟我碰杯,你休想走!"

林梳雨突然站起来,横跨一步,抓住黄毛的胳膊使劲儿一拧,将女孩从黄毛手里解救出来,自己挡在她身前。黄毛努力挤出一脸凶相,朝林梳雨喊:"你他妈谁呀?想找打啊?滚一边去!"林梳雨很温和地说:"你不是想喝酒吗?我跟你碰杯。"说着,林梳雨回身抓起自己的酒杯,举到了黄毛眼前。黄毛被林梳雨的淡定镇住了,正犹豫着,几个同伙围上来,围住了林梳雨上下打量,推测着林梳雨的实力。

林梳雨淡然地看着几个人,沉默。

贾亮坐在座位上没动,悠闲地喝了一口啤酒。

突然间,有人挥手打掉了林梳雨手里的酒杯,这似乎就是动手的信号,几个人同时扑向林梳雨。林梳雨几个跳步,躲闪开几个人的拳脚,不等他出手,贾亮已经抢在他前面接住几个人的拳脚。贾亮心想,公共场所只要一出手就会被人拍照,林梳雨在政府部门上班,不能让他再成为焦点人物。但林梳雨也不能站着看热闹,两个人砍瓜切菜一般,将几个人干翻在地。

围观的人鼓掌叫好,自然会有人举着手机拍视频。贾亮对林梳雨小声说:"咱俩要上抖音了,快走吧,走晚了警察就到了,我送你回家。"林梳雨摇头说:"不用送了,各走各的。"

两人分手后,贾亮直奔停车场,刚打开车门,听到身后有人叫,转头一看,一个陌生的女孩子站在身后。女孩说:"大哥你等等,我觉得你是很仗义的人,能加你个微信吗?"

8

正如贾亮所料,他们在烧烤摊的视频又在抖音上疯传,而且因为是在公共场所打架,惊动了派出所的民警。林梳雨第二天刚上班,派出所的民警就找上门来了解情况,虽然最终认定他并没有过错,但综治中心的邱主任很不高兴,把林梳雨喊到办公室训话,希望他少一点儿新闻,不要忘了自己是政府部门的人。

林梳雨给邱主任解释事情的经过,说:"邱主任,如果你遇到这种情况,也一定会站出来的……"不等他说完,邱主任打断他的话:"我遇到这种情况,会立即打电话报警,不要觉得你在部队练了两下子,就到处显摆好不好?好像整个烟威市就你一人有责任感……"

邱主任正说到激动处,手机响了,他接听后,使劲儿咽了口唾沫,把心中的火气压下去,对着手机问:"双方都来了?好吧,我马上过去。"

邱主任准备出门,看到站着的林梳雨,喘了口粗气说:"别傻站着了,走吧,跟我去处理一起矛盾纠纷,现场你少说话,在一边学着点儿。"

林梳雨被邱主任不分青红皂白地数落一番,闷闷不乐地跟随邱主任走进矛调中心,抬眼发现长条桌前坐着一个人很面熟,愣了片刻才反应过来,是叶雨含。叶雨含看到林梳雨,也有些意外,忙朝他点头微笑。矛调中心的工作人员指着叶雨含给邱主任介绍说:"这是预备役团的叶参谋。"邱主任跟叶雨含握手,工作人员又介绍坐在叶雨含对面的人,说这是当事人陈凯,陈家庄村民。工作人员特意告诉陈凯说:"我们请来了金牌调解员邱主任,有什么话你尽管说出来。"

陈凯一脸怨气地看着邱主任,不说话。

林梳雨觉得当事人陈凯很面熟,突然想起他就是曾经在预备役团大门口闹腾的人。林梳雨打量陈凯的时候,陈凯也在吃惊地看着林梳雨,大概也认出他了。

工作人员把一份资料递给邱主任,邱主任没看,直接递给身边的林梳雨,示意他看看。邱主任说:"情况我都熟悉,2019年你去给预备役团安装训练器材,从梯子上摔下来,当时也是政府出面调解的,双方达成处理协议,你在协议上签了字,预备役团支付你医疗费两万多元,已经处理完了,怎么又倒腾出来了?"陈凯忽地站起来说:"你们处理得不公平,你们政府和部队合伙欺骗我。"

"怎么欺骗啦?你说说看,别激动,坐下说。"邱主任安慰着陈凯。林梳雨觉得奇怪,原来邱主任也会温柔地面带微笑地说话。

陈凯又一屁股坐下,说:"当时我觉得身体没大问题,但现在身体不行了,不能干重活儿,预备役团应该负责我一辈子,不能两万块钱就把我打发了。"

邱主任问:"你现在身体怎么啦?有什么症状?"

"胃疼,就是当时从梯子上摔下来摔坏的。"

"能摔出胃病?有医院的诊断证明吗?"

"有啊,都给预备役团看过了。"

陈凯说完这话,眼睛瞪着叶雨含,气哼哼的样子。

叶雨含接过陈凯的话,说:"邱主任,我来讲一下情况。前些天陈凯拿来一张医院证明,只能证明他有胃病,但不能证明是摔伤的,我们提出请陈凯到部队医院做一个全面检查,遭到陈凯的拒绝。他要求我们支付二十万医疗补偿费,我们按照规定,没有答应他的要求,他就三天两头去预备役团闹腾,影响了我们正常的工作。"

陈凯突然提高声音,喊叫起来:"你们不给钱,我不到你们部队闹腾有什么办法?我撞死在部队大门口,看有没有人负责!"

林梳雨已经看完材料,忍不住说:"你这是耍无赖!"

陈凯冲着林梳雨喊:"你说谁耍无赖!"

邱主任朝林梳雨瞪眼,暗示他闭嘴,但林梳雨似乎控制不住自己了,他质问陈凯:"预备役团是什么地方?你可以随便去撒野?那是军营,是神圣不容侵犯的地方!"

陈凯张了张嘴,没说出话,抓起桌子上的一杯茶,泼到林梳雨身上。

"你骂谁?你说谁撒野?我知道你跟这女人是一伙的!"

林梳雨被浇了一脸茶水,噌地站起来,却被邱主任一把拽住。

"你坐下,谁让你说话的!"邱主任愤怒地说。

陈凯趁机耍无赖:"你们政府人员张嘴就骂人,我不解决了。"

陈凯站起来要走,邱主任赶紧摁住他:"你先别冲动,不管多大事情,都可以坐下来好好谈。"

"他刚才骂我了,我要他给我道歉,否则不谈了。"

邱主任瞅了林梳雨一眼,说:"林梳雨,道个歉,你刚才说话有些冲动了。"

林梳雨的倔强劲儿上来了,他怒视陈凯说:"我为什么要给你道歉,你以为部队是唐僧肉啊,张嘴就要二十万,你拿出真凭实据来才行。"

陈凯甩手朝外走,边走边说:"我看明白了,你们就不想给我解决,我上访去!"

邱主任追出屋子,陈凯已经不见人影了。邱主任很恼火,回身训斥林梳雨:"就你大明白,我不知道他在无理取闹吗?我们就是要让他把话都说出来,听听他的想法,他要二十万就给二十万了?我们要慢慢做工作。"

按说林梳雨在邱主任发脾气的时候,应该把嘴闭紧,但他确实太直率了,他说:"邱主任,你看这人骄横的样子,能说服他吗?他拿上访吓唬我们,你真怕他上访吗?"

邱主任气得说不出话,用手指点着林梳雨:"我不是怕他上访,是尽可能将矛盾化解在基层,不给上级添麻烦。"

林梳雨问:"如果我们无论怎么努力,他就是不满意,还要去预备役团闹腾怎么办?"

邱主任说:"我们尽最大努力调解,如果他还要去预备役团无理取闹,就触犯了治安管理处罚条例,公安机关肯定要依法处置,如果他无理上访,也会坚决打击!我们好容易把他找来了,还没开始谈,你就把他折腾走了。"

林梳雨委屈地说:"邱主任,你不能这么说话,怎么是我把他折腾走了?是他先对我发脾气的。"

邱主任说:"他可以对你发脾气,但你不能对他发脾气,这就是我们的工作原则。你如果觉得委屈,那就别干,辞职回家!"

林梳雨使劲儿憋着怒气,看了邱主任半天,突然压低声音说:"邱主任,我现在提出辞职,我会尽快把辞职报告交给你。"

林梳雨说完,立即朝屋外走去。叶雨含愣住了,看了邱主任一眼,也顾不得邱主任的感受了,转身去追赶林梳雨。

林梳雨冲动辞职,不仅仅因为邱主任刚才那句话,更因为心里憋了太多的火,从办公室同事的冷眼,到邱主任无端的指责,还有对军营的怀念,凑在一起就引爆了他的情绪。

外面不知什么时候下起了小雨,柏油路上水汪汪的。这个季节,雨水有些凉。刚吐绿的树木被雨水洗濯后生机盎然。林梳雨在人行道上闷头逆行,跟一个打雨伞的人碰在一起。叶雨含在后面追赶了半天,最终把雨伞举在他头上。林梳雨推开了叶雨含的雨伞,快速拦下一辆出租车,把叶雨含甩在马路边。

叶雨含的雨伞垂下来,小雨打在她的脸上,一绺头发耷拉在眼角,她使劲儿抹了一把,脑子里乱糟糟的。她明白林梳雨为什么这样冲动,他还没有完全从军营走出来,是在捍卫军营的荣耀。也真是奇怪了,能够一眼看透林梳雨的人,也只有叶雨含。

林芳晨得知林梳雨闹辞职,压抑着心中的怒火,坐在客厅的沙发上,拿着一个笔记本,又要给他上教育课。林梳雨烦躁地走开:"爸,你不用给我讲那么多大道理,我自己的事情自己处理。"

林芳晨气愤地把笔记本摔在地上:"你以为找这个工作容易吗?我求爹求娘的,就希望你有个稳定的工作,老实做人,踏实做事,你倒好,上班几天就要辞职,不知道自己姓什么了!"

林梳雨说:"这个单位不适合我。"

"哪个单位适合你?就你这一根筋,在哪个单位都干不好。"

"我不要单位行了吧?"

"你这脾气,越来越像你妈……"

林梳雨突然喊叫起来:"不要提我妈!"

林梳雨的愤怒,让林芳晨吃了一惊,林芳晨只好压着火气,摆出讲道理的姿态说:"你不要单位你能干啥,去工地搬砖?能饿死你!"

林梳雨赌气地说:"搬砖也比上班舒坦,饿死不用你管。"

林梳雨转身进了自己房间。

林芳晨气得原地转了两圈,冲着林梳雨房门喊:"行,不用我管,那你离我远点儿,找你妈去,别让我看见,我眼不见心不烦!"

林梳雨辞职的事情在政府部门成了新闻,很多办公室都在议论这件事,自然又跟他在大街上拦截领导车队的事件扯在一起,判定他脑子大致有毛病。

邱主任当天就将林梳雨的情况写成报告,交给了上级领导,有关部门立即通报了退役军人事务局。副局长谭春燕知道后心里很焦急,把米兜兜喊到办公室,让她尽快找到林梳雨了解情况。谭春燕说:"你问他到底怎么想的,一定要稳定他的情绪,倾听他的合理诉求。"

米兜兜对林梳雨没有好印象,有些厌烦地说:"跟他有什么好谈的,这么好的工作他辞职,成心给我们出难题。"谭春燕不满地看了看米兜兜,说:"如果我们什么难题都没有,那要我们退役军人事务局有什么用?我们就是为他们服务的,不管什么情况,只要他们遇到困难,我们就要去帮助他们。"

米兜兜叹气,噘着嘴走出谭春燕办公室。她没有给林梳雨打电话,而是去了预备役团,找叶雨含诉苦去了。叶雨含在办公室的电脑上整理预备役特训方队人员的花名册,米兜兜见门半开着,直接推门而入。叶雨含愣怔一下,说:"你吓了我一跳,幽灵一样,怎么突然跑来了?"

米兜兜拉过一把椅子,倒着骑上去,胳膊搭在椅子背上说:"昨天你在矛调中心是吧?你说这个林梳雨是不是精神不正常?你们单位那起矛盾纠纷,邱主任亲自处理,跟他有什么关系?他搞得那么激动,我们好容易给他协调了个好工作,他竟然甩手不干了!"叶雨含一听这事,心里觉得憋闷,站起来走到窗口,朝外面的训练场看去。她心里惦记着林梳雨的事,很想找林梳雨谈谈,却又觉得自己出面不合适。

米兜兜看着叶雨含的背影追问:"哎,叶上尉,你在想什么?我跟空气说话啊?"

叶雨含转过身来,看着米兜兜说:"我听着呢。你说呀,有什么好办法劝劝他?"

米兜兜厌烦地说:"我们谭局长让我下午找他谈谈,我真懒得找他。牛烘烘的,不知道自己有多了不起,跟他说句话,爱搭不理的。你看他退伍才几天,闹出多少事情,当兵的人就是头脑简单……"

"那我也是头脑简单的人了。"叶雨含说。

"哟哟,叶上尉,我的姐,我都没把你看成当兵的。"

"就是说,我根本不像当兵的?"

"我没这个意思,你可是标准的军人。"

叶雨含叹了一口气,认真地说:"你作为退役军人事务局的领导,不能对退伍兵有偏见。"

米兜兜哼了一声:"啥领导,我就是一个跑腿的。"

"你找他谈话,是代表退役军人事务局吧?"

"这倒是,如果不是因为工作,我才不找他呢。也不知道我哪里得罪他了,他每次看我的眼神儿都凶巴巴的……不跟你叨叨这事了,我来找你,是给你看个视频。"米兜兜掏出手机,打开一个视频,凑在叶雨含面前。叶雨含看到一个高大魁梧的小伙子坐在一栋别墅的院子里喝茶。

叶雨含大概明白了,问:"又有新目标了?"

米兜兜点点头:"别人介绍的,约好下午见面。"

"富二代?我猜得没错吧?"

"好眼力,他父亲是玖盛瑞府房地产公司的董事长,他是总经理。"

"玖盛瑞府?"叶雨含惊讶地说,"我买的房子就是他们家开发的,挺好啊,符合你的选拔条件,是帅哥,又有钱。"

米兜兜怕叶雨含误会,忙解释:"他是富二代,却不靠他老爹,自己也有公司,挺励志的人。"叶雨含笑了:"还没见面,就开始替他做宣传了,祝你成功。"

米兜兜扬了扬嘴角说:"机遇来了,我是不会放过的。你肯定也一样啊,就你这性格,遇到合适的,能像猎狗追兔子,追得他屁滚尿流。"

叶雨含翻了翻白眼:"喊!我已经放弃了,一个人挺好的。"

米兜兜说:"你整天说我找男朋友太挑剔,其实你心比天高。"

叶雨含问:"下一句呢?命比纸薄?"

"我可不是这意思。"米兜兜从椅子上跳下来说,"不跟你啰唆了,我去见面了,什么情况,回来告诉你。"

9

林梳雨跟父亲吵嘴的第二天上午离开了家,他要去完成自己心中的一件事,即便不跟父亲吵嘴,这件事情也是要做的,吵嘴让他加快了行动。他给孙娜打了个电话,在樱桃镇跟孙娜见面后,他就关闭了手机。他对孙娜说:"我想去看看你姐姐。"孙娜就明白了,带他去了樱桃镇南边的山坡上。山坡的小路很难走,在一些沟沟坎坎处,他偶尔要拉扯孙娜一把。孙娜丝毫没有陌生感和扭捏姿态,很自然地把手伸给林梳雨。

孙颖的坟头长满了野草,林梳雨将一束鲜花放在坟头,蹲下去清理干枯的杂草,很专注。清理完了,他站在坟头前发呆,好半天孙娜才提醒他说:"梳雨哥,我们回去吧。"

林梳雨转身看着孙娜,冷不丁地问:"你姐姐出事那天,留下什么物品没有?"孙娜不明白他什么意思,看着他。林梳雨又说:"我记得那天她背了一个双肩包,那个双肩包去哪里了?"林梳雨脑中浮现出壮男人车钥匙上的弥勒佛。

孙娜说:"我不知道,所有东西都被警察拿走了。"

"我要找回双肩包。现在有了DNA技术,好多地方二十几年前的命案都破了,你姐的案子应该也能破。"

林梳雨走出百十米了,又回头看,坟头的鲜花在风中摇摆。他在心里说,等我找到那个人,一定回来告诉你。

孙娜的目光落在林梳雨的脸颊上,又从脸上滑到了脚跟。她的目光无比柔软。

孙娜的车停放在山下,走到车旁,孙娜问:"梳雨哥,你回城吗?我送你回去。"林梳雨看着对面的樱桃镇说:"嗯,你送我去战友那里,谢谢你了。我问你,樱桃镇有没有房子出租?带院子的。"

"有啊,很多带院子的,都租不出去。谁要租房子?"

"我租。我跟父亲住一起很不方便,想自己出来住。"

孙娜疑惑地问:"你在城里租个房子不好吗?住这边有些远。"

林梳雨说:"我就想住在樱桃镇。你帮我打听一下,最好就在这附近。"林梳雨说着,转头看了看对面山坡。孙娜一下子就领悟到了,说:"好的,梳雨哥,我先打听一下,带你多看几家。"

孙娜开车送林梳雨去了李晓飞的宠物店,下车的时候,他小声叮嘱孙娜,有急事就到宠物店找他,不用打电话,手机关机了。

林梳雨的突然来访,让李晓飞有些意外,他一脸惊讶:"哟嗬,行啊老战友,有美女司机了。"林梳雨忙解释是同学的妹妹,李晓飞笑了,说:"那好呀,亲上加亲。"林梳雨瞪了他一眼,懒得解释了。

李晓飞以为林梳雨来找他喝酒,让林梳雨在门口等一下,他去对面饭店叫几个菜,打包回来。林梳雨说:"别麻烦了,就去饭店吃,中午我请客,这几天我就住你这儿了。"李晓飞愣住了,看向林梳雨,林梳雨波澜不惊地问:"咋啦?不欢迎?"

"不是不欢迎……你怎么不在家里住了?"

"别问那么多。你不是也没在家里住吗?"

"哦,跟父亲闹别扭了?"

"不该问的别问。当兵怎么学的保密守则?"

"太好了,你一直住这儿都行。既然你住下,那就不急了,别去饭店,我回家整几个菜。"

林梳雨和李晓飞回到宠物店,两个人都进了厨房,一起操办午饭。洗菜、切菜、蒸米饭……忙碌中,李晓飞问了林梳雨跟父亲吵嘴的原因,遗憾地说:"你丢了这份工作有点儿可惜,不过说实话,你的性格肯定不适合坐办公室。"

半个小时饭菜就上桌了,三个毛孩子正在玩一个球球,看到李晓飞端着菜放到桌子上,都跑过来。李晓飞很严厉地说:"你们三个都回屋里,不准再出来了,回去!"

三个毛孩子很委屈地走进屋子里。林梳雨坐在桌子前,看着离开的三个毛孩子,笑了:"它们跟你做伴儿,真挺好。"

"养狗可比养人省力又开心。"李晓飞说着倒了酒,端起来跟林梳雨碰杯。林梳雨突然问:"我记得你姑姑家的儿子在市公安局,对吧?"李晓飞点头:"你找我哥有事?"林梳雨说:"我想请他帮个忙,查一下十二年前我同学孙颖的案子。"李晓飞一愣:"什么案子?"

林梳雨干掉一杯酒,眯上了眼睛,好半天才睁开说:"2010年'5·18'女生被害案,你没听说过?我高中的女同学、我的初恋女友,一个周六下午,我们俩在超市门口分开,她说要去坐公交车回樱桃镇,后来就失踪了,找了几天,在一片玉米地里找到尸体,下身裸着……"

李晓飞惊叫一声,打断了林梳雨的话:"我听说过这个案子,原来是你……哎呀林梳雨,你在部队从来没跟我说过这事,太意外了。哎,怎么今天突然跟我说这事?"

"案子到现在没破,我想知道到底发生了什么。刚才开车送我的,就是我同学孙颖的妹妹。"

李晓飞瞪大眼睛:"你等一下,信息量有点儿大,你现在跟她妹妹谈上了?还是她妹妹找你帮忙寻找案子真相……"

"我刚认识她,她也没找我帮忙,我退伍离开部队的那天,心里就想着这件事,我想了解真相,我要把凶手找出来!"

李晓飞明白了,点点头说:"哦,查这个案子,你要找刑侦支队的人,我哥在市局,刑侦那边的案卷不可能让外人随便查看的,除非是工作需要,或者上边领导有命令。我觉得这事,你最好别插手。"

林梳雨不再多说了,他知道这件事李晓飞的哥哥很难帮上忙,只能另想办法。李晓飞抱歉地说:"以后需要我做什么,你尽管说,这么多年没破案,换了我,我也会这么做。"

林梳雨在李晓飞那里住了三天,孙娜就来喊他去樱桃镇看房子,是带小院的平房,家具齐全,林梳雨很喜欢,当即给房东付了一年的租金。孙娜帮他打扫卫生,购买生活必需品,只用了两天时间,一切就安排妥当了。

父亲林芳晨给林梳雨打了几天电话,一直关机,林芳晨心里有些虚了,又不知该怎么办,就跑到退役军人事务局找谭春燕,想麻烦谭局长跟政法委那边打个招呼,一定不能批准林梳雨辞职。其实谭春燕刚得到林梳雨辞职消息的时候,就已经跟编办说了,暂时保留林梳雨的工作。林芳晨说找不到林梳雨,要不要报警,谭春燕劝他别急,估计林梳雨就是赌气,不会出大问题。

突然间,谭春燕想起一件事,拿起座机拨打电话,把米兜兜叫了过来。谭春燕问米兜兜:"你跟林梳雨怎么聊的?你知不知道他去哪里了?"米兜兜愣怔了一下,看了看林芳晨,说:"我……我还没找他聊。"谭春燕诧异:"那天下午你不是说去找他聊聊吗?你没去?"

米兜兜耍了个小聪明,说:"我觉得让他先冷静一下再聊,会更好。"

"你那天下午干什么去了?"谭春燕不满地问。

"我去见了个朋友……"米兜兜说话底气不足。

谭春燕气得要发脾气,看了看林芳晨,忍住了。林芳晨意识到自己碍事,忙站起来说:"谭局长你忙着,有了消息,一定及时告诉我。"

林芳晨刚出屋子,谭春燕就爆发了,一巴掌拍在桌子上:"米兜兜,你整天迷迷糊糊的,脑子在想什么?我跟你说,林梳雨要是出了事情,我先收拾你,让你整天躺平、躺平!"

米兜兜得知林梳雨失踪好几天了,心里有些紧张。她坐在办公桌前发呆的时候,吴一天打来电话,要敲她一顿饭,他耍贫嘴说:"小姨,听我妈说,你给我找了个有钱的小姨父,让我见见呗,一起吃个饭。"米兜兜没好气地说:"滚一边去,我脑子都快涨崩了,哪有心思吃饭。"吴一天故作吃惊:"小姨的心比大海都广阔,什么事情能把小姨愁成这样?"米兜兜就对吴一天发牢骚,吴一天笑了,说:"就这事?我如果给你找到林梳雨,你让小姨父在观澜阁请我一顿可以吗?"米兜兜立即打起精神:"一言为定。"

傍晚下班前,吴一天就打来电话,说找到林梳雨了,在樱桃镇。米兜兜不信,让吴一天晚上陪她去见林梳雨,吴一天犹豫起来,米兜兜急了,直接开车去了吴一天的单位,强行拉着他去了樱桃镇。

第四章

10

贾亮最近一直忙着谈朋友,天上掉下个林妹妹,给了他一个大惊喜。女孩名叫冬云,那天晚上他在烧烤摊收拾几个地痞无赖的时候,冬云就在远处瞪大眼睛看着,她来烟威市半年多了,一直没找到合适的工作,房租都快交不上了,正在物色目标,想找棵大树好乘凉,看到贾亮身手不凡,觉得机会来了,追上去要求加微信,一脸崇拜的样子。

贾亮看到她穿得挺暴露,有些羞涩,不敢看。冬云却大大方方地说:"大哥,我刚才就像看武打片,太厉害了,你是少林寺出来的吗?"贾亮说:"我在部队是特种兵。"冬云的表情很夸张:"你是军人?我特别喜欢军人。"贾亮有些不好意思,说:"我今年退伍了。"冬云已经掏出手机,要加微信,贾亮犹豫一下,找到自己的微信二维码。冬云扫码后,手机上出现贾亮的微信名:老兵不死。

贾亮对冬云礼貌地点点头,拉开车门上车。冬云问:"大哥你去哪里?"贾亮说:"渔人码头。"冬云说:"太好了,我去后海花园。"贾亮明白女孩的意思,说:"我知道那地方,顺路,上车吧。"

贾亮开车到了后海花园小区,在路边停下车,对后车座上的人说:"美女,到了。"后车座没有动静,贾亮回头看,见冬云歪靠在车座上睡着了。他只好提高声音说:"醒醒吧,后海花园到了!"冬云还是没动静,贾亮下车打开后车门,轻轻拽了拽冬云的胳膊,发现她嘴角有些白沫。

"哎哎!你怎么啦?"贾亮吃惊地问。

冬云依旧没动静,贾亮慌张了,忙上车,快速朝附近医院奔去。

在医院急诊室,值班医生给冬云做了检查,并未发现有什么异常,推测可能有些贫血。医生做了简单的处理,冬云醒过来。贾亮松了一口气,如果出个什么事情,他可说不清了。

贾亮搀扶冬云走出急诊室,冬云有了一些精神,一个劲儿地感谢贾亮,说是贾亮救了她一条命,不知道该怎么感谢了。说得很诚恳,恨不得以身相许,弄得贾亮不好意思了。贾亮说:"你别客气,医生怀疑你可能是有些贫血,以后要注意着点儿。走吧,我送你回家。这么晚了,要不要给你家里人先打个电话?别让他们着急。"冬云说:"我是外地人,在一家公司打工,都一点多了,我们公司外面的大门肯定关了。"

"关门了怎么办?送你去住宾馆?"贾亮问。

冬云轻轻叹一口气,不说话了。贾亮解释说:"我住的地方不方便,就我一个人……"冬云傻傻地说:"你们几个人住一起,我去不方便,一个人有什么不方便的?"贾亮挠挠头,觉得这女孩也太憨了吧。

贾亮是乡下人,在城里没房子,自己租了个小公寓房。贾亮把冬云带回住处,就已经决定跟她的关系了。说真的,虽然贾亮一身本领,但社会经验还是欠缺,并不知道一切巧合都是冬云精心设计的。

当晚因为太晚,两个人并没有多聊,冬云睡得很沉,贾亮起来上班的时候,没打扰她,中午特意回去带她去小吃店吃午餐,两个人很自然地谈上了朋友。贾亮虽然是乡下人,一只脚有些跛,但有一份不错的工作,还有一份残疾军人补贴,对于冬云来说,也算是撞上好运了。两个人的感情升温很快,贾亮每天空闲时间都带着冬云畅游烟威市景区,完全沉浸在两个人的世界里。

偶然间,贾亮在网上看到一条新闻,这才突然想起了林梳雨。他给林梳雨打电话,接连打了几次,手机一直处于关机状态,去单位找他,才知道林梳雨辞职了。他便给李晓飞打电话,问李晓飞知不知道林梳雨去哪儿了。李晓飞没有直接回答,问他有什么事情,他焦急地说:"老班长,你没看到新闻?《征兵工作条例》修改了!"李晓飞说:"这跟我们有关系吗?"贾亮说:"有啊,你上网看看,说不定我们还有机会回部队,不然林梳雨怎么辞职了?"

李晓飞大致明白贾亮找林梳雨的意图了,这才告诉他林梳雨的住处,贾亮当即开车去了樱桃镇。

吴一天和米兜兜赶在贾亮前面找到了林梳雨居住的小院,米兜兜站在院外打量四周。太阳已经落在西边的山脊上,丛林浸染在夕阳里,营造出一片光影世界。越来越暗淡的樱桃镇街道,正是一天最嘈杂的时候,晚归的人和车辆,还有一群羊拥挤在三岔路口。拂面的风,带来了山里的青草气息,还有谁家油锅里炸鸡腿的香气。米兜兜翕动几下鼻翼,疑惑地问吴一天:"他会住这里?"

吴一天示意她小点儿声音,他悄悄走到院门前,从门缝朝里看去。林梳雨在小院里,拿着一根木棍,练习快速出枪的动作要领。院内有两棵树,一棵是紫玉兰,树杈上吊着一个沙袋,另一棵是核桃树,树冠硕大。两棵树之间摆放着一张圆形石桌,还有四个石凳。吴一天回头对米兜兜做出惊讶的表情,招了招手,米兜兜立即朝门口走去。

吴一天轻轻推开院门,林梳雨并不回头看,说道:"孙娜?快进来。"

进门的是吴一天和米兜兜,林梳雨愣了一下:"你们怎么来了?"米兜兜没好气地说:"来收容失踪人员。"吴一天打量小院,目光落在一些器材上,禁不住赞叹:"行呀老班长,你可真会选地方,世外桃源啊。"

林梳雨冷淡地问:"你们怎么知道我住这里?"

"你藏老鼠洞里也能找到你,现在警察找个人还不简单呀。"米兜兜不假思索地说。

林梳雨惊讶道:"你是通过警察找到我的?"

米兜兜翻了一下白眼:"我不通过警察找你还能怎么办?你爸爸都快成神经病了,你却躲在这里逍遥,有你这样自私的儿子吗?"林梳雨提高声音,责问米兜兜凭什么动用警察找他,米兜兜理直气壮地说:"怎么啦?你失踪了我们不能报警呀?"林梳雨赌气地说:"我失踪了也轮不到你报警。"米兜兜也动了火气,说:"你以为我愿意管啊?如果我不在退役军人事务局,才不会管你这破事!"

吴一天觉得气氛不对,忙把米兜兜拽到自己身后,对林梳雨说:"哎呀,老战友,你爸爸两三天找不到你,很焦急。我小姨因为你,还挨了局长的批评。她没办法,才找我帮她忙。"林梳雨不领情,说:"我跟她有什么关系,她挨批评是她的事。"吴一天也被林梳雨不近人情的话激怒了,替米兜兜鸣不平,说:"她的工作就是为退伍军人做好服务的,你不明不白地辞职了,人都找不到了,她有责任呀。我看她很焦急,就找了刑警李叔叔帮忙。"

林梳雨终于明白了,斜眼瞅吴一天,目光带着鄙视:"我知道,你爸爸权力大,可以动用警察追查我。"

吴一天辩解说:"这事跟我爸扯不上,是我找的李叔叔,跟我爸没关系!"

米兜兜站在一边,实在憋不住心里的怒气,索性又冲到林梳雨面前说:"我就问你,你为什么辞职?我们给你安排的工作不好吗?"

"那工作不适合我。"林梳雨说。

"不适合你？我们谭局长为了你的工作跑断了腿，磨破了嘴皮子，给你争取到这么好的单位，你还不满意，那你想要什么工作？让市长给你腾位置吗？"

林梳雨冲着米兜兜瞪眼："可以啊,你能让市长给我腾位置,我就去当市长。"

米兜兜真不知道该说什么了，咧了咧嘴："我怎么觉得你脑子有毛病？"

林梳雨斗气地说："对,我脑子有问题,你赶紧离我远点儿！"

"行,人我找到了,我们退役军人事务局可是尽到职责了,你以后做什么事情都跟我们没关系,爱谁谁！"米兜兜说完,气愤地拿起自己的包,甩手朝院子外走去。吴一天在身后追,想拦住米兜兜,米兜兜出门开车走了。

吴一天焦急地喊："哎,你等一下,我怎么走？"

米兜兜的车走远了,把吴一天丢在了樱桃镇。吴一天又返回小院,推心置腹地对林梳雨说："老班长,我小姨为你的事情,真的受了很多委屈。我再说一遍,是我让警察叔叔找到你的,跟我爸爸没一毛钱关系,你爱信不信。"

说完,吴一天无奈地去路边叫出租车了。

夜色越来越浓了,已经看不清远处的山岚。林梳雨独自坐在院子的石桌前,呆呆地出神。吴一天的话,让他又想起了孙颖的案子,如果找吴一天帮忙,肯定可以从刑侦支队那边得知案件的情况。但他在高铁站看到吴一天的第一眼,心里就挺讨厌他,因此不想把自己内心最隐秘的情感对他说。

正发呆时,贾亮找来了,见到林梳雨后,他使劲儿捅了林梳雨一拳,一惊一乍地举着手机说:"你看到没有,国务院颁布了新的《征兵工作条例》,马上就实行,我们真有机会被召回部队。"贾亮说着,打开手机网页给林梳雨看,林梳雨看完,不解渴,拿起自己的手机翻找有关新闻,没有找到更多的内容。

贾亮满脸期待地问:"你说是不是有希望?"

林梳雨觉得新颁布的《征兵工作条例》对他们已经离开部队的老兵并没有太多的政策,但为了不让贾亮失望,他使劲儿点点头说:"肯定有希望,不管能不能被召回,我们都要做好准备。"

贾亮又问:"你去找叶参谋了吗?咱们要抓紧组建我们自己的特训方队。"

林梳雨看着贾亮,不知道该怎么回答。他在心里问自己,我们为什么要组建特训方队?就是为了让上面下来的领导检阅?还是为了预备役师秋季的军事大比武?似乎都是,又都不是。他的眼前出现叶雨含撑着雨伞奔跑的那一幕,心里突然被什么东西撞击了一下,说不出的难受。

11

米兜兜第二天上班后就去了谭春燕局长的办公室,告诉她找到林梳雨了,并且把跟林梳雨聊天的憋屈跟谭局长说了。谭局长问米兜兜:"告诉林梳雨父亲没有?"米兜兜愣怔一下,摇摇头。谭局长瞪了她一眼,在谭局长看来,第一个应该通知的人就是林科长。她拿起手机给林芳晨打电话,告诉他林梳雨没事,让他放心好了。

谭局长跟林芳晨通完电话,严肃地叮嘱米兜兜:"林梳雨是我们局今年重点安置对象,你要有耐心,这段时间跟他保持联系,摸清他的真实想法,必要的时候,我们再给他换一个单位。"米兜兜惊讶地瞪大眼睛:"再换一个单位?就他那脑子,我觉得再换十个单位,他也干不好。"

米兜兜看到谭局长斜眼瞅她,知道自己又多话了,赶忙闭嘴。谭局长还是没放过她,说:"你对林梳雨这种印象,怎么能跟他交心?他在边疆部队服役十多年,立过大功,是我们烟威市的骄傲,也是人民的功臣,你却把他看成了白痴?"

米兜兜嘴里咕哝了句:"他脑子确实不怎么正常……"

谭局长反问:"是吗?那你知道他为什么脑子跟常人不一样?"

米兜兜被谭局长的话噎住了,不知该怎么回答。谭局长默默地看着米兜兜,仿佛在回忆什么,好半天才说:"有机会真该让你去边疆部队看看……"谭局长把后面的话咽回去,觉得跟米兜兜说得再多,她也不能理解。

谭局长的老公曾经是西藏边防部队的连长,她作为军嫂去过一次中印边境,在跟那里的老兵交流时,明显感觉有语言障碍,他们的思维跟正常人不一样。林梳雨在边疆部队服役十二年,已经形成了独有的军人性格,耿直率真,爱憎分明,突然离开部队特殊的环境,肯定需要一段时间来适应外面的社会生活。

米兜兜心里憋屈的时候就会想到叶雨含,午饭前她给叶雨含打电话,约叶雨含去海边的静雅轩吃饭,叶雨含就直截了当地问:"又遇到什么烦心事了?说吧,没事你才不会上班时间请我吃饭。"米兜兜说:"你去不去?抓紧点儿,我下楼出发了。"说完,米兜兜挂断电话,飞快地下楼。刚才她接到男朋友陶阳的微信,陶阳已经去静雅轩等她了,这是昨天就约好了的饭局,她临时叫上了叶雨含。

叶雨含第一次去静雅轩,跟着手机导航找到饭店,米兜兜站在饭店门口接她。走进餐厅,叶雨含惊呆了:"这儿太高档了,没必要来这儿吧?咱说好了,中午是你请客,这地方我可消费不起。"

米兜兜故意逗叶雨含说:"你挣那么多工资,留着干啥?真抠门儿。"

"我刚买了房子,你不知道吗?"

"你要单身一辈子,买啥房子,住部队宿舍挺好的。"米兜兜说着,忍不住笑了。

"我总不能在部队待一辈子吧?早晚要转业,不买房子行吗?"

"转业的话,你不回宁波?为什么留在烟威市?"

"因为你,我离开这里会想你的。"叶雨含说着,自己先笑了。显然这是假话。

说话间,叶雨含跟随米兜兜走进一个包间,发现包间里有个陌生小伙子,她愣怔一下,正要退出,米兜兜对小伙子说:"这就是我给你说过的大美女,你们公司尊贵的客户叶上尉。"

叶雨含反应过来:"哎哎,这就是你……你那个……"

米兜兜一本正经地介绍说:"陶阳,玖盛瑞府的大少爷。"

陶阳对着叶雨含微笑着说:"你好,叶上尉。"

叶雨含也笑了,说:"你好,大少爷,我在金海岸家园买的房子,还没住进去。"

陶阳说:"谢谢你信任我们玖盛瑞府,以后有事情,直接找我。你快坐,我已经点餐了。你喝点儿什么?"

"大汽水。"叶雨含毫不犹豫地说。

叶雨含和米兜兜都忍不住笑了,这是她们的最爱。

服务员上菜的间隙,叶雨含暗自观察陶阳,觉得小伙子文文静静的,穿戴很得体,不像土豪富二代。

米兜兜也不装了,倒上大汽水爽爽地喝一口,直截了当地说:"我被这个林梳雨折腾死了,谭局长前怕狼后怕虎的,担心林梳雨的事情处理不好,影响我们退役军人事务局今年的工作考核。你说,林梳雨自己辞职不干了,跑到樱桃镇租房子住,跟我们有什么关系?"

叶雨含很惊讶:"去樱桃镇租房子住?我说呢,这几天打电话,他一直关机……他怎么去了樱桃镇那么远的地方?"叶雨含发现米兜兜瞪大眼睛看着她,话锋一转,问米兜兜:"你眼珠子瞪这么大干啥?他是要被我拉进士兵预备役特训方队的人,我给他打电话不很正常吗?"

米兜兜扑哧一声笑了,说:"我说你不能打电话了吗?解释这么多干啥?你自己心虚了。不过我提醒你,这个人脑子不正常。"

叶雨含瞅了一眼陶阳,似乎觉得在陶阳面前讨论林梳雨有些不太合适。她说:"林梳雨的精神很正常,他目前的状态属于退伍综合征,其实很多军人离开部队后,都会有些不适应,或多或少会有这种症状……"米兜兜打断叶雨含的话,提高声音说:"什么?退伍综合征?我听说过产后综合征、高原综合征,从来没听说过退伍综合征。你凭什么说是退伍综合征?有什么科学依据?"

陶阳像责怪三岁小孩一样对米兜兜说:"哎哎,你让叶参谋说完好不好?可不能这样。"陶阳不紧不慢地说完,微笑地看着米兜兜。他比米兜兜大八岁,有大哥哥的范儿。米兜兜喘一口粗气,装出很淑女的样子,听叶雨含说话。

叶雨含对陶阳笑了笑,心里想,这个陶阳真不错,米兜兜算是运气好。叶雨含说:"我没有科学依据,但跟退伍兵打交道十多年,太熟悉他们了。他们突然离开紧张的军营,内心有一种失落感,很茫然,他们自己都不知道想做什么。"

"你跟林梳雨能说上话,你劝他立即回单位上班,好不好?"

叶雨含摇头:"我觉得他暂时不可能回单位的。"

米兜兜急了,说:"我们谭局长特较真儿,说林梳雨的工作安排不好,就是我们工作失职,我们今年的退役安置工作就不及格。这样吧,你问问他,到底怎么打算的,喜欢什么工作,我们想办法协调一下。"

叶雨含摇头说:"我跟林梳雨才见过几次,不如你熟悉,你自己不能问他?"

"我如果能问他,还用这么隆重地请你到这儿来?我去找他聊过,他不待见我。你也别装了,你以为我看不出来啊?"

叶雨含瞅着桌上的饭菜,对米兜兜说:"真抱歉,你可能看错了,我真不能帮你,午饭我买单,行了吧?"

陶阳忙说:"我已经买单了,叶参谋,认识你很高兴。"

米兜兜抓住叶雨含的话不放,郑重其事地说:"哎,叶上尉,这可是你说的,既然陶阳买单了,那你欠我一顿饭,找个时间补回来。"

叶雨含咬着牙说:"你就会算计我,我真想掐死你!"

三个人正笑着,叶雨含的手机响了,是林梳雨的电话,叶雨含看了一眼米兜兜,忙接听。

贾亮找过林梳雨后,林梳雨心里纠结了好久,最终决定今天中午开机,给叶雨含打电话,问一下能不能单独组建一个特训方队。开机后,发现几个未接电话中有叶雨含的来电,忙给她回过去。

他说:"叶参谋,你找过我?"

叶雨含说:"没大事,就是想问一下你的情况。"

米兜兜瞪大眼睛,很专注地盯着叶雨含,并示意她打开免提。叶雨含朝米兜兜翻了个白眼,打开了免提。

"见面说吧,我找你有点儿事情。"林梳雨声音迫切。

叶雨含忙说:"好啊,下午上班找我,我在预备役团等你。"

叶雨含通完话,米兜兜站起来朝她竖起大拇指说:"走吧,别耽误你约会,你一定帮我问问,他到底怎么想的,下一步有什么打算,我好跟谭局长交差。当然,最好劝他尽快回去上班,别折腾我们啦。"

叶雨含朝米兜兜翻了翻白眼,边走边说:"午饭是陶阳请我的,我不欠你人情,凭什么听你的?"

米兜兜瞪了陶阳一眼,嫌他刚才多嘴了。陶阳嘿嘿笑,跟叶雨含礼貌地握手辞别。陶阳说:"金海岸家园那边有事情尽管吩咐,我一定给你服务好。"

12

叶雨含在办公室接到大门口哨兵的电话,下楼去接林梳雨,他已经走进大院,站在训练场边观看预备役团官兵训练,看得痴了。叶雨含从后面走过来,走到他身后,他才从痴迷状态回过神来。叶雨含说:"走吧,去我办公室喝杯茶。"林梳雨心里很想去,嘴上却说:"不打搅你了,几句话说完就走了。"叶雨含笑了,说:"怎么扭扭捏捏的,这不像你的性格啊,走吧,我下午正好没事。"

　　林梳雨跟着叶雨含去了办公室,走得小心谨慎,就像小学生被老师带进办公室那样拘谨。叶雨含瞥见了,装作没看见,背过身子给他泡茶。林梳雨趁叶雨含转身的时机,快速打量房间,等到叶雨含端着茶杯转过身,两人的目光撞在一起。

　　林梳雨慌乱中问:"我们士兵预备役训练方队多长时间合练一次?"叶雨含说:"每个季度集中训练一两次。"林梳雨说:"一个季度才搞一两次训练?太少了吧?"叶雨含说:"一两次都没有多少人参加,多亏王猛那边的保安公司招聘的大都是退伍兵,组织起来方便些。"林梳雨问:"特训方队都是王猛组织训练吗?在哪里训练?"叶雨含不明白这话什么意思,看着林梳雨。他干脆直白地说:"我不想跟王猛在一个训练方队,能不能单独组建一个?我们自己组织训练。"

　　叶雨含明白了林梳雨的想法,说:"这是个好主意,我们成立红队和蓝队,可以搞对抗赛了。王猛他们都是在保安公司训练,你现在就可以挑选自己的队员,自行组织训练,我每个季度给你们组织一次对抗赛,好不好?"

　　林梳雨松了一口气,忙说:"谢谢叶参谋,谢谢你的信任。"

　　林梳雨站起身子,准备跟叶雨含辞别。叶雨含示意他喝口水,说:"你有事?没急事就坐一会儿,把我给你泡的茶喝了。"林梳雨就又小心谨慎地坐下,猜想叶雨含肯定会问他辞职的事情。果然,他刚坐下,叶雨含就说:"你辞职,我大概猜出一些原因,单位有些事情让你不舒服,但更主要的是你还没从部队走出来,或者说你身体离开了军营,但你的心和情感还在那里。"林梳雨愣怔了一下,瞟了一眼叶雨含,发现她微笑地看着他,目光真诚而热烈,他急忙转移视线,低头轻轻吹着漂浮在水面的茶叶,不知道该怎么说话。

叶雨含问:"你回来后,梦见过部队吗?"

林梳雨轻轻点头。

"你不想退役是吧?心里有很多遗憾是吧?"

林梳雨张了张嘴,想说点儿什么,感觉嘴里有淡淡的苦味,而且嗓子里有很稠的黏液,忙轻轻呡了口茶水。一根茶叶呡到嘴里,他不好再吐出来,就一边嚼着茶叶一边说:"也不遗憾,当兵的都知道,铁打的营盘流水的兵,迟早要离开军营的。"林梳雨抬头看了看叶雨含,又说:"我看了国务院刚颁布的《征兵工作条例》,叶参谋你说,特殊情况下,我们是不是有可能被征召回部队……"

叶雨含沉思一下说:"当然,作为一名预备役士兵,要做好重返战场的准备,但我也跟你说实话,这种可能性很小。"

林梳雨的喉结滚动几下,很艰难地发出声音:"其实我也知道。"

叶雨含把椅子朝林梳雨身边挪了挪,从视觉上跟他拉近距离,很真诚地说:"如果部队现在让我转业,我会立即打背包离开,尽管不舍,却没有遗憾,我们有过当兵的历史,这就足够了。"

叶雨含的这句话,触动了林梳雨内心最柔软的地带,泪水在他眼窝里打转。叶雨含把一张餐巾纸递给他,他擦拭完泪水,抬头很感激地看了叶雨含一眼,使劲儿点点头。

叶雨含又说:"你现在这种状态,是陷入了退伍综合征,这很正常,不过你要尽快从军营的气氛里走出来……你听我的,还是要回单位上班,如果你不想在综治中心,我跟退役军人事务局说一下,让他们再给你换个单位,好不好?"

林梳雨抬头看了一眼叶雨含,点点头含糊地说:"我再想想吧,让你也跟着操心真过意不去。我记得你说你是宁波人,对吧?"

叶雨含忙说:"对对,宁波人。我记得第一次见面的时候,你说你妈妈也在宁波,她在宁波做什么?"

因为聊天的氛围很好,叶雨含趁机说出心中的疑惑。林梳雨用力搓着手说:"她跟我爸爸离婚后,去了我舅舅那里。"叶雨含有些尴尬:"真对不起,我不该问这么多。"

"没关系的。"林梳雨笑了笑,把父母离婚的过程告诉了叶雨含,并且很坦诚地描述了他当时的恐慌和苦闷。母亲离开家的时候,他感觉曾经温暖的家阴暗而冰冷。这些事情,他从未跟任何人讲过,不知为什么却很信任叶雨含,跟她唠叨了很多。

叶雨含听完,心里明白了,林梳雨当下的性格,跟他的成长经历有很大关系。她很感激他能够把这些个人隐私告诉她。

这时候,一个兵进屋找叶雨含有事,林梳雨急忙站起身,走了两步才想起没跟她打招呼,于是又转回身,朝叶雨含伸出手。

这是他第一次跟她握手,她的手光滑柔软。

赵庆波得知林梳雨要单独组建士兵预备役特训方队的消息,忙去跟王猛报告。王猛正在保安公司大院的杨树下拔军姿,他多年保持这个习惯,每天至少收腹挺胸一个小时。王猛听了赵庆波一惊一乍的汇报,挺拔的身体松弛下来,笑着说:"他想跟我们对着干,另起炉灶?太不自量力了,他挑选队员能抢得过我们吗?你抓紧发招聘广告,面向今年的退伍兵招聘二十名保安,把军事素质好的都招到我们公司,剩下些歪瓜裂枣让他挑。"

赵庆波拍马屁说:"还是王司令有高招儿,一步棋,让他全盘皆输。"

赵庆波在公开场合称呼王猛为王总,但私下却喜欢喊他王司令,因为他知道王猛很喜欢"王司令"这个称呼。

王猛得意地梗了梗脖子,说:"新招来的人,你负责训练,可要给我争口气。林梳雨挑选的特训队员可能要饿着肚子搞训练,咱们保安公司可是带薪训练,而且训练就是我们的工作,我们的军事素质越高,客户就越多。"赵庆波说:"放心吧王司令,训练的事情交给我了。"

正说着,出去执勤的十几个保安乘坐大巴车进了院子,保安小队长看到王猛,忙不迭跑过来敬礼:"报告王总,圆满完成任务!"

091

王猛派头十足地挥挥手说:"快快,吃饭去,食堂留着饭呢。"

保安公司招聘广告在网上发布后,贾亮看了招聘条件就明白了,王猛开始抢夺优秀退伍兵了。贾亮心里焦急,自己出资搞了一次战友聚会,地点选择在一个半山腰的民宿村,风景优美,空间敞亮。贾亮因为在部队执行任务时负伤,退役的时候多拿了不少钱,每月还有伤残补助,工作单位工资也很高,在这批退役的战友中,算是比较富裕的。有三十多人参加了聚会,大多是今年刚退役的兵。餐桌放在一片绿草地上,上面撑起了太阳伞。不消说,新颁布的《征兵工作条例》成为大家议论的话题。

贾亮是召集人,自然成了演讲的主角,他激情澎湃地说:"若有战,召必回,战必胜!看样子,我们真有机会回部队了。"与贾亮同年入伍的战友钱钢,当场给贾亮泼冷水,说:"你别激动,现在就连美国都不敢轻易跟中国开战,哪会有战争。"贾亮不是善辩的人,钱钢说的也没错,他急得面红耳赤,接不上话了。林梳雨忙给他解围,说:"俄乌战争不是说打就打了吗?不管有没有战争,都要时刻做好被召回的准备,组建特训方队,就是为了让我们保持良好的军事素质。"

钱钢已经报名参加保安公司的招聘了,对于参加林梳雨和贾亮组建的特训方队,积极性不高。贾亮不跟钱钢讲道理,武断地说:"兄弟,你不能去王猛那边报名,你必须参加我们的训练方队。"钱钢说:"我想参加你们的方队,可我也要有个工作吧?总要挣钱吃饭吧?我不能跟你比,你享受残疾军人待遇,不但给你安排工作，每月还有四千多块钱的生活补贴。"

贾亮有些生气，说："我太了解你了钱钢，你就是爱打小算盘爱占小便宜，不讲战友情谊。"钱钢脸上挂不住了，差点儿跟他争吵起来，多亏林梳雨出面劝和。林梳雨跟贾亮想法不一样，他虽然希望钱钢参加自己的训练方队，但觉得这件事不能勉强，保安公司每月工资五千多，对于那些没有工作的战友来说是一个很大的诱惑。

林梳雨坦诚地对钱钢说："我不反对你去保安公司应聘，现在找工作是第一位的。"钱钢忙说："我去王猛那里当保安，到你们特训方队当队员，两全其美不是？"贾亮哼哼两声说："你想什么好事？你去保安公司上班，他们能让你参加我们的特训方队？你不能去，去了就是叛徒！"

林梳雨觉得贾亮有些过分了，钱钢有自己的选择，不能搞感情绑架，如果钱钢真能被王猛聘用，应该祝贺他才对。贾亮心里不爽，难道王猛把军事素质好的退伍兵都招聘到保安公司，我们还要敲锣打鼓给他们送上祝贺？

吴一天在一边幸灾乐祸，无所谓地说："萝卜白菜，各有所爱，谁爱去哪儿去哪儿，我报名参加你们特训方队。"贾亮心里很烦，听了吴一天的话有些恼火，瞅了瞅吴一天身边的女朋友，说："带你女朋友一边稍息去，你都没当过兵，凑什么热闹。"吴一天带的女朋友，不是他妈妈亲自选定的真真，而是医院的一名小护士，细高个子，长得甜美。审计局的真真工作很忙，而且缺少一些浪漫,吴一天并不喜欢,冷落在一边。

吴一天反驳贾亮:"谁说我没当过兵,给你看看退役证,我还是预备役呢。"贾亮揶揄地说:"你连枪都没摸过,也好意思说自己当过兵。谁不知道你当兵就是为了回来安排工作。当了两年后勤兵,也算当兵?"

"谁说我没摸过枪?新兵连我还打过靶子呢。"吴一天刚说完,身边的战友们就哄笑起来。小护士感觉到大家不喜欢吴一天,坐在那里有些尴尬。林梳雨虽然对吴一天印象不好,但吴一天的女朋友在场,总要给吴一天留面子。为了缓和气氛,林梳雨把一些水果端到小护士面前,说:"你吃水果呀,别介意呀,我们战友之间就喜欢开玩笑。"

吴一天感激地看了看林梳雨。

贾亮搞的战友聚会很失败,他把事情想得太简单了,没有工作的战友跟他是两个"阶级",没有热情参加他们的特训方队。保安公司却很容易就招来二十名退役兵,在赵庆波的带领下投入了训练,午餐每人一个猪肘子,似乎是故意吃给林梳雨和贾亮看的。

林梳雨组建特训方队成为空谈,心里很郁闷,却又想不出好办法,现实问题摆在这儿,退役兵不能饿着肚子训练,总要有一份工作。他每天在小院子里发狠地训练,孙娜看他愁眉苦脸的样子,就劝他回去上班,那么好的工作不能丢了。她说:"我后悔帮你找房子了,我知道你为什么要住这里……我替我姐姐谢谢你,可我觉得,你应该忘掉她,尽快离开这里,回去上班,找一个自己喜欢的人,好好生活。"

孙娜的父母希望孙娜能跟林梳雨好上,但孙娜通过这段时间和林梳雨的接触,知道自己跟林梳雨不可能走到一起,她情愿做一个妹妹陪伴在他身边。

林梳雨认真地看着孙娜说:"我想知道是谁害死了你姐姐!"

孙娜突然想起一件事情,说道:"预备役团的那个叶参谋,好像认识我姐姐。"

林梳雨愣住了:"她?她怎么会认识孙颖?"

孙娜摇头说:"不知道。那次你从派出所出来,她问过我,她把我当成我姐姐了,我觉得她可能认识我姐姐。"

林梳雨一头雾水,他并不知道叶雨含看过他夹在退役证里的孙颖的照片。

第五章

13

林梳雨辞职的事情，谭春燕专门向分管退役军人事务局的史副市长做了汇报，烟威市政府很重视复转军人安置工作，协调几个单位跟林梳雨搞了一次见面会。

会上，史副市长很动情地说："林梳雨同志在边疆服役十二年，而且是在最艰苦的地区执行最危险的反恐任务，多次立功受奖，为家乡父老争了光，是我们烟威市今年退伍军人重点安置对象。复转军人的安置工作，是我们市政府一项重大政治任务，事关国家安宁和社会稳定。今天我把大家召集过来，就是要集中力量破难题，让林梳雨同志找到一个适合自己的工作岗位。"

林梳雨在史副市长介绍他的时候，突然觉得很紧张，低着头像犯了错误的小学生正接受老师的批评。

史副市长看到林梳雨低着头，就轻轻喊他的名字，说："林梳雨,现在你有什么想法就说出来,城建局、农业局、文旅局和卫健局,这些单位任你挑选。"

林梳雨不得不抬起头来,唏嘘地看着对面的局长们,犹豫了半天才终于开口:"我想去公安局刑侦支队。"

大家都很吃惊,转头去看史副市长。谭春燕发现史副市长一时不知该怎么回答,忙接过话茬儿。谭春燕说:"是这样的林梳雨,我来解释一下,警察是公务员身份,只有转业干部才可以安置在公安局,士官只能安置事业编。如果去公安局,要到派出所或者交警队当辅警,刑侦支队基本上没有辅警。"

林梳雨有些失望地点点头说:"我明白了。"

会场的气氛突然很尴尬,屋里安静下来。文旅局局长似乎很有担当,主动自我介绍:"我是文旅局的,欢迎林梳雨同志来我们局工作,我们文旅局就需要有素质、有魄力、有牺牲精神的优秀人才。文旅局下面的部门很多,你想去哪个部门都行。"

史副市长轻轻舒了一口气,赞赏地对文旅局局长微笑一下,气氛一下子活跃起来。城建局局长也想在史副市长面前表现一下,说:"林梳雨,你到我们局来吧,你想做什么都行,工作岗位随你挑,你就是什么都不做也行。"

城建局局长的话,林梳雨听着很别扭,好像自己成了废物。林梳雨突然激动地说:"谢谢各位领导,我不是想找轻松工作,也不想被别人养着吃闲饭,我以后不再麻烦你们安置工作了,我想自己做点儿事情。"说完,林梳雨站起来,对大家鞠躬,转身走出会议室。

在场的人始料未及,面面相觑。米兜兜咬牙切齿,看了一眼谭局长,低声说:"他脑子有问题,我没说错吧?"

几位局长满腔热情却被林梳雨兜头浇了一盆冷水,弄得心情很不爽,交头接耳地议论起来。史副市长比较冷静,对大家笑了笑说:"你们都不要大惊小怪的,我早就听谭局长介绍过了,这些在边远地区服役很多年的军人,都有一些个性,我们要有耐心。林梳雨确实有他的问题,但我们不能因此置之不理。谭局长,这个任务还是要交给你们,要耐心做工作,绝不能轻易放弃,一定要让这些复转军人感受到家乡和地方政府的温暖。"

城建局局长没好气地说:"我们不能为一个不正常的怪人耗费太多的精力。"

史副市长反问:"你觉得我们这样做就是为他一个人吗?你错了,我们是为人民军队,是为了让那些日夜守卫疆土的将士们安心、暖心!"

史副市长说完,谭春燕忍不住鼓掌。

会议结束,米兜兜率先走出政府大楼,站在停车场等候谭春燕,一脸郁闷。谭春燕走到车前,瞥了她一眼说:"去预备役团。"米兜兜直愣愣地看着谭春燕,以为自己听错了。谭春燕又说:"愣着干啥?去找叶参谋。"

米兜兜大概猜出谭局长去找叶雨含的意图,边开车边给叶雨含打了个电话,她的车就直接开到了预备役团的办公楼前。谭春燕下车的时候,一身戎装的叶雨含已经站在楼前等候了。叶雨含说:"哎呀谭局长,多大的事情劳驾您亲自过来?有事让米兜兜来就行了。"谭春燕瞪了一眼米兜兜说:"我不相信她了。"

叶雨含发现米兜兜偷偷朝她做鬼脸,就故意模仿长者口气说:"是呀谭局长,现在的年轻人呀,不思进取,甘愿躺平,我有个建议,你们单位可以请我们预备役团军训一下,我保证挑选最严厉的教官,让那些躺平的人知道什么是竞争。"

谭春燕站住了,惊喜地看着叶雨含:"哎,我怎么没想到呢?退役军人事务局的工作人员确实应该军训,每年都应该搞一次。米兜兜,你跟叶参谋对接,拿出军训的详细方案,下周四把方案给我。"

米兜兜真的急眼了,瞪着叶雨含。叶雨含也愣住了,问:"谭局,你当真了?"

谭春燕很认真地点点头:"我亲自带队。"

叶雨含带着谭春燕走进自己办公室,忙着给她泡茶。谭春燕趁机环视了一下办公室,对米兜兜说:"你经常来叶参谋办公室,没学着点儿?你看人家的办公室多整洁,再看看你们办公室。"

米兜兜小声说:"谭局,我们办公室不能跟他们比,他们是军人标准。"

谭春燕说:"所以我们要军训,向军人标准看齐。"

米兜兜提醒谭局长说:"谭局,你来叶参谋这里,不是专门来给我现场上教育课的吧?今天的主题不在我这里呀。"

谭春燕言归正传,说:"叶参谋,我今天来是为了林梳雨的事情,我听米兜兜说,林梳雨能听进你的话。"

叶雨含一脸茫然,说:"谭局,你别听米兜兜瞎说。米兜兜,你不能这样设计我,林梳雨怎么能听进我的话了?"

米兜兜惊讶地说:"谭局长又把我卖了。"

谭春燕笑了,说:"叶参谋,你就别推辞了,陪我和林梳雨的父亲去樱桃镇一趟,我们一起跟林梳雨好好谈谈,回单位上班的事情可以让他慢慢考虑,当下急需解决的是他跟他父亲的矛盾,我们要想办法让他们父子和解,让林梳雨尽快回到家里。"

叶雨含略有迟疑地说:"可以啊,不过我只有晚上或者周末有空。"

谭春燕觉得一天都不能拖延,当天晚上就带着林芳晨等人去了樱桃镇,几个人围坐在小院的石桌旁。林梳雨从屋内端出两个军绿搪瓷缸,放在叶雨含和谭局长面前,说:"不好意思,我这儿没有水杯,只有这两个搪瓷缸。"谭春燕把搪瓷缸推到林芳晨面前,说:"林科长,你喝茶,我晚上喝茶睡不好觉。"

林芳晨有些尴尬,把搪瓷缸推给了身边的米兜兜。谭春燕瞅着林梳雨说:"你也坐下,就你一个人站着,多别扭。"林梳雨拽过一个木头墩子坐下,谭春燕瞅着木头墩子叹息一声,说:"你在这里一个人住,生活条件比较艰苦,也不方便,最好还是回家住,林科长心里一直牵挂着你,今晚是特意来接你回去的。"

林梳雨快速回答:"我在这里挺好的。"

林芳晨接话了:"挺好的,连个水杯都没有?你能不能别折腾,好好回去上班?人家吴主任的儿子吴一天,跟你一样退伍回来,家庭条件比你好多了,也在踏踏实实上班,你却挑三拣四的……"

林梳雨立即打断父亲的话:"别拿我跟他比,没得比!"

"怎么不能比?你有什么了不起的,还能比吴主任的儿子条件优越吗?"

"他当兵就是为了安置个好工作,现在如愿以偿了。"

林芳晨惊讶地说:"不对吗?你当兵为了什么?不也是为了改变自己的命运,为了有个工作?"

林梳雨嘴里喊了一声,有些激动地说:"我不是……我不是,我当兵……就是为了当兵。"

谭春燕赶忙捅了林芳晨一把,说:"咱们今晚不提别的,就是跟林梳雨商量回家住的事情。"林梳雨说:"谢谢你谭局长,你不用费心了,我就是不想跟我爸住一起,离开他我就舒服了。"

林芳晨忽地站起来,准备离开:"你爱回不回,你不想见我,我还不想见你呢,跟你妈一样倔!"

"别提我妈!"林梳雨愤怒地说,"你为什么总要扯上我妈?"

院内的气氛陡然紧张起来,恰好这时候孙娜推门进院,看到院内好多人,愣住了,她不好意思地说:"哎哟梳雨哥,有客人呀。"

几个人的目光都落在孙娜身上,孙娜忙把手里的篮子放在石桌上,说:"我给你送过来一些大樱桃,山地里的还没下来,这是大棚里的,你忙吧梳雨哥,我走了。"孙娜说完,匆忙离去。

谭春燕目送孙娜走出小院,惊喜地问:"这谁呀?长得很好看。"

林梳雨说:"是我同学的妹妹。"

叶雨含笑了:"你同学?男的女的?我没猜错的话,她叫孙颖。她在什么单位上班?"

林梳雨想起孙娜说过,叶雨含可能认识孙颖,于是反问:"你怎么知道她叫孙颖?你认识她?"

叶雨含说:"不好意思,那天找你的退役证,看到里面夹着一张女孩的照片,照片的背面写着'孙颖'。"

"她不是孙颖,是孙颖的妹妹孙娜,孙颖不在了,被人害死了。"林梳雨脸色很难看地说。

林芳晨明白过来了,惊讶地问:"孙颖就是'5·18'案中死去的那个女同学?"

林梳雨没吭气,显然不想跟父亲搭话。

谭春燕愣住了:"'5·18'案……那女生是你同学?"

林梳雨很烦躁地说:"我不想提这件事。"

院内一时寂静,大家都不知该说什么了。谭春燕起身告辞,叮嘱林梳雨照顾好自己,说她有时间还会来看林梳雨。

几个人走出小院上了车,叶雨含坐在车座上发呆,她的脑子有些乱。谭春燕问林芳晨:"那个女生是林梳雨的女朋友吗?"林芳晨说:"应该是吧,他们在高中谈朋友,礼拜天一起逛超市,林梳雨是最后跟那个女同学见面的人。女孩失踪后,有人在玉米地里发现了她的尸体,警察找过林梳雨好几次,怀疑他有问题。"

"那年我也还在上学,出了这事,我妈都不让我单独出门了。"米兜兜回忆说。

谭春燕有些疑惑:"林梳雨现在跟他女同学的妹妹谈朋友了?"

"肯定的,我一眼就看出来了。"米兜兜说着启动了车。

谭春燕说:"如果真是谈朋友,倒是好事,林科长也不用担心了,林梳雨在这儿有人照顾的。"林芳晨气呼呼地说:"我才不管呢,家他爱回不回,跟他那个妈妈一样倔。"谭春燕瞪了林芳晨一眼:"林科长,说句你不爱听的话,我觉得你不应该总是在林梳雨面前贬低他的母亲,而且……我觉得你跟他说话,太像个父亲了。"林芳晨说:"我就是父亲,不像父亲像什么?"米兜兜说:"兄弟呗,我跟我妈就是姐妹,有时候我是妈,她是孩子。"

谭春燕赞同地点点头:"我感觉,林梳雨缺少爱。"

叶雨含一直没说话,她在回想林梳雨夹在退役证里的那张照片,照片背面写着"孙颖",可以判断他对孙颖感情很深,难道他把对孙颖的这份感情转移到妹妹孙娜身上了?

14

林梳雨刚退役回来的时候,同学郝世爱就盯上他了,请他吃过饭后，郝世爱打电话征求他的意见，希望他加盟好事来文化传媒有限公司的抖音团队，利用林梳雨的特殊经历，把他包装成一个能为公司带货的网红，兼职都可以。林梳雨拒绝了，说自己对抖音直播不感兴趣。郝世爱得知林梳雨辞职后，又去找他，说："既然你不想坐班，那就到我公司做抖音直播，保证让你挣大钱。"林梳雨仍旧拒绝，说那种卖萌耍宝的事情，自己做不出来。

郝世爱有些恼火，嘲讽林梳雨假清高，卖萌耍宝能挣到钱也是本事，总比在大街上管闲事好吧，求他来公司做直播的人多着呢，别以为自己有什么了不起。林梳雨也有些急了："我管闲事跟你有什么关系？你爱找谁找谁去，离我远点儿。"

两个人把话说尽了，同学的情分算是彻底断了。本来他们的情分也没有多深，高中时期都还是孩子，彼此印象很淡，这十多年中也就见过两三次，场面上很热闹，其实没有多少交流，都不了解对方。

郝世爱是个有奶就是娘的人，没有利益是不会跟你交往的。他跟林梳雨撕破脸皮后，竟然去找贾亮，似乎是故意做给林梳雨看的。你林梳雨不做，有的是人想做。在郝世爱看来，贾亮自身条件也不错，不仅是特种部队出来的，而且在战斗中负伤，是残疾军人，可以炒作的话题很多。郝世爱把贾亮和他女朋友冬云请到了海边的一个音乐餐厅，跟贾亮谈合作的事情，他说："你可以先做兼职，白天上班，晚上做直播，做好了再辞职。"

郝世爱没想到贾亮也拒绝了，而且话说得比林梳雨更难听：

"不要脸皮的事情我不做。"

贾亮拒绝做直播,这可急坏了女朋友冬云,趁着贾亮去厕所,她问郝世爱:"郝总,我去你们公司做直播行不行?"郝世爱打量了冬云几眼,显然她并不符合他选人的条件。不过郝世爱刚刚才被贾亮生硬地拒绝过,心里正羞恼,于是动了坏心眼儿,加了冬云的微信,说找时间跟她单独谈。郝世爱报复心很强,他想导演一出大戏。

几天后,冬云接到郝世爱的微信,约她在海边沙滩见面。郝世爱直率地告诉冬云,她不适合做直播,最适合的就是贾亮,可惜贾亮脑子不开窍。郝世爱故意很认真地打量了冬云好半天,似乎百思不得其解,说:"我就纳闷儿了,你这么好的条件,怎么看上贾亮这种二货,有力气没脑子,看他那长相,一辈子没有富贵命。"冬云听了并没说话,但郝世爱从她的表情中已经看出她内心的波澜。

两人聊天的时候,有一个男人穿着大短裤从旁边的太阳伞下走过来,显然他是跟郝世爱事先约好的。郝世爱对冬云说:"给你介绍一下,这位是孙总,你不是想挣大钱吗?孙总是做投资生意的,可以让你一夜暴富。"冬云急忙站起身跟孙总握手。这位孙总叫孙树茂,就是那天跟叶雨含撞车的男人,他钥匙环上的翡翠弥勒佛一直印在林梳雨脑海里。

孙树茂是和顺家政服务公司和林杉金融投资公司的总经理,其实他只负责经营家政服务公司,林杉金融投资公司实际控股人是蔡桂森,人称"黑胖",烟威市有名的"社会人"。孙树茂是蔡桂森的小弟,出道时就跟在蔡桂森身后混,给蔡桂森当了很多年司机,是蔡桂森最信赖的人。

孙树茂跟冬云礼貌地打过招呼后,就把她晾在一边,跟郝世爱聊最近的投资收益。从他们的对话中,冬云听明白了,郝世爱在林杉金融投资公司投了五十万,一年后资产翻倍。她很想让贾亮也参与投资,却被孙树茂婉拒了,说这种投资仅限于朋友圈。郝世爱偷偷给冬云使了个眼色,冬云心领神会,提出跟孙树茂加个微信,孙树茂犹豫一下,让她扫了微信二维码。三个人分开的时候,郝世爱暗示冬云,有时间可以单独约孙总吃个饭,成了朋友,什么事情都好说。

郝世爱在污浊的圈子里混了很多年,一眼就看透冬云属于哪类人,于是把她介绍给孙树茂,算是送了个人情。他得到过孙树茂的帮助,孙树茂让他帮忙物色女孩子,他嘴里答应了,却一直没落到实处。

说穿了,冬云属于寄生虫一样的女人,她找贾亮并不是真喜欢他,只是暂时找了个"钱包",在烟威市有个落脚的地方,走一步看一步,因此她遇到"大财神"孙树茂后,很自然地投入孙树茂怀抱。孙树茂跟她只是逗个乐,不可能长久喜欢她。贾亮是真爱她的男人,她跟贾亮在一起,生活算不上奢靡,但至少是富裕的,而且可以过得长久。

在孙树茂的授意下,冬云开始说服贾亮做投资生意,最初贾亮断然拒绝,说自己没有这个脑子。冬云也就不再提这件事了,不过她花钱的速度越来越快,让贾亮有些囊中羞涩。当然,冬云每次花钱,理由都很充分,让贾亮觉得这笔钱是他们幸福生活的必要开支。就在贾亮有些挺不住了的时候,冬云用她自己那点儿私房钱偷偷在网上投资,竟然挣了上万块。终于,贾亮相信了冬云,用自己的退役费和伤残补助款凑了五十万,交给冬云在网上做投资生意。

林梳雨在部队服役时间比贾亮多了四年,又是在最艰苦的地区,退役费比贾亮拿得多,他又不像贾亮那样挥霍,暂时并没有生活压力。孙娜几乎每天都要去他的小院坐一会儿,给他带来馒头和大饼,甚至带来炖排骨和红烧肉。这些美食都是孙娜母亲做的,母亲在做这些美食的时候,心里有一种美好的憧憬。做母亲的这份用心,是可以想象的。林梳雨每天像在部队那样准时起床,完成基本的训练,然后就是等待孙娜来聊天。

他在樱桃镇的日子,过得挺滋润的。

然而在父亲林芳晨眼里,林梳雨过的就是懒汉生活,令他在单位抬不起头来。想来想去,他只能给林梳雨的母亲打电话。他有好几年没给林梳雨母亲打电话了,两个人虽然不联系,但彼此很有默契,都保留着最初的电话号码。他在电话中把林梳雨的情况讲述了一遍,重点突出自己为林梳雨的工作操碎了心,最后说:"林梳雨听你的话,如果你觉得他应该上班,你就劝他赶紧回到单位;如果你觉得他可以这样混下去,那好吧,我就不再过问了。"

107

林梳雨的母亲在手机那边嗯了一声,没多说一个字。林芳晨等了半天没声音了,粗粗地叹了一口气,主动挂了手机。

母亲打来视频的时候,林梳雨正躺在吊床上翻看军事小说。吊床挂在小院的两棵树之间,从枝叶间漏下来的斑驳阳光打在脸上,有些晃眼。他眯起眼睛跟母亲说话:"我很好呀,妈,你不用替我操心,我过得很好。"

母亲说:"你现在挺滋润的,退役费花完了你怎么办?总要上班的。"

林梳雨在吊床上挣扎了好半天,才挺直上身:"我想自己做点儿事情,做什么没想好。"母亲说:"现在做生意很不容易,你舅舅都不怎么干了。再说了,你就是秤砣一个,心眼儿太实,做不了生意,趁早别折腾,还是回去上班,稳稳当当的。"林梳雨跟母亲说了实话:"我不是不想去上班,可地方的工作我无法适应。打个比方,你原来是举重运动员,突然让你去跳芭蕾舞,你能适应吗?"

母亲不知道该怎么劝说了,于是转移了话题,问:"你谈女朋友了没有?"

林梳雨说:"现在不想谈,以后再说吧。"

母亲犹豫了一下,说:"你没事到宁波来吧,到我这儿住几天。"

林梳雨愣了一下。是呀,反正待着也没事,早就应该去看母亲了。他立即答应,问母亲想吃老家的什么东西,他给母亲带过去。母亲想了想说:"我真忘了老家有什么好吃的了,我十多年没回去了。"林梳雨听了母亲的话,一阵心酸。

俗语说,无巧不成书。没有巧合,世上就没有故事了。林梳雨跟母亲视频的当天中午,叶雨含在预备役团食堂吃饭,参谋长姜少华端着餐盘坐到她身边,叶雨含看了一眼姜少华的餐盘,说:"吃这么少参谋长?"姜少华说:"不吃才合适,开了一上午会,没运动,早饭还没消化,最近老是长肉。"叶雨含说:"我不运动也饿,你说气人不气人?我吃得再多也不胖,你说气人不气人?"姜少华看着叶雨含小女孩一般淘气的神情,对她做了个恐吓表情,然后转移话题,问:"你三年多没探亲,想什么时候休假?"

叶雨含惊讶地瞪大眼睛,瞅着姜少华:"什么意思参谋长,我可以休假吗?"

姜少华说:"要休假就上半年抓紧休,下半年事情多,要防洪防汛,还要准备秋季大比武。"

叶雨含放下筷子,认真地说:"好啊,那我收拾一下东西,今晚就走。"

"嗨,我要不问,你一点儿不急,我还以为你今年又不休假了。"

"我今年开春就想走,一直没好意思跟你提出来。"

姜少华低头吃饭,边吃边说:"抓紧写个休假申请……"不等他说完,叶雨含站起来,端着盘子就走。姜少华惊讶地说:"你不吃了?"叶雨含说:"我能吃得下吗?你就不能等我吃完饭再说这事?"姜少华气得要训她几句,她已经走远了。

晚上八点钟,叶雨含坐在机场候机室的排椅上,突然发现林梳雨拉着箱子朝她所在的方向走来,她的表情瞬间拉满,以为林梳雨是朝她走来,准备好跟他打招呼,他却从她身边走过去了,根本没看见她。

她轻声喊:"林梳雨。"

林梳雨听到喊声,站住,四下寻找,看到从座位上站起来的叶雨含,惊住了。叶雨含问:"你这是去哪儿?"林梳雨说:"我要去宁波,你呢?"叶雨含惊叹:"哟,也是宁波。"林梳雨猜测道:"你回家是吧?"叶雨含使劲儿点头,有些小兴奋地说:"对啊,我休假。这有点儿……太巧合了吧。"林梳雨笑了,说:"确实。"

叶雨含也笑了,指了指身边的座位说:"坐这边,还有二十分钟检票。你到宁波看母亲?"林梳雨点点头。叶雨含又说:"你有没有想吃的宁波小吃?我带你去吃。"林梳雨说:"我从来没去过宁波,也不知道什么好吃,就是曾经听别人说宁波的珍珠汤圆好吃。"

叶雨含打了一个响指,说:"搞定。"

林梳雨被她的动作逗笑了。

15

叶雨含和林梳雨约定,等到林梳雨有空闲时,就给叶雨含打电话,她带林梳雨去品尝宁波美食。林梳雨到宁波见到母亲,给了母亲一张十万块钱的银行卡,陪在母亲身边说了两天两夜的话,这才给叶雨含打电话,说自己忙完了。叶雨含约他在南塘老街碰面,南塘老街是宁波有名的小吃街,不仅让林梳雨吃到了珍珠汤圆,还让他啃了一个烤猪蹄,吃了一盒臭豆腐。

午饭后,叶雨含提出去参观天一阁藏书楼。她说:"就在我家附近,看完后去我家喝茶。"林梳雨见不能拒绝,忙说:"我正想去拜访叔叔阿姨。"

两个人去天一阁藏书楼参观,正是中午闷热时分,叶雨含额头和脸颊出了很多汗,她不断用餐巾纸擦拭。恰好外面摊位上有出售袖珍电风扇的,也就拳头那么大,趁叶雨含不注意,林梳雨跑去买了一个,对着叶雨含的额头吹,说:"怎么样,能凉快些吧?"叶雨含笑了,问他从哪儿买的。他说自己会魔术,变出来的。叶雨含从他手里接过小电风扇,说:"你给我吧,看你笨手笨脚的,别人见了还以为……"叶雨含后面的话没说出来,但林梳雨知道她想说什么,竟然脸红了。

转完了天一阁藏书楼,他们就去了叶雨含家。叶雨含一定提前跟父母打招呼了,林梳雨走进客厅,发现茶桌上摆放了很多新鲜的水果。叶雨含介绍林梳雨的时候,她的父母不加掩饰地盯住林梳雨看了半天,尤其是她的母亲,两眼放光,看得很专注,看完后满脸笑容,招呼说:"小林,快坐过来吃瓜。"

叶母拿起一块切好的西瓜递给林梳雨,林梳雨觉得刚坐下就吃东西不礼貌,把西瓜又放在瓜盘里。叶母催促说:"你吃呀。"叶雨含抓起一块西瓜率先吃起来,又对林梳雨说:"走了半天路真渴了,你吃,别装好不好?"

林梳雨吃瓜的时候,叶母问林梳雨在哪个单位上班,不等林梳雨回答,叶雨含就说在政法委,叶母高兴地说:"政法委是好单位。"林梳雨立即纠正,说自己原来在政法委的综治中心上班,后来辞职了。

叶雨含瞅了林梳雨一眼,显然是责怪他太实诚了。

叶父插话了,问怎么辞职了。林梳雨说:"我觉得这工作不太适合我。"叶母问:"那你现在做什么?"不等林梳雨说话,叶雨含又抢答:"等待再分配。"没想到林梳雨又诚实地说:"我想自己做点儿事情,还没想好做什么。"

叶母愣怔了一下,看了一眼叶雨含,又看看叶父,问林梳雨:"你不要工作自己开公司?还是有份工作稳当,现在做什么生意都不容易。也不图大富大贵,以后你跟雨含都拿工资生活,过平稳日子就好。"

叶雨含知道母亲想多了,在林梳雨离开她家的时候,特意到楼下跟他解释,说:"我妈刚才误会了,以为我带男朋友回家,我都懒得跟她解释了。"林梳雨很理解地说:"都一样,昨天我妈跟我聊到半夜,聊的全是这个话题,恨不得我年底就结婚。"

送林梳雨上了出租车,叶雨含回到客厅,听到父母正在议论林梳雨,似乎是故意说给她听的。叶母说:"工作不稳定可不行,不图他家庭条件好,但怎么也要有个好工作。"叶父轻描淡写地说:"我们上了一辈子班,你还没上够啊。"叶母退休前是中学老师,叶父退休前是当地法院的副院长,都是老实人。

叶母看了一眼坐在对面沙发的叶雨含,用质问的语气说:"他没有工作,让雨含养着他?这算什么?"叶父仍旧不紧不慢地说:"自己做点儿事情,比上班自由。两人都上班,其实并不好。"

"自己做事情当然好,他一没本钱二没后台,能做什么事情?在路边摆小摊还是送外卖?"叶母的语气有些不耐烦了。

叶父反问叶母:"这么说吧,你觉得这个小伙子怎么样?"

叶母承认人还不错:"人挺好,挺帅的,看上去也挺稳重的。"

"好,那你再说,现在雇个保姆多少钱?"

叶母愣了一下,不解地说:"宁波嘛,全勤保姆一个月八千块吧。"

叶父点点头,又问:"如果雨含雇这个小伙子,既当保姆又当保镖,你觉得要多少钱?"

叶母似乎明白了,生气地说:"雨含为什么要雇他当保姆?雨含是要找男朋友的。"

叶父顺着叶母的话问:"你说雨含找个什么样的男朋友我们最放心,如果男朋友像保姆一样照顾雨含,你说好不好?"

叶母一时不知该怎么回答,愣愣地看向叶雨含。

叶雨含饶有兴味地听着父母对话,好像他们说的不是自己一样,一脸坏笑,看他们谁能在辩论中胜出。发觉母亲在看她,她对母亲说："别看我,跟我没关系,你们俩辩论。"

显然,叶父在辩论中占了上风。他说："这个小林当兵十多年,还是特种部队出来的,有他在雨含身边不好吗?雨含以后转业,在烟威市政府机关安置工作,每个月的工资足够生活的。就算小林在路边摆小摊,也能养活自己。再说了,你看这个人像是摆小摊的模样吗?"

叶母不服气地说："摆小摊的人脸上还刻着记号?"叶父说:"小林这个小伙子,一看就是心气很高的人,他要没两下子能从政法委辞职?这小伙子是干大事的人,我跟你打赌,以后他必定干成大事!"叶母说："我不跟你赌,我不能拿雨含的幸福跟你赌,找男朋友可赌不起,赌输了就倒霉一辈子。你说是不是,雨含?"

叶雨含笑了："你们俩说了半天,说了个寂寞,林梳雨跟我没一毛钱的关系,他根本就不想结婚。"

叶父换了一个角度,问叶雨含："如果小林喜欢你,你会不会答应?"

叶雨含被问住了："这个问题……我真没考虑,你们就别胡思乱想了。"

叶父说："你觉得这个小伙子怎么样?你喜不喜欢他?如果不喜欢,你不会把他带到家里。"

叶雨含忙争辩："我们刚认识没多久,算是普通朋友,没你们想的这么复杂。互相认识,宁波又是我老家,在这儿碰上了,总该请他吃个饭吧?"

叶父笑了,说:"急了吧急了吧?请吃饭是一回事,带回家是另一回事。"

叶父的问话确实犀利,不愧是当过法官的人。叶雨含被父亲逼到死角,无法解释自己的行为,就说:"哎哟,看样子是我考虑不周了?他提出要来看望你们,我就答应了,很正常呀。"

"不正常。如果你不喜欢他,你肯定会找理由拒绝。"

"嘿,老爸,你这是……你这是强词夺理,我不跟你说了。"

叶雨含故作生气,站起来走回自己的房间。叶父对着她的背影说:"别听你妈的,鼠目寸光。你喜欢一个人,就要主动去追求,挖到篮子里才是你的菜,你都这岁数了,又不是小姑娘,这点儿心眼儿都没有吗?"

叶雨含回到房间,门却没关严实,留着一道缝隙,她想听听父母还会围绕林梳雨说些什么话,他们却不说了。

叶雨含和林梳雨在机场候机室相遇的时候,就商定好了一起返回的日期。两个人走出烟威机场的时候,叶雨含说:"我们单位来车接我,一起走吧。"林梳雨说:"不用了,我叫辆出租车。"叶雨含不解地问:"有车,你叫什么出租车?"

林梳雨摇头说:"不要让别人误会了,影响你的名声。"

叶雨含觉得有些好笑:"影响我什么名声?搭个顺风车有什么可误会的……"

"谢谢你叶参谋,我已经叫车了。"

林梳雨朝叶雨含挥手告别,朝另一个方向走去。叶雨含站在那里,一直瞅着林梳雨消失在人流中。

她心里突然有些失落。

叶雨含回宁波探亲期间,退役军人事务局谭春燕副局长派人把军训计划送到了叶雨含办公室。叶雨含上班第一天,拿着军训计划去找参谋长姜少华签字。参加军训人员共二十人,由谭春燕带队,军训时间并不长,也就十天。

姜少华看得很仔细,看完后问叶雨含:"晚上要住我们这里?有必要住宿吗?"

叶雨含说:"谭局长要求住宿,说这样才能真正体会军营生活。"

姜少华用手指敲着报告,斟酌了一会儿,在上面签字,然后叮嘱说:"你考虑细致周全一些,千万不能出任何事故。他们的宿舍放在几楼好?"叶雨含说:"最好在二楼。"姜少华同意了,让叶雨含告诉谭局长,退役军人事务局是预备役团的合作单位,预备役团只收他们的伙食费,住宿费和训练费都不收。

叶雨含回到办公室,立即给米兜兜打电话,通知他们这个周末到预备役团报到。米兜兜有些紧张,说:"叶上尉,你一定要给我们挑选一个性格好的教官。"叶雨含说:"没问题,你说吧,怎么才叫好?"米兜兜想了想说:"说话和气,性格温顺,不是太较真儿的人。"

叶雨含在手机这边笑了:"我说米兜兜,你们是来训练,还是来上幼儿园?我让陶阳给你当教官你就满意了是吧?"

米兜兜说:"训练归训练,别成心折腾我们。"

米兜兜说着,看了一眼办公室的王姐,做出一个鬼脸。王姐忙朝米兜兜走了几步,声音很大地说:"就是呀,别让我们在太阳底下傻站着,哎,兜兜,你买防晒霜了吗?我给你一瓶吧。"

叶雨含在手机里听到王姐的话,故意吓唬米兜兜说:"防晒霜也没用,太阳底下晒一天,你男朋友陶阳肯定认不出你了。不跟你说了,我有事情。"米兜兜还想跟叶雨含唠叨,叶雨含已经挂断了手机。米兜兜一脸无奈地看着身边的王姐,拍着自己的脸:"王姐你说怎么办啊,我这张脸……谭局真是折腾人,搞什么军训呀。"

王姐有些小兴奋地瞅了瞅自己的肚子,说:"我权当去减肥啦。"

第六章

16

周六上午,谭局长带领二十名退役军人事务局的工作人员,身穿迷彩服,列队站在办公楼前,等待军训教官的到来。他们脸上的表情都很丰富,有期待也有些兴奋。王姐站在米兜兜身边,左顾右盼的,很活跃。她体形有些胖,长得不是很好看,却特别关心教官的相貌。她有些心焦地问米兜兜:"兜兜,你猜咱们的教官会是什么类型的帅哥?"

米兜兜一眼就看穿了王姐的小心思,故意说:"叶参谋的意思,教官不能太帅了,太帅了我们没心思训练,眼睛都盯在帅哥身上。"身边几个人哄笑起来,气得谭春燕朝他们瞪眼,说:"你们能不能安静一会儿?"

正说着,叶雨含穿一身军装,陪着林梳雨从办公楼走出来。米兜兜看到林梳雨,眼睛都直了,忙去看谭局长,看她会有什么表情。谭春燕也是一愣,很快露出一脸的笑容,特意举起手,暗中跟林梳雨打了个招呼。

王姐捅了一把米兜兜,诧异地说:"怎么是他?怎么不是预备役团的军官?"

叶雨含精神抖擞地走到队列前,说:"大家安静,我来介绍一下本次军训的教官。林梳雨教官曾在特种部队服役十几年,军事素质过硬,实战经验丰富,他将陪伴大家度过十天的军训生活。训练场就是战场,任何人都要严格执行教官的命令。"叶雨含说着,目光落在米兜兜脸上。米兜兜明白叶雨含的意思,故意把目光转向一边,给了叶雨含一个冷脸。

如果不是在队列前讲话,米兜兜的表情能把叶雨含逗笑了。气愤、无奈、死猪不怕开水烫,米兜兜内心的变化都写在脸上。

叶雨含憋住笑,对林梳雨说:"林教官,现在把队伍交给你,开始吧。"

林梳雨跨步上前,对众人行一个标准的军礼,脸上淡淡的微笑瞬间消失,一脸严肃地敞开嗓门喊道:"都有,听口令,稍息,立正——!"然后他转身,面对叶雨含敬礼:"报告叶参谋,队伍集合完毕,是否开始训练,请指示!教官林梳雨!"

众人蒙了,这种阵势他们没经历过,都紧张地站立。林梳雨的几个动作就让他们明白,军训不是闹着玩的,要打起精神来。

训练第一步就是拔军姿。动作看似简单,却很折磨人。在强烈的阳光下,每人头上顶着一个碗,像练舞蹈似的,挺胸抬头,一动不动,二十多分钟后,都是一身汗水。林梳雨穿过队列,从每个人面前走过,纠正他们的动作,那样子像检阅部队的大将军。

林梳雨在米兜兜面前站住,瞅着米兜兜松弛的腹部,显然米兜兜在偷懒。林梳雨提醒米兜兜:"手指并拢,挺胸,收腹。我让你收腹,听见没有?"

米兜兜不情愿地收腹,头上的碗晃荡一下,差点儿掉下来。她不友好地瞪了林梳雨一眼,说:"我坚持不住了。"林梳雨没搭理她,朝前面走去。她瞅着林梳雨的背影,真想抓起自己头顶的碗,砸向他的后脑勺。

叶雨含虽然在办公室忙事情,但能够想象出训练场上那些学员的表情。她从电脑前站起身,走到窗前朝训练场看了一眼,发现学员们开始训练齐步走了,于是戴上军帽出了办公室,边走边将武装带扎在腰间。

训练场上,学员们齐步原地摆臂。林梳雨一边喊口令、做示范,一边纠正他们的动作。王姐的手臂总是比别人的低,林梳雨走过去抓住她的手,固定在准确的高度,说:"注意,手形要定位,摆臂的高度在第三和第四衣扣之间,用两眼的余光扫视左右,手形要成一条直线。"

纠正完王姐的动作,林梳雨朝前排走去,米兜兜终于松了一口气,身子松弛下来,小声跟王姐说:"这些动作对我们有用吗?以后我们上班跟耍猴一样,都这样甩着胳膊走路?"

林梳雨听到身后的说话声,猛然转身,目光落在米兜兜和王姐身上,问道:"米兜兜,你在说什么?"

米兜兜一脸无辜:"没有啊?"

林梳雨发现,不知什么时候,叶雨含已经站在队列旁边观看,忙让队伍解散,休息一刻钟。不过,他单独留下了米兜兜。米兜兜愣在那里,不满地看着林梳雨。

队伍虽然解散了,但大家没有走开,好奇地站在那里观望,不知道留下米兜兜干什么。林梳雨走到米兜兜面前,直视她半天,突然下达口令:"米兜兜,立正,目视前方!"

米兜兜很不情愿地站定。林梳雨把米兜兜放在地上的碗又放到她头顶上。王姐几个人明白了,林梳雨要给米兜兜"吃小灶",于是都哄笑起来。米兜兜有些羞恼,突然把头顶的碗拿下来,丢在地上,质问林梳雨:"凭什么把我留下?"

林梳雨不给她解释,严肃地说:"米兜兜,听我口令,立正!"

米兜兜转头朝一边的叶雨含喊叫起来:"叶参谋,你看看,这是不是体罚学员?凭什么把我单独留下!"

叶雨含神色严厉地说:"米兜兜,服从林教官命令!"

米兜兜愣住了,不可置信地看着叶雨含,愤怒地说:"叶上尉,他这是打击报复,我……我就不执行他的命令!"

叶雨含突然快步走到米兜兜面前,严肃地喊道:"米兜兜,立正——!"

米兜兜跟叶雨含对视。叶雨含威严的目光让米兜兜有些胆怯了,不知道该怎么做。这时候,谭春燕走过来,跟米兜兜并排站立,把一个碗顶在自己头顶,对林梳雨说:"对不起林教官,我是带队的,没带好队伍,深感愧疚,甘愿陪同米兜兜接受处罚。"

米兜兜张大嘴,吃惊地看着谭春燕。她吃惊的时候,丁科长也走过来,头顶一个碗,站到了谭春燕身边。王姐有些胆怯地左右看了看,也弯腰拿起一个碗,顶在头上,站到了谭局长身边。接下来,大家一个个都过来了,把碗顶在了头顶,站成一列陪罚。

米兜兜哭了,哭着拿起一个碗,放在了头上。

一天训练下来,每个人的身子骨都散了架,脚底起了血泡。晚饭后,预备役团专门给学员提供了开水烫脚。谭春燕和米兜兜、王姐以及另外一位女学员住一个屋子,王姐烫完脚,把一只脚抱在怀里,用曲别针使劲儿扎脚上的水泡,曲别针不锋利,扎了好几下也没扎破血泡,她疼得龇牙咧嘴地说:"谭局,我怕明天坚持不住了,简直不拿我们当人看。"

谭春燕四十好几的人了,跟年轻人比,身体更吃不消,烫完脚就躺在床上了。她对王姐说:"我们才训练一天就要死要活的样子,你想过没有,他们这些退伍兵在部队经过多少残酷的训练,才成为一名合格的士兵?他们退役回到家乡,应该得到尊重。退役军人事务局是他们的'娘家人',我们是否给了他们足够的温暖和帮助?"

米兜兜气呼呼地爬到了上铺,对着下铺的谭春燕说:"怎样才算足够的温暖?把他们抱在怀里,含在嘴里?"话音刚落,林梳雨突然出现在门口。王姐慌慌张张地站起来说:"林教官好!"

林梳雨说:"还有十五分钟熄灯,大家做好准备。"他的声音很柔和,好像跟训练场上的林梳雨不是一个人。他走到王姐面前,低头看了一眼她的双脚,又说:"你坐下。"王姐立即坐在床边,双手平放在膝盖上,挺直腰杆,等着林梳雨训话。林梳雨蹲下身子,抓住王姐的一只脚查看,然后掏出处理血泡的工具,小心地处理了血泡,将一种药膏涂抹上去,用嘴吹了吹药膏,叮嘱说:"上床睡觉,先把脚露在外面晾一晾,药膏不要蹭到被子上。"

林梳雨走出屋子,王姐仍旧傻愣愣坐着,她看着门外,一脸激动。好半天王姐才缓过神来,说:"谭局,他怎么知道我的脚起血泡了?我觉得……他脑子没毛病啊!"谭春燕故意装糊涂说:"是吗?你问问米兜兜,他脑子没毛病?"

王姐刚趴在米兜兜床边,想跟米兜兜说话,熄灯号响了,王姐迅速关掉了宿舍的灯。

熄灯号吹过,叶雨含在楼道检查各宿舍熄灯情况,发现林梳雨办公室亮着灯,门半掩着,就轻轻推门瞅了一眼。林梳雨忙站起来说:"叶参谋还没休息?"叶雨含说:"我值班,林教官辛苦一天了,赶快休息吧。"林梳雨指了指面前的电脑说:"明天是军训第二天,也是最关键的一天,很多学员的体能到了极限,我想修改一下训练方案,明天的正步训练,改为射击姿势训练,后天再进行正步训练。学员们只要挺过明天,后面几天就习惯了。"

叶雨含说:"挺好的,林教官想得很细。忙完了早点儿休息。"

叶雨含轻轻带上门。她突然觉得,眼前的林梳雨,才是他的真实面目。

的确,军训生活让林梳雨仿佛又回到了军营,他眼神里有了光,走路带风,一切都进入熟悉的节奏。他像当新兵班长一样,每天睡得晚起得早,天不亮就把学员们的脸盆和刷牙缸整齐地摆在楼道内,脸盆和刷牙缸内都接了水,白毛巾叠得方方正正,放在肥皂盒上。学员们起床后匆忙洗脸,谁都没有去思考脸盆里的水怎么来的。

一天早晨,王姐从宿舍走出来去厕所,刚出了门,看到林梳雨在楼道内忙碌的背影,忙退回宿舍,躲在门后偷偷看,这才明白他们的洗脸水原来是林梳雨端来的。王姐一惊一乍地低声喊叫,把宿舍的人都喊醒了。王姐纳闷儿地问:"你们说……林教官难道是机器人,晚上不用睡觉吗?"

没有人回答王姐的问话。

在林梳雨的合理安排下,学员们进入了训练节奏,日子并不是特别难熬,十天的训练生活不知不觉走到尾声,从齐步到正步,他们走路的姿势和气势悄悄发生了变化,走出了军人的模样。

最后一天,是训练成果汇报表演。林梳雨作为排头兵,带领队员正步走过观礼台,接受参谋长姜少华和叶雨含等预备役团干部的检阅,尽管是只有二十人的方队,他却走出了千军万马的气魄。观礼台上的参谋长姜少华感慨地对身边的叶雨含说:"林梳雨是块好钢,要把他用好。"

汇报表演结束,退役军人事务局的大巴车就开过来,停在训练场旁边。学员们打好背包,在大巴车前列队,挺胸抬头,安静地等待林梳雨讲话。

林梳雨走到队列前,给学员们敬礼,说道:"同志们好!十天的军训正式结束了,你们发扬不怕困难、敢于战斗的精神,圆满完成各科目的训练,每一个人都是好样的。更重要的是,你们在完成各科目训练的过程中,培养了战胜困难的勇气和信念,希望你们在今后追求人生梦想的路上,带着这种勇气和信念,战胜一切艰难险阻,到达胜利的彼岸。最后,我要感谢各位学员十天来对我工作的支持,我有很多做得不好、照顾不周的地方,请大家谅解。"

林梳雨说完,又敬了一个军礼。

这时候,站在排头的副局长谭春燕跨步出列,对林梳雨敬礼,声音洪亮地说:"林教官,我代表退役军人事务局,真诚地对你说一声,谢谢!感谢你为我们付出的一切,我们一定会把训练场上的信念和勇气,带到我们的工作中去。"

谭春燕说完,标准转体,面向所有人下达口令:"都有,听口令,向右转,齐步走。"

学员们齐步走到大巴车门口,却没有上车,都站在车门边,回头看林梳雨。突然间,王姐奔向林梳雨,在他面前站定,行一个军礼,随后拥抱了林梳雨,流着泪水说:"林教官,谢谢你!"

王姐的举动很煽情,很多人也跑回去跟林梳雨拥抱,然后眼含泪水上了大巴车。米兜兜没有去跟林梳雨道别,也没有跟叶雨含打招呼,她第一个上了大巴车。

大巴车走远了,林梳雨仍旧站在原地发呆。他突然意识到,自己神采飞扬的军训生活结束了,他又要回到樱桃镇,回归军营外的生活了。

17

林梳雨跟叶雨含交接完办公用品后,回到宿舍收拾了自己的行李,有些落寞地去跟叶雨含辞别。烟威市滨海酒店的陈经理在办公室跟叶雨含说话,林梳雨没有进屋,站在门口跟叶雨含打个招呼,说:"我走了,叶参谋。"叶雨含忙说:"你进来等一下,急着回去干啥?"叶雨含觉得快到晚饭时间了,应该请林梳雨吃个晚饭,感谢他对预备役团的支持和帮助。林梳雨以为叶雨含有事情要说,就走进办公室,站在一边耐心等待。

叶雨含对滨海酒店的陈经理说:"我们下半年训练任务太重,真的不能承担你们的军训。"陈经理死缠硬磨:"我们这两年招收的服务员都没有军训,站没站相坐没坐相,你们想想办法,就一周时间,行吗?该收多少费用只管收,按你们的规定办。"

叶雨含为难地说:"陈经理,这不是钱的事,我们帮地方军训,从来不收费。今年秋后,预备役师有一个大比武,年底还有军事考核,我们真的没有精力了。"

林梳雨在一边听明白了,有些激动地说:"叶参谋,我可以组织战友帮他们酒店的员工军训。"叶雨含愣怔片刻,满脸惊喜地说:"对呀,陈经理,这是个好办法。"叶雨含把林梳雨的情况介绍给陈经理,说:"林梳雨刚给退役军人事务局的工作人员军训了十天,训练效果非常好。"陈经理喜出望外,觉得自己运气太好了,在叶雨含的协助下,当即就跟林梳雨敲定好了军训合同,林梳雨负责寻找训练场地和训练器材,挑选军事素质优秀的退役战友担任教官,承担滨海酒店六十名员工的军训任务,在八月份全封闭军训一周,食宿和训练装备都由林梳雨负责解决,滨海酒店支付给林梳雨训练团队十万块钱的训练费。

滨海酒店的陈经理走后,叶雨含有些担心地问林梳雨:"你们的训练基地在哪里?训练器材和装备在哪里?"林梳雨胸有成竹地说:"距离八月还有三个多月的时间,我想找个地方,建造一座类似军营的军训基地,承接烟威市一些企业的军训任务,还可以为学校的拓展训练提供场地和教练员。"

叶雨含笑了,连连点头说:"好想法。"

林梳雨为自己的设想而激动:"还有啊,主要是把没有工作的退役战友都招进来,组建特训方队,我们可以一边工作一边训练,为今年秋季预备役师的大比武做准备。"

叶雨含也激动了,情不自禁地鼓掌。她心里知道,这才是林梳雨真正想要的生活,真能干成,不仅林梳雨实现了梦想,那些退役兵也有了自己的家,士兵预备役的训练也有了保证。叶雨含说:"你干吧,林梳雨,我坚决支持你!"

林梳雨没有心思留下来跟叶雨含一起吃晚餐了,他急着要去找贾亮。

林梳雨走后,叶雨含突然想到了米兜兜,她临时决定晚上约米兜兜聚餐。她知道米兜兜心里恨自己了,需要让米兜兜消消气。她并不担心跟米兜兜的关系,毕竟两人是多年的闺密,米兜兜又是大大咧咧的人,这点儿误会只要解释清楚,给米兜兜道个歉,再说几句掏心窝的话,米兜兜也就释然了。

叶雨含给米兜兜拨打手机,打通了却无人接电话。她接连打了几次,最后一次关机了。叶雨含忍不住笑了,猜测米兜兜正跟她赌气,她能想象出米兜兜愤然关机的样子,就是一个三岁孩子的表情。

叶雨含下楼准备去食堂吃晚饭,走到半路又返回办公室,快速换了身便服,开车出了预备役团大院。她猜想,米兜兜一定是跟陶阳在海边的静雅轩餐厅。米兜兜在预备役团憋了十天,出去的第一件事,一定是跟热恋中的男朋友陶阳见面。米兜兜离开预备役团的时间是下午四点多,陶阳肯定要请她吃晚饭,聚餐地点应该会选择他们两人都喜欢的静雅轩。

叶雨含的推测没错,米兜兜坐着大巴车刚出了预备役团大门口,就给陶阳发了短信,两人约好去静雅轩吃晚餐。刚一见面,陶阳就笑了,盯着米兜兜的脸说:"晒黑了挺好的,我没觉得难看。"

米兜兜没事找事,气哼哼地说:"不难看你笑什么?你老实说,这一周都干啥了?怎么每天晚上给你发短信,总是磨磨叽叽半天才回复?"

陶阳很委屈地说:"啥时候半天才回复的?只有周三晚上,我手机放在屋里,在院里喝茶,后来才看到你的短信。"

米兜兜胡搅蛮缠,追问陶阳跟谁在院里喝茶。"不知道我就晚上睡觉前才有机会给你发短信吗?你就应该盯着手机等我的短信。"陶阳说:"噢,我到了晚上,就傻傻地拿着手机一直盯着看,等你短信?"陶阳边说边做动作,那样子确实很傻。

米兜兜瞪圆了眼睛,怒视陶阳,说:"不行吗?我在那里面像蹲监狱,根本没有自己的时间,你半个小时都不能等吗?那个时间段,你就应该主动给我发短信,你还是不关心我。"

陶阳发现米兜兜真生气了,忙说:"好好,我错了,愿打愿骂由你选择,我甘愿受罚。"陶阳低头,双手抱在胸前,等待米兜兜处置。米兜兜忍不住笑了,刚要伸手揪陶阳耳朵,外面有人敲门。

陶阳以为是服务员,说了一个字:"进。"

门推开,服务员带着叶雨含站在门口,米兜兜和陶阳都愣住了。

"叶参谋?快来坐。米兜兜,叶参谋来你也不早跟我说……服务员,再拿一套餐具。"

米兜兜瞪了一眼陶阳:"我说什么?谁让她来的?是你约她的吧?"

陶阳有些蒙了，看着叶雨含，不知道该说什么。叶雨含也不客气，自己坐到餐桌前，瞪眼看着米兜兜："我打几次电话，你怎么不接？还关机了？"

米兜兜习惯性地翻白眼，问："你怎么知道我们在这儿？"

"我问你呢，怎么不接我的电话？"

米兜兜气哼哼地说："不想接，怎么啦？哼！"

"哼什么哼！咱们让陶阳评评理，你跟林教官发脾气……"

不等叶雨含说完，米兜兜就打断了她的话："闭嘴闭嘴闭嘴，我不想听！"

服务员送来餐具，陶阳把门关了，问叶雨含怎么回事，听着好像里面有故事。叶雨含不理睬米兜兜了，看着陶阳说："当然有故事了，你想听吗？我详细讲给你听。"一边的米兜兜急了，对叶雨含大声喊："你再说，我一辈子不搭理你！"

叶雨含得意扬扬地看着米兜兜："不让我说？那行，你给我道歉。"

"凭什么啊？你应该给我道歉。你那么凶地训斥我，还给我装正经。"

叶雨含朝米兜兜身边靠近一些，用威胁的语气说："我可以给你道歉，那就要把事情捋一捋，让陶阳评评理。啥叫装正经？就你那飞扬跋扈的样子，我没让你绕着训练场跑五公里，都算是宽大处理你了。"

陶阳一头雾水，问："怎么回事，我听得稀里糊涂……"

米兜兜说:"她帮着教官欺负我。"

陶阳撇嘴:"鬼才信,叶参谋能帮别人欺负你?你欺负叶参谋还差不多。"

米兜兜使劲儿拍了拍桌子,说:"你……你怎么跟她一伙啦?从现在开始,我跟你们俩绝交十分钟。"

事实上,米兜兜不到十分钟就跟叶雨含说话了,在她赌气沉默的时候,叶雨含跟陶阳聊得热火朝天,她要不张嘴说话,叶雨含似乎就要带着陶阳去海边散步了。她对叶雨含说:"我好不容易谈了一个男朋友,你能不能少跟他说几句话?做人要厚道。"

陶阳和叶雨含忍不住都笑了,两个人一唱一和,就是故意折磨米兜兜。

看到米兜兜平静下来,叶雨含就替林梳雨说了几句公道话,并把林梳雨准备建造一座"军营"的事情跟米兜兜说了,希望米兜兜能够关心林梳雨,给他一些帮助。米兜兜听了,说:"林梳雨有幻想症,他说的话别当真,你要当真,你脑子也有问题。"

陶阳也忍不住跟了一句:"建造一座'军营'?太不现实了。"

的确,谁听了林梳雨的这个设想,都会觉得荒诞,即便是贾亮,最初听了也觉得太神奇了,超出了想象。林梳雨在预备役团跟叶雨含匆忙辞别,随即就给贾亮打电话,约好在海边烧烤摊见面。林梳雨赶到烧烤摊的时候,贾亮和冬云已经到了,贾亮一手拿着烤鱿鱼,一手拎着啤酒,已经吃上了。贾亮明显胖了,谈恋爱的日子彻底放纵了自己。

林梳雨一把夺下贾亮的啤酒瓶,放在了桌子上。"吃吃吃,就知道吃,都起肚子了。"贾亮笑了,问林梳雨什么事情猴急猴急的,还不能在电话里说,多大的秘密。林梳雨说:"肯定是大事,我想建一座'军营'。"贾亮吃惊地瞪大眼睛,说:"你要建一座'军营'?给我讲故事来了?"

林梳雨说:"不是讲故事,是真的,你听我说,现在很多企业和特殊单位都需要对工作人员进行军训,还有大中小学的各种拓展训练,以及年轻人玩的军事模拟类真人竞技,这个市场太大了。烟威市没有专门的军训机构,大都是找部队帮忙,但部队任务繁重,根本无法满足他们的需求。我们建一座军训基地,有专业训练场,承担各单位的军训任务,同时组建我们的特训方队,定期进行训练。我已经跟滨海酒店签了协议,培训费十万,我们必须在七月底之前搞定。"

贾亮听着听着,眼睛亮了,一脸惊喜地说:"想法不错呀,真要搞成了,肯定干过王猛他们的保安队,问题是在哪儿建,需要多少钱。"林梳雨说已经打听过了,樱桃镇有个废弃的小学,距离他租赁的小院不远。学校只有一栋四层楼房,还有一排小平房,楼房不多,但学校的院子很大。这所小学以后怎么处理,政府也没个打算。如果能租赁下来,把教学楼改造成宿舍和办公楼,把那排平房改造成食堂和仓库,足够容纳一个连。

贾亮觉得他们去跟政府谈不好办,最好让退役军人事务局出面帮忙。贾亮似乎很懂政策,说:"我们这属于创业,他们应该支持我们。"林梳雨点点头,说:"我去找谭局长,钱嘛,我初步估算了,装修和训练器材,大概需要三百万,我手里有五十万,再找亲友借五十万,凑一百万,你手里有多少?"

贾亮看了看身边的冬云,问:"咱们那五十万随时可以提出来是吧?"冬云愣了一下,迟疑地点点头。贾亮对林梳雨说:"我出五十万,算是咱俩合股开公司,要是能把李晓飞拉进来更好,你抓紧去把场地拿下来。"

冬云悄悄捅了捅贾亮,瞪了他一眼。

18

第二天上午,林梳雨去了退役军人事务局,仍旧迈着军人的步伐。谭春燕在楼道见了,忙迎上去叫"林教官",因为比先前多了一层特殊的关系,说话的口气更亲切了。

谭春燕把林梳雨让进了办公室,忙着泡茶,林梳雨摆手,说不要泡茶了,两句话说完就走。谭春燕仍旧把茶泡好了,端到林梳雨面前说:"林教官,你喝茶。"林梳雨有些不好意思,说:"谭局长,你别叫我林教官,叫我小林就好。"谭春燕笑了:"哪能呢,我是你的学员,这个关系不能变。"

林梳雨有些拘谨地坐下,不知道该怎么说自己的事。谭春燕看到他拘谨的样子,说:"林教官在训练场上特别霸气,怎么生活中却像个女孩一样腼腆？"林梳雨羞涩一笑："没有吧……"

谭春燕说："你找我什么事情？工作的事情考虑好了？想去哪个单位？"

林梳雨吭哧了一会儿，说："我想好了，下决心辞职，自己做点儿事情。"

"自己创业？做什么想好了没有？"

林梳雨使劲儿搓了两下手："谭局，我想搞一个训练营。"

他故意把"军营"说成了训练营，怕谭春燕说他异想天开。即便是训练营，谭春燕还是愣怔了一下。"训练营？你要做什么？"林梳雨说："主要搞军训，也可以提供拓展训练。还有，预备役团那边每年秋季都要搞士兵预备役军事比武，我们退役的战友们也需要一个训练的地方，才能保持良好的军事技能。"

谭春燕认真听着，不停地点头回应。她觉得林梳雨的想法不错，正好可以发挥他的特长，于是答应去跟霞光区政府协商，如果那里不行，再帮林梳雨物色别的地方。林梳雨忙说："最好就是樱桃镇的废弃小学，离我住的地方不远，而且很安静，适合军训和拓展训练。"

谭春燕很重视林梳雨的诉求，送走林梳雨后，她就喊上米兜兜，开车去了霞光区政府。米兜兜把车停在政府办公楼后面的停车场，发现围墙一排月季花含苞欲放，走过去想掐一朵，被谭春燕喝住。谭春燕说："有点儿素质好不好？"

米兜兜做了个鬼脸，就听身后有人喊："嘿，美女，你来干啥?"米兜兜吓了一跳,转身发现是吴一天,就虎着脸说:"没看到谭局长?没礼貌。"

吴一天大男孩一般羞涩一笑:"你好,谭局长。"

谭春燕问:"你们李区长在吗?"

吴一天说:"在呢,我刚才还去他办公室了。"

吴一天很懂事地掉转身子,带着谭春燕和米兜兜朝办公楼走。米兜兜随口问了一句:"又换女朋友了?"吴一天瞪大眼睛,有些警惕地看着米兜兜,以为她知道自己跟小护士在交往。"你怎么知道的?我妈跟你说的?"米兜兜惊讶地说:"怎么,真换女朋友了?"吴一天恨不得上前捂住米兜兜的嘴:"你喊什么?在我单位别瞎嚷嚷。"

谭春燕跟李区长谈了林梳雨的情况,希望李区长帮忙。李区长告诉谭春燕,樱桃镇那所废弃小学,去年年底租赁给思源贸易有限公司了,协议已经签了。谭春燕愣怔了一下,半天才问李区长有没有别的办法。李区长无奈地摇头。谭春燕站起来说:"谢谢你李区长,让你费心了。"

走出霞光区政府办公楼,谭春燕就吩咐米兜兜给林梳雨回个短信,退役军人事务局已经跟霞光区政府协商过,樱桃镇废弃小学去年年底租赁出去了,退役军人事务局另寻地方,让他等待消息。米兜兜皱了皱眉头,说还是谭局长给林梳雨发短信更好,能够体现出领导的重视。谭春燕看透米兜兜的小心思,也知道之前训练场上的事情,米兜兜心里仍有疙瘩。谭春燕直白地说:"我就让你给他发短信,这是你分内的工作,怎么,这还恨上了?什么胸怀呀,本来就是你的错!"

米兜兜很无奈,用官方口吻给林梳雨发出短信:林梳雨同志,你提出的请求,退役军人事务局与霞光区政府沟通后,得知樱桃镇小学旧址去年年底已租赁出去,只能另寻场地,请等待进一步消息。

林梳雨看了米兜兜的短信,并没有立即告诉贾亮。他不想离开樱桃镇,执着地在樱桃镇转了两天,也没有找到合适的地方。他很无奈,准备放弃樱桃镇,到外面另寻训练场地,却接到了霞光区政府办公室的电话,让他尽快去一趟。林梳雨去后才知道,霞光区政府跟思源贸易有限公司达成协议,收回樱桃镇废弃小学的租赁权,转租给林梳雨。

林梳雨做梦一般,恍恍惚惚签完了租赁协议,拿到了樱桃镇小学的钥匙。他沉浸在巨大的惊喜中,竟然忘了给谭春燕打个电话。拿到钥匙他直接去了贾亮单位,把签订的协议给贾亮看了。协议规定,前三年免租赁费,三年后每年租赁费五万。李区长知道市政府对复转军人创业有特殊政策,他很讲政策,只是象征性地收了一些租金。

贾亮很兴奋,立即把消息发在战友群里,只有几个人点赞,反应很冷淡。群里的战友至少有一半人没有工作,他们眼下还在为生活奔波,即便是军训基地建好了,也没有时间参加特训方队的训练。

林梳雨给李晓飞打了电话,邀请他晚上到樱桃镇聚会。贾亮去大排档买了一些下酒菜,摆在林梳雨小院的石桌上,说要来个"桃园三结义"。晚上月亮还没有升起来,小院光线有些暗,好在屋子的窗户正对着石桌,灯光从核桃树的枝杈间透过来,在石桌上留下斑驳的影子。三个人在斑驳的光影里对饮,倒是有了些诗意。白天的热气还没有散去,林梳雨特意敞开院门,让南边吹来的山风灌入院子里。

　　李晓飞是开车来的,樱桃镇叫代驾也不方便,喝了酒怎么回去？贾亮疏忽了这个问题,他自己也是开车来的。但今晚的聚会意义重大,这顿酒是必须要喝的。贾亮就跟李晓飞说:"今晚咱俩不走了,在这里凑合一晚上。"林梳雨突然想起贾亮的女朋友,问怎么没带冬云来,贾亮说她回广西老家办点儿事,过几天才回来。

　　三个单身汉的夜晚很漫长,他们惬意地喝酒,畅想小学改造成"军营"后的样子。林梳雨已经给"军营"想好了名字,"退伍兵营地",就用这名字注册一个公司,他们三人是股东,林梳雨出资一百万,贾亮出资五十万,李晓飞出资二十万。林梳雨觉得,有了这一百七十万,就可以开工了。

　　李晓飞赞叹"退伍兵营地"的名字太好了,他也愿意成为公司股东,同时也提醒林梳雨不要头脑发热。他说:"我不是给你泼冷水,这么大的投资不是开玩笑的,如果失败了,多少年爬不起来。"林梳雨胸有成竹地说:"我做了市场调查,除了军训和拓展训练,现在极限运动和军事模拟类真人竞技运动也很受年轻人追捧。我们这是一次性投资,后面主要是运营管理。"

李晓飞摇头道:"没那么简单,你至少需要招聘二十多名教官,这些人的工资不是钱吗?"

贾亮说:"我们可以招聘兼职教官,让几个战友利用周末过来帮忙,不用工资。"

李晓飞摇头:"你总不能只有周末营业吧?"他对林梳雨说:"我知道你梦想有一天部队能把你征召回去,嗐,别扯淡,这是根本不可能的事。现在部队有征召,但不会征召我们这些人,你心里应该很清楚。兄弟,别折腾了,要我说,你好好上班吧,部队那页历史永远翻过去了。"贾亮很不高兴,说:"你李晓飞可以不加盟,但不能给我们泼冷水,只要部队有征召,我们就要随时做好归队的准备。"

林梳雨承认李晓飞说的是真心话,他对李晓飞说:"我不是傻子,回部队只是一种梦想,即便永远不能实现,我们也不能像普通百姓那样,眼睛就盯着自己的一亩三分地……"李晓飞打断林梳雨的话:"退伍了,你就是普通百姓。"林梳雨有些激动地反驳:"不,肯定不是。一朝戎装,终生兵魂。在部队,我们是军人,守土有责;回来了,我们是退伍兵,总要为家乡做点儿事情,至少我们可以组织起来,成立一个志愿者队伍,镇守家乡,保一方平安。"

"镇守家乡",林梳雨无意中说出这句话,突然心潮澎湃。这句话就像黑暗中闪烁的灯火,瞬间照亮了他脚下的路,让他有了清晰的前进方向。他情不自禁地朝对面的山坡看去,那里有孙颖的坟茔。他觉得杀害孙颖的凶手就躲在暗影里,朝他露出嘲讽的冷笑。其实从得到退役通知的那一刻起,他就明白自己不可能再回到军营,他只是用"召回"来麻醉自己,给自己的生活一丝亮光。

贾亮用力拍了一下自己的大腿:"对呀,说得漂亮!我也是这个意思,没表达出来。"

李晓飞淡淡地说:"你们别激动,用不了一两年,生活会打磨掉你们的理想和浪漫。"

林梳雨摇摇头,问李晓飞:"我们为什么要组建特训方队?"

李晓飞说:"我猜想,参加预备役师秋季军事大比武,只是其中一个目的,你主要还是怀念部队生活,让自己保持特种兵的威武。"

林梳雨说:"或许最初我是这样想的,但现在不是,现在我想把战友们组织起来,为家乡守住一方平安;想尽一切办法,将杀害孙颖的凶手绳之以法。"

李晓飞说:"我明白了,这个我赞成。"

正说着,门口出现一个人,光线暗淡,看不清面目。等到来人走到核桃树下,才看清是吴一天。三个人都愣住了。林梳雨忙站起来,说:"吴一天,你怎么来了?"吴一天说:"我看了战友群里发的信息,过来报名参加特训队。"贾亮懒得看吴一天,扭过头去:"你能干什么呀?一不能当教官,二不能参加预备役的军事大比武。"

吴一天挨着贾亮坐下,套近乎地说:"我可以拜你为师,跟你训练,就算不能参加大比武,给你们做后勤服务可以吧?"

"我们不缺做后勤的,你爸不是当官的吗?帮我们筹款吧,你家拿出一百万,小菜一碟。"

吴一天笑了,对贾亮说:"我家还真没钱,不说谎。"

贾亮嗤之以鼻:"别在我们面前装穷,你爸在开发区当副主任,能没钱?没有一个亿我都不相信。"吴一天有些不高兴了:"怎么个意思?把我爸说成贪官了?"贾亮不客气地说:"你不愿帮我们筹款,一边稍息去,别在这儿耽误我们喝酒。"

吴一天忽地站起来,瞅了贾亮半天。"贾亮,我叫你一声老班长,我问你,老班长,我算不算你的战友?我在这儿坐一会儿不行吗?"贾亮回怼:"你是混进部队的,不就为了安排好工作吗?你当两年兵,安排在政府办公室,我当了八年兵,还负了伤,也就安排在企业保卫科。我最看不起你这号人,告诉你,在外面别说我跟你是战友,丢人!"

林梳雨觉得贾亮的话说得太过分了。虽然他也不喜欢吴一天,但怎么说也是战友,吴一天又到了他的住处,不能失了礼节。林梳雨想给吴一天找补些面子,用手推了贾亮一把:"干吗?贾亮,不能好好说话?"之后,林梳雨又对吴一天说:"别搭理他,坐下坐下,开车不能喝酒,我给你倒杯茶……"林梳雨没说完,看到吴一天朝院外走,边走边回头对贾亮说:"行呀,以后我离你远一点儿,绝不会说你是我战友!"

林梳雨忙追出院子,拽住吴一天,却被吴一天用力推开。吴一天抻着脖子冲林梳雨喊:"你一边稍息去!我知道你也看不起我,滚蛋,我还看不起你们呢!"

吴一天开车离去,林梳雨愣在那里半天。"你一边稍息去!"这是军人专用术语,能从吴一天嘴里喊出这句话,而且喊得很有气势,林梳雨听着很舒服。看人真不能只看表象,他想不到文文弱弱的吴一天有这么大力气,也想不到平时总是笑眯眯的吴一天有这么大的脾气。

"你一边稍息去!"林梳雨重复着这句话,忍不住笑了。

第七章

19

林梳雨用了一周的时间，完成了退伍兵营地文化传播有限公司的注册。经营范围除了军训和拓展训练，还包括军营文化推广和退役军人文化交流活动，同时也涵盖餐饮。

注册完毕，林梳雨和李晓飞就把入股资金打入账户，贾亮那边因为女朋友冬云回老家了，五十万资金暂缓几天。林梳雨一天都不想耽误了，他要在八月前建好训练场，为滨海酒店的员工军训。如此着急并不是因为那十万块钱的合同，他就是想尽快把战友们组织起来，回到军营的训练模式和生活状态。他感觉自己像离开水的鱼，已经濒临死亡的边缘了。

林梳雨找来建筑队，把账户内的七十万现金全部用于购买建筑材料了。按照他的计划，贾亮的五十万资金最晚一周后到账，可以用来支付建筑队的工资，后面装修和购买训练器材的资金,有充足的时间在亲朋好友中筹借。他不是生意人,把事情想得太简单了,根本没有规避风险的意识。

林梳雨要求建筑队先把学校的围墙和大门改造好,外侧墙面喷上了三句话:纪律严明,能打胜仗,作风优良。大门选用了军绿色的电动铁栅栏,大门右侧还建了一个哨兵岗楼。吊装"退伍兵营地"牌匾的时候,林梳雨特意邀请谭春燕副局长和叶雨含参谋来参加大门落成仪式,还有五六十名复退战友现场见证,那场面就像乡下人办喜事,喜气洋洋。

"退伍兵营地"五个大字用钢架固定成一体,上面覆盖着红布,在众人热切的目光注视下,由谭春燕和叶雨含剪彩,将红布拽下来,然后吊装在大门的顶端。当五个气派醒目的大字露出来时,现场一片掌声和喊叫声,很多退伍兵迫不及待地站在大门口拍照,抢在第一时间发抖音。

保安公司的几个退伍兵也来了,大都是抱着看热闹的心态,不太相信林梳雨成立的退伍兵营地能胜过保安公司。钱钢也来了,他是来替赵庆波拍摄视频的。赵庆波听到林梳雨建造训练基地的消息,忙找王猛商量对策。王猛听后忍不住笑了:"造一座'军营'?他真敢想。钱钢不是跟他们走得近嘛,你让钱钢去收集一些情报,我看看他们是怎么折腾的。"

赵庆波一听钱钢的名字就来气了,钱钢跟贾亮是同年入伍的战友,说不定哪天他就叛逃到贾亮和林梳雨那边了。他找到钱钢谈话,让钱钢去退伍兵营地打探情况,并旁敲侧击地说:"保安公司最近要裁减人员,淘汰十几个人,你去考察一下,如果他们那边不错,你可以尽早过去。"钱钢是个聪明人,听出赵庆波在试探自己,于是不屑地说:"林梳雨成不了大事,他们给我双倍的工资也不去。"

钱钢嘴上这么说,心里却有自己的小算盘,他在大门落成仪式现场追着贾亮问:"退伍兵营地建好后,招聘专职教官有没有工资?"贾亮猜到了钱钢的小心思,故意说:"不仅有工资,而且工资很高,每月一万多块钱。"钱钢一听慌了,忙叮嘱贾亮给他留个名额。贾亮看着钱钢请求自己的样子,一本正经地说:"那肯定,咱俩是战友,还能漏了你?等我们建成后,就通知你过来。"

谭春燕为大门落成仪式剪彩后,招呼退伍兵到她身边,一起在大门前合影。拍完照,谭春燕突然问身边的林梳雨:"怎么没看到吴一天?他没来吗?"林梳雨愣了一下,觉得蹊跷,谭局长怎么突然问起吴一天了?他含糊地说:"可能贾亮没通知吴一天。"谭春燕哎哟一声,说:"你们怎么能忘了通知他?没有他帮忙,霞光区政府不可能把这个地方租赁给你们。"

林梳雨一头雾水,忙把谭春燕拉到一边了解情况,这才恍然大悟。

谭春燕去霞光区政府李区长办公室谈事的时候,吴一天就在旁边听,他感到很惊讶,林梳雨要建造训练基地,这个想法太神奇了,真要搞成了,他也报名参加,把在部队缺失的军事训练补上。可惜林梳雨看好的樱桃镇小学被思源贸易有限公司租下来了,霞光区政府不可能撕毁合同,让对方把废弃的小学楼房退回来。思源贸易有限公司的老总于德华跟吴一天的父亲是同学,两个家庭关系很好。吴一天当时没吭声,下班后直接去了于德华的办公室,他撒了个小谎,说:"于叔叔,我和退伍的战友想搞一个训练基地,就觉得樱桃镇那所废弃的小学最合适,你能不能转租给我们?不管你同不同意,这件事不能告诉我爸爸。"

思源贸易有限公司主要做服装和水果生意,需要一个很大的物流仓库,租赁了废弃的樱桃镇小学后,觉得距离公司的厂房太远了,很不方便,又在公司附近租赁了物流仓库,樱桃镇小学旧址就一直闲置着,每年上交租赁费。既然吴一天和战友们想做点儿事情,于德华肯定支持。不过于德华不能跟吴一天谈租赁转让费,又不想免费送他们使用,于是决定把租赁的樱桃镇小学旧址退给霞光区政府,让吴一天去跟政府谈租赁的细节,不仅给了吴一天面子,也把闲置的樱桃镇小学旧址甩出去了。

当然,于德华不会把自己的真实想法告诉吴一天,他对吴一天说:"你和战友想做点儿事情,于叔叔太高兴了,我无条件转让给你们,不过要让霞光区政府找我解除租赁合同才行。"吴一天立即给米兜兜打电话,让她转告谭春燕,他已经搞定了思源贸易有限公司。

林梳雨弄清了事情的来龙去脉,想到那天晚上贾亮对吴一天的嘲讽,心里懊悔又羞愧,退伍兵营地大门落成仪式结束后,他就去了霞光区政府找吴一天当面道歉。他第一次到霞光区政府,不知道区政府办公室在哪个房间,只能在楼道里挨个门牌寻找。他正小心翼翼地走着,前面办公室的房门突然打开,走出一个女孩,林梳雨在门口躲闪不及,跟女孩撞在一起。林梳雨忙给女孩道歉,问吴一天在哪个办公室。女孩上下打量了林梳雨一番,正要开口,吴一天在对面的办公室听到了,走出来问谁找他。看到林梳雨站在楼道里,吴一天诧异地瞪大眼睛。

林梳雨抢先说:"吴一天,我来找你说点儿事情。"

吴一天压低声音说:"这边来。"

林梳雨跟在吴一天身后朝楼道深处走,吴一天走路的步子很轻,脚下似乎踩着棉花,没有一丝声响。林梳雨也不敢甩开胳膊走齐步了,心里提着一口气,蹑手蹑脚地走路,胸口觉得憋闷。有一个什么科长跟他们在楼道擦肩而过,吴一天急忙靠墙边站,给科长让出路,弯腰点头,叫了声"科长"。林梳雨不敢想象吴一天在单位竟是这样小心翼翼,他并没有因为有一个当官的父亲而挺直腰杆走路。这种如履薄冰的生活,不是林梳雨向往的。

吴一天走到楼道顶头,推开旁边的房门,这才放松了身子,说话的声音也正常了。房间是党建活动室,里面摆放了很多展板。吴一天说:"你来也不提前打个电话,万一我不在单位呢?"林梳雨说:"你不在单位,我就改日再来,你还不在,我就再改日来,总会遇到你。"

吴一天感觉到林梳雨说话有些较劲,就直截了当地问:"找我什么事?"

"我是来给你道歉的,也替贾亮给你道个歉,谢谢你帮我们租赁了樱桃镇小学旧址。"

吴一天明白了,羞涩地一笑:"谢什么,我们自己的事,应该感谢你,给我们战友搞一个训练基地,可惜我在部队是后勤兵,没在训练场摸爬滚打,退伍回来才觉得遗憾。不过就算我只当过一天兵,我们也是战友,对吧?"

林梳雨把一只手搭在吴一天肩膀上,用力按了一下说:"部队什么岗位都要有人,后勤兵也是兵,你当然是我们的战友了。"

吴一天很感激地看着林梳雨,点点头说:"我想问一下,训练基地搞好后,我能不能报名参加你们的特训方队?过去在部队我不是一个合格的兵,现在我想成为一个合格的退伍兵。"

林梳雨被吴一天的话感动了,忙说:"欢迎你参加我们的特训方队,现在我就可以答应你。"顿了顿,林梳雨觉得还没完全表达出自己的感情,又半开玩笑地补充说:"我可以当你的教练。"

林梳雨举起右手,吴一天也举起右手,两只手在半空用力击掌。吴一天说:"我在政府机关上班,只能周末参加战友们的活动,你们平时需要我做什么尽管说,我的资源就是大家的资源。"林梳雨被吴一天的话点拨醒了,说:"我还真有件事想麻烦你。"吴一天说:"只要我能帮,肯定帮,违法违纪的事情我不做,你也不会找我。"林梳雨说:"不违法也不违纪,你跟刑侦支队熟悉,我想了解一个案子,就是烟威市'5·18'女生被害案。"林梳雨把案情简单跟吴一天说了,毫不掩饰地流露出对孙颖的思念。吴一天没想到平时寡言少语的林梳雨内心有如此细腻的情感,在这一瞬间,他跟林梳雨的心拉近了,当即许诺这个周六带着林梳雨去刑侦支队摸摸情况。

烟威市局刑侦支队的李支队长,就是当年"5·18"女生被害案侦破组的组长,对案情非常熟悉。李支队长问林梳雨为什么要了解这个案子,林梳雨诚实地告诉李支队长,被害人孙颖是他高中的初恋女友。李支队长仔细打量了林梳雨,哦了一声,想起当年他曾经找过林梳雨了解情况。日子过得真快,当年那个青涩的小男孩,如今站在他面前,让他心里生出许多感慨,那时候他们侦破组信心满满,觉得案情并不复杂,三个月内就可以破案,没想到十几年过去了,案件仍旧挂在那里。

林梳雨说:"你们警察放弃了这个案子,我不想放弃。"

李支队长反问:"你怎么知道我们放弃了?我们不会放弃任何一个命案,这个案子几任局长都很重视。新来的张局长又把这个案子作为破命积案的重点案件。"

林梳雨不太相信李支队长的话,说:"现在破命积案很容易,二十多年的'白银案'都破了。"李支队长明白林梳雨想说什么,烟威市刑侦支队也仿照"白银案",从"5·18"命案现场留下的物证中提取了两个犯罪嫌疑人的DNA,输入数据库,但一直没有比对成功。

林梳雨问李支队长:"孙颖出事的当天,背了一个双肩包,案卷的物证里有没有记载这个双肩包的情况?双肩包在不在案发现场?"李支队长说物证里有一个双肩包。林梳雨又问:"双肩包上有一个挂件是翡翠雕琢的弥勒佛,物证里有吗?"李支队长不假思索地说:"物证里肯定没有这个东西,当时我就在现场清理物证。"

林梳雨本想告诉李支队长,他看到过一个翡翠雕琢的弥勒佛,跟双肩包上的弥勒佛挂件很相似。但转念一想,没太大的意义,也就不说了。不过他很想看一眼那个双肩包,李支队长摇摇头,说:"这些年刑侦支队搬了几次家,专门用来存放物证的仓库也倒腾了几次,东西肯定还在,但仓库里东西太多,不知道塞在什么地方了。"

"忙完了这阵子,我组织人把仓库里的东西清理出来,一件件清理,找到那个双肩包后,我联系你。"李支队长说着站起身来,显然要结束跟林梳雨的谈话。

林梳雨站起来跟李支队长握手告别,手机突然响了,是贾亮打来的,他声音焦虑:"林梳雨,你在哪儿?完蛋了完蛋了,我被那个小狐狸精坑死了,她在老家处理事情,催了几次不回来,我今天想把她网上投资的五十万提出来,发现网站打不开了,网站电话也注销了,再给她打电话,这个小狐狸精也关机了,我怀疑我被骗了……"

林梳雨拿着手机愣了半天,才说:"你赶快报警,很可能是网络诈骗。"贾亮带着哭腔说:"如果真是网络诈骗,报警也没用,很难破案,我要想办法找到冬云,找到她事情就水落石出了,我真是糊涂,怎么能相信她的话!"

林梳雨突然想起身边的李支队长,转头问:"网络诈骗,你们管吗?"

李支队长说:"网络诈骗属于网侦支队分管,你们在霞光区?那就去霞光区网侦大队报案。"

吴一天对林梳雨说:"走吧,我送你去。"

他们在霞光区网侦大队跟贾亮碰面了,接访民警给他们做了登记,让他们回去等消息。贾亮希望民警能找到冬云,民警说:"冬云的名字是假的,手机关机了,又没有她的身份证,上哪儿找人?"林梳雨问民警:"大约需要多长时间破案,不会一拖十几年吧?"民警抬头看了林梳雨一眼,显然对他挑衅的语气不满。民警说:"我没法回答你,网络诈骗案案情复杂,光靠我们网侦大队的技术力量肯定不行,需要上级协助,破案没有时间表。"

贾亮忍不住绝望地说:"完蛋了,就是说没希望了!"

民警让贾亮在接访案件笔录上签字,贾亮草草签了名字,把签字笔狠狠地丢在桌上,站起来就朝外面走。

林梳雨和吴一天追出去,在停车场拦住了贾亮。林梳雨劝慰贾亮别灰心丧气,也许案件能破,就算警察不能破案,他们自己想办法也要把案子破了。林梳雨安慰着贾亮,又像是在安慰自己:"别急,慢慢来,我说过,我们退伍回来应该做些事,在烟威,有我们退伍兵在,就容不得那些乌龟王八蛋逍遥法外!"

林梳雨说着,眼前浮现出孙颖的笑脸,说到最后,他的语气坚硬如钢。

20

退伍兵营地的改造工程全面铺开，贾亮的资金却迟迟不能到位。林梳雨叮嘱贾亮和吴一天封锁消息，尽快暗中凑钱，如果让建筑公司知道他们没有后续资金，工程就会停下来。

林梳雨跟亲友借款很不顺利，亲友使用了各种理由推辞，开始他心里疑惑，这些人怎么突然变脸了？后来才知道是父亲林芳晨背后作梗。林梳雨要建造一座退伍兵营地，林芳晨觉得非常可笑，疑心儿子真的有幻想症。再后来，他得知林梳雨跟亲友借钱，就坐不住了，给亲友们挨个打电话，说："好好的工作他辞了，自己瞎折腾，你们真要借钱给他，跟我没关系，我以后不会替他还钱。一年还钱？他十年也不会还给你们。"

林芳晨把话说到这个份儿上了，谁也不会借钱给林梳雨。有几个亲友事先没接到林芳晨的电话，已经把钱借给了林梳雨，又编造了理由跟林梳雨要钱。

林梳雨心里有些慌了。

贾亮老家是农村的，没有富裕的亲戚，只能跟熟悉的战友借钱。即便是战友，借多了也不行，最多也就借一两万。贾亮跟钱钢借钱的时候，钱钢觉得奇怪，说："咱们这批回来的战友中，你手里最有钱。"贾亮跟钱钢发牢骚,无意中透露了自己被骗的信息,说:"如果借不到钱,退伍兵营地的工程就要半途而废,钱钢你也就别想到退伍兵营地当教官了。"钱钢听了这话,更不敢借钱了,而且觉得他们的退伍兵营地开张遥遥无期,还是老老实实在保安公司干吧。

  钱钢已经提前跟身边几个好友嘚瑟,说自己很快要去退伍兵营地,说得很豪迈,现在后悔了,如果这些话传到赵庆波耳朵里,他不想走都不行了,赵庆波肯定开除他。想来想去,钱钢就把贾亮被网络诈骗五十万的消息告诉了赵庆波,而且是用一种幸灾乐祸的口气,最后还特意讽刺了一句说:"我怎么觉得林梳雨像是从精神病医院出来的,太异想天开了!"

  赵庆波获取到这么重要的信息,肯定要传播出去,目的很简单,就是在退伍兵中抬高保安公司特训方队的地位。很不幸,这个消息被建筑公司负责人知道了,为试探真假,他故意找林梳雨讨要工人的工资。林梳雨采用缓兵之计,说:"开工才半个月,应该满一个月支付工资。"建筑公司负责人不是傻子,按照规定,林梳雨应该预付一部分工资,现在开工半个月了,这部分工资还没付清,显然林梳雨真没有钱了,于是当天就停工,并暗中鼓动手下人找林梳雨讨薪。

  林梳雨还没明白怎么回事,他在樱桃镇的小院就被讨薪的工人挤满了,不给钱就不让他出门。这样的事件,恰好给痴迷发抖音的人提供了素材,无论是抖音还是微信群,几分钟就能把消息传遍大江南北。退伍兵营地停工不到半天,抖音上和微信群里就有消息传开,更神奇的是,工地那边空场的照片和林梳雨被堵在小院的视频都有了。

叶雨含得到消息的时候正在搬家。她在金海岸小区买的房子,去年年底就装修好了,一直没搬进去住。她搬家很简单,住了十几年宿舍,没有多余的物品,也就两个衣服箱子,里面大都是军装。

金海岸是玖盛瑞府房地产公司开发的楼盘,米兜兜提前通知男朋友陶阳了,说今天帮叶雨含搬家。陶阳就明白了,安排了十几个物业公司的工作人员站在大门口,米兜兜和叶雨含到达小区的时候,一个穿物业工装的女孩把一束鲜花捧给了叶雨含,甜甜地说:"你好叶小姐,我代表金海岸物业公司,欢迎你回家。"

叶雨含接过鲜花,满脸是温暖的笑容。

陶阳从后面走过来,在场的物业公司工作人员忙不迭地喊"陶总",毕恭毕敬。陶阳瞟了一眼米兜兜,走到叶雨含面前说:"欢迎叶参谋。"之后,陶阳转身叮嘱物业人员:"你们要给叶参谋服务好,如果有解决不了的事情,要尽快告诉我。"

米兜兜偷偷给陶阳抛了个媚眼,一脸微笑和骄傲。不料她的小眼神被叶雨含捕捉到了,弄得她挺尴尬。米兜兜忙说:"走啊叶上尉,上楼参观一下你的豪宅。"叶雨含回怼:"你看我长得像是住豪宅的人吗?我住的是单身房,哪像你,以后住豪宅开豪车。"

米兜兜朝叶雨含瞪眼说:"你故意气我是不是?我今天可是

来给你温居的。"

几个人说笑着,上楼参观叶雨含的新房。房间装修并不豪华,却有品位,九十平方米的房子,感觉空间挺大的。米兜兜忍不住赞叹,说:"你可以开一家装修设计公司了。"叶雨含颇有些得意:"嘻,螺蛳壳里做道场,就这么大的空间,凑合吧。"

"一个人住真的很好啊,我都羡慕了。"米兜兜说着,看了一眼陶阳。

叶雨含摇摇头,摆出一副可怜巴巴的表情:"我在烟威市连个朋友都没有,姥姥不亲舅舅不爱的,每天累得像狗,也只有周末给自己一个单独的空间,看看书喝喝茶,放松一下。"米兜兜故意问:"我不是你的朋友吗?"

叶雨含看一眼陶阳,对米兜兜说:"你自从认识了陶总,眼里哪还有朋友?"

叶雨含说到朋友,米兜兜突然想起林梳雨,尽管叶雨含否认喜欢林梳雨,但米兜兜能感觉到叶雨含对林梳雨的那份特殊关照。米兜兜哎哟一声说:"你知道吗?林梳雨出事了。"

叶雨含脸色顿变:"出什么事了?你别一惊一乍的。"

米兜兜从叶雨含的表情上判断出她真的什么都不知道,于是就把林梳雨和贾亮的事情大致讲了,叶雨含没有犹豫,对米兜兜说:"快走,我们去看看。"

两人开车去了樱桃镇的退伍兵营地,大门紧闭,里面空无一人,大院里到处堆放着建筑材料。一群雀儿在大院的荒草地上放肆地撒欢儿，飞起落下，落下又飞起。已快晌午了，太阳正毒，加上心里焦急，叶雨含的上衣被汗水浸透了。她走到大铁门前，探头朝里面瞅，冷不丁从旁边冒出一个人，吓了她一跳。

"干啥呢？"一位大叔问。

叶雨含看了大叔一眼，也不废话，转身朝停放的车走去。

退伍兵营地距离林梳雨居住的小院不远，步行也就十分钟。叶雨含和米兜兜开车赶过去，看到门外仍旧站了十几个人。叶雨含不想惊动林梳雨，怕他尴尬，就躲在门外朝院子里看了几眼。

林梳雨站在核桃树下，身边围了四五个男人。他耐心地给他们解释："我只是暂时遇到一些小困难，到月底肯定支付大家的工资，也就二十万，我不至于为这点儿钱逃跑吧？你们把我堵在家里，我怎么去筹钱发给你们？"

林梳雨身边一个男人说："谁能保证你不跑？你跑了，我们上哪儿找你！"

林梳雨说："你们找不到我，警察能找到吧？你们可以报警！"

旁边一个聪明人给林梳雨出主意："你借钱不用出门，打电话让人送来就行了。"

林梳雨指了指手里的手机说："我手机都打爆了，你们也听到了，我需要找朋友当面谈。"

米兜兜朝前蹭了几步，想听仔细，被叶雨含拽了出来。

两个人回到城里，已过了午饭时间，米兜兜把车停在一家特色饭店门前，要请叶雨含吃胶东大包子。叶雨含急着回去给林梳雨凑钱,说自己不饿,她只请了一上午假,下午要回单位上班。米兜兜没有强求,知道她因为林梳雨的事情没了食欲。

林梳雨门口围堵的人一直熬到傍晚才离开,他们为了防止林梳雨逃走,拿走了他的身份证,并让他写了承诺书,十天内支付给建筑公司二十万工资。

晚饭,孙娜从家里带来了韭菜合子和咸菜,让林梳雨凑合着吃一口。孙娜的玩具厂今年刚更新了设备,投入资金很大,手里没有多少闲钱,她把自己的两万块零花钱从卡里提出来,让林梳雨先拿着用。孙娜说:"先吃饭,办法总是有的,贵人自有天助。"

正说着,叶雨含风风火火进了院子。林梳雨并没有太吃惊,事情闹到这个地步,叶雨含肯定会知道。他看了一眼叶雨含,立即低下了头。叶雨含装出云淡风轻的样子说:"来得早不如来得巧,有好吃的呀。"说着拿起一个韭菜合子咬了一口,夸赞说:"好吃啊,肯定是你拿来的吧?"孙娜点点头,指了指碟子里的咸菜。叶雨含也不客气,伸手捏起一根芥菜疙瘩。她是真饿了。

叶雨含吃完了一个韭菜合子后才切入主题,把一个纸袋子递给林梳雨,说:"我去年刚买房子,还有贷款,只能把几张银行卡的钱搂了搂,就这五六万,你也不用着急上火的,不就二十万块钱嘛,多大的事。"林梳雨没有伸手去接纸袋子,叶雨含瞅着他问:"怎么?不把我当自己人?我们是不是战友?如果你认我这个战友,你就拿着。"

孙娜替林梳雨接过纸袋子。孙娜说:"梳雨哥,你别死要面子了,现在能借钱给你的,都是自己人。"

林梳雨抬起头来,看着叶雨含,颇有感慨地说:"平时那些亲友见面都挺热情,到了借钱的时候都躲远了。"

其实林梳雨知道凑够二十万的工资款并不难,李晓飞和贾亮都来过电话,他们已经借到了十几万,支付工资不成问题。林梳雨担心的是后面的资金缺口从哪里借。这个事件爆发后,谁都不敢借钱给他了。

"我现在才发现,没什么真朋友,锦上添花的多,雪中送炭的少。"林梳雨大彻大悟地说。

叶雨含虽然心里替林梳雨焦急,但表面很松弛,劝林梳雨别太在意人情冷暖,只要把自己的事情做好,你的气场就回来了。她说:"谁说没有真正的朋友?难道我不是?孙娜不是?好朋友几个就够了,我既然支持你搞培训基地,就一定支持到底,你出了问题,我也有一份责任,后面的资金我会帮你筹措。"

叶雨含的几句话,让林梳雨差点儿流泪,那一刻他在心里告诉自己,叶雨含是值得一生珍惜的朋友。这样想着,突然觉得羞愧,自己面对死亡都不曾眨眼,怎么突然变得这么娘儿们了?一点儿小挫折就垂头丧气的。林梳雨站起来,使劲儿舒展了双臂,突然飞腿侧踹树上的沙袋,然后气喘吁吁地说:"放心吧叶参谋,咱当兵的人,意志比钢坚,垮不掉的!"

最终,林梳雨和叶雨含商定,先筹措一部分资金把训练场打造好,安装一些简单的训练器材,满足滨海酒店员工的军训条件,等有了钱再装修办公楼,增加训练器材,这样林梳雨的压力就减轻了很多。

叶雨含离开的时候,有意无意地问了林梳雨一句:"你为什么一定要把训练基地建在樱桃镇?"

林梳雨看了一眼孙娜,坦诚地说:"为了她姐姐孙颖。"

林梳雨把他跟孙颖的故事讲给叶雨含听,然后说道:"孙颖在山坡上听到我们的呐喊声,不会孤单害怕。"

旁边的孙娜很吃惊,第一次知道林梳雨去部队当兵是为了姐姐孙颖。

叶雨含听完,仰头看着天空。天空没有月亮,只有几颗星星在闪烁。她想,如果真的有天堂,在天堂的孙颖一定能感受到林梳雨的这份真爱。

林梳雨送叶雨含离开小院的时候,孙娜懂事地留在小院没出门。叶雨含跟林梳雨握手道别,她感觉林梳雨的手有些颤抖,握手的力度比平常重了很多。

送走叶雨含,林梳雨返回小院,孙娜没头没脑地对他说了一句:"叶参谋这人挺好的。"

21

叶雨含从林梳雨的小院回去,一夜没睡好。第二天她去预备役师开会迷迷糊糊的,因为怕在会场打瞌睡,她准备了一小瓶青梅膏,犯困就抿一小口,酸得龇牙咧嘴,眼泪都出来了。旁边一位中校军官以为她身体不舒服,一直偷偷瞟她,似乎在等待英雄救美的机遇。

傍晚散会后,叶雨含直接去了米兜兜办公室,问米兜兜有没有闲钱,借给她十万块。米兜兜一猜就知道她是给林梳雨借的,断然拒绝:"没有,不借。"

叶雨含说:"你到底是没有还是不借?"

米兜兜说:"不借,我不是不借给你,是不借给他,我不相信他能还你的钱,跟你说了,离他远点儿,这个人脑子跟我们不在一个频道上。"

叶雨含平静地看着米兜兜,说:"你不了解他,他没有你想的那么不靠谱。"

"你了解他吗?"米兜兜反问叶雨含,"你怎么了解他的?"

叶雨含不知道该怎么跟米兜兜解释,也无法解释,只好叹一口气,不说话了。

米兜兜不依不饶,继续追问:"你实话告诉我,是不是喜欢上他了?为什么要帮他借钱?你说明白,你要真跟这货好了,我都跟着你丢脸!"

叶雨含听了米兜兜的话,心里很不舒服。她说:"米兜兜,我跟他什么关系是我的事情,你丢什么脸?我认真地告诉你,我喜欢林梳雨,但不是你想的那种喜欢,是喜欢他身上的军人本色,喜欢他善恶分明的本性。"

"咱俩是闺密,别人会说我们一路货色呗,你跟我好,就要远离他。"米兜兜不假思索地说。

叶雨含没想到米兜兜能说出这样垃圾的话,她想跟米兜兜争辩,张了张嘴又打住了,感觉任何话都是多余的。叶雨含尽力压抑自己的怒火,说:"好吧,你给了我一道选择题,那我选择林梳雨,道理很简单,他比你内心纯净,比你更重情重义!"

叶雨含还是没藏住自己的愤怒,说完转身离开米兜兜的办公室。米兜兜没想到叶雨含做出这么过激的行为,搞得她措手不及,她冲着叶雨含的背影喊:"我无情无义?好呀,等你被他坑死的时候,看谁后悔。"

喊完了,她呆坐在椅子上生闷气。手机响了,她一看是陶阳,忙朝楼下跑,今晚他们约好了去吴一天家。吴一天的母亲鲁雪香自从知道米兜兜找了男朋友,就一直替米兜兜操心,每天都问她陶阳的情况,说有空的时候带陶阳去家里吃个饭。米兜兜心里清楚,吃饭只是幌子,表姐是替她焦急,要亲自考察一下陶阳。当然,到家里吃饭还有一个信号,就是告诉陶阳,他们已经把陶阳当成自家人了。

陶阳第一次登门,鲁雪香非常重视,不仅把吴一天的女朋友真真喊来,还特意叮嘱吴铁城早点儿回家。整个下午,鲁雪香都在厨房忙碌,真真提前下班来帮厨。真真是个聪明的女孩子,不管吴一天对她冷或热,她都跟鲁雪香每天互动,两个人相处得像姐妹。鲁雪香警告儿子吴一天,别想歪歪心思,老妈是过来人,真真这样的女孩子最适合过日子。吴一天纳闷儿,问母亲:"你是给我找媳妇还是给你找姐妹?"鲁雪香笑说:"都是,媳妇姐妹一起找。"

说归说,吴一天承认真真比那个小护士更懂人情世故,也更会体贴人。

外面敲门,吴一天开门看到米兜兜跟陶阳站在门外,两个人手里都提着大包小包的礼物。吴一天瞅了瞅陶阳,愣了一下,这小伙子比自己都帅啊。

"真不敢相信我小姨能抓到一个这么帅的俘虏。"吴一天看着陶阳说。

刚进门就来了这么一句话,差点儿把米兜兜气昏了。米兜兜咬着牙说:"吴一天,你等着啊,陶阳如果跟我分手了,你全责。"

大家初次见面,因为这几句无脑的对话笑成一片。

陶阳来了,也就开宴了。这种宴请,就是彼此熟悉一下,说一堆客套话,不能问得太细。吴铁城礼节性地问了陶阳公司的发展情况,然后就跟米兜兜闲聊。然而,鲁雪香却逮住陶阳不放,问得很详细,就差问陶阳账户里有多少钱了。吴铁城表情很痛苦,几次瞅鲁雪香,却依旧没有让她闭嘴。

米兜兜也有些尴尬了,为了转移话题,就把叶雨含今晚下班前跟她借钱的事情说了,觉得叶雨含不可理喻,怎么被脑子不正常的林梳雨迷住,她的脑子也不正常了。这个话题抛出来,一下子成为焦点。吴铁城毕竟是领导干部,站的高度不一样,觉得林梳雨辞职创业,很有个性,像个当过兵的人。又说,如果叶雨含欣赏林梳雨,说明林梳雨很优秀,叶雨含可不是一般的女孩子,有思想有头脑。

米兜兜不愿听了,说:"姐夫,你的意思就是我没思想没头脑?叶雨含借钱给林梳雨,那才是没脑子!"

陶阳在一边提醒米兜兜,叶雨含确实是个有头脑的人,或许她真的喜欢上林梳雨了。吴一天不赞同陶阳的猜测,说叶参谋不可能喜欢林梳雨,他们年龄都不匹配,帮林梳雨借钱,主要是战友情。吴一天就坐在米兜兜身边,他用手拍拍米兜兜的肩膀说:"小姨,你没当过兵,不懂我们当过兵的人的感情。"

陶阳笑了:"叶参谋也就比林梳雨大几岁,不算大,再说,现在年龄真不是问题了。"

米兜兜遭到大家的反对,脸面挂不住了,冲着吴一天说:"你当了几天兵?别拿当兵的身份跟我显摆,我把林梳雨看透了,谁借钱给他,谁就是傻子。"

吴一天哼了一声,懒得跟米兜兜争论了:"好了小姨,那我也是傻子,我借给他三万。在你眼里,我们当兵的都是傻子!"

吴一天说完,站起来离开饭桌,回自己的房间,气得鲁雪香大骂他不懂事。女朋友真真犹豫了一下,看了一眼米兜兜,站起来去找吴一天。这个时候,她应该站在吴一天这边。

米兜兜愣在那里。吴一天的突然发飙让她很意外,没想到吴一天对军人身份这么看重。

吴一天说的没错，米兜兜真的无法理解当兵人的感情。一周后，她得到一个更让她难以理解的消息，叶雨含为了帮林梳雨筹款，竟然把新房子卖了。这个消息是陶阳告诉她的，陶阳有些奇怪地打电话问米兜兜："叶雨含怎么突然卖了房子？我们服务不到位吗？"米兜兜吃惊不小，没想到叶雨含为了林梳雨不顾一切了。米兜兜对陶阳说："别管她，她疯了。"

陶阳问："叶参谋怎么疯了？"

米兜兜说："你这都不明白？她为了给林梳雨凑钱呀！"

陶阳醒悟，惊叫了一声："天呀，看不出文文静静的叶参谋，竟然跟爷们儿一样！"

米兜兜怼了陶阳一句："你喜欢这样的女人？没脑子。"

陶阳不好接话了，不知道是说他没脑子还是说叶雨含没脑子，他犹豫半天，解释说："这跟我喜欢什么样的人可没关系，只是证实我的猜测没错，叶参谋肯定喜欢上林梳雨了，没想到她也会为情而痴狂。"

如果说叶雨含为情而痴狂，这个情，首先是战友情。叶雨含心里清楚，林梳雨的军营情结还没结束。其实当过兵的人，都会痴迷于这身军装。她也问过自己，如果现在让她脱下军装，她会愿意吗？会不会像林梳雨一样失落？林梳雨打造退伍兵营地，显然是要让部队的激情岁月在家乡继续燃烧，那些激情岁月已经融入他的血液和生命。叶雨含感觉林梳雨把自己的一切都押了上去，如果失败了，他的人生也就结束了。

叶雨含喜欢看训练场上的林梳雨，她觉得那个状态的林梳雨是真男人，她要让林梳雨活成训练场上的样子。

退伍兵营地的一期工程至少需要一百万，如果她跟预备役团的干部借款，凑个一百万也不难。但现在跟朋友借钱，是最让朋友难为情的事情，还是不要给别人添麻烦了。她决定把自己的新房子卖掉，反正她一个人，住部队宿舍也行。

金海岸小区的小户型房子很抢手，早就没有房源了，叶雨含把房子挂到交易网上，只过了三天就被人买走了。叶雨含拿到房款后，跟林梳雨要了退伍兵营地文化传播有限公司的账户，说她帮林梳雨借了一点儿钱。林梳雨信以为真，承诺钱到账后，让财务给叶雨含开个收据，后来得知叶雨含汇入账户一百二十万，林梳雨吓了一跳，打电话问叶雨含从哪里弄来这么多钱，叶雨含也不隐瞒，说把房子卖了。

林梳雨拿着手机说不出话，沉默了半天，才问："你为什么……这么帮我？"

叶雨含轻描淡写地说："因为我知道你心里在想什么，而且总有那么一天，我也会像你现在这样留恋身上的军装。"说完，叶雨含就把电话挂了。

退伍兵营地的工程复工了，贾亮在单位上班，李晓飞要照看他的毛孩子和宠物用品店，只有到了周末，他们才能去工地做些事情，平时都是林梳雨守在工地。孙娜因为离得近，隔三岔五到工地转一圈,看有什么事情可以帮忙,工地的人都熟悉她了,问这是谁,林梳雨说是自己的表妹。有人就嘿嘿笑,很有意味地瞅孙娜。林梳雨并不知道"表妹"这个称呼已经被过度消费了。

叶雨含因为下半年太忙,只给林梳雨打了两次电话,问工程进展是否顺利,林梳雨告诉她,比自己预想的还顺利,她也就放心了。

距离滨海酒店员工军训还有半个多月,退伍兵营地的一期工程完工了,有标准的训练场、宿舍和食堂,还有楼房攀登和拓展训练的场地。恰好暑假刚开始,林梳雨想吸引学生来退伍兵营地,就在各大平台发布了视频广告,他和贾亮成为小视频里的教官,表演了楼房攀登、军体拳和射击训练,视频画面感觉像美国大片。

谭春燕副局长听说退伍兵营地搞得不错,就给叶雨含打电话,问她去过没有。叶雨含说这段时间太忙了,过些日子吧。谭春燕喊米兜兜一起去,米兜兜吭哧了半天,很不情愿的样子。两个人上了车,谭春燕突然问米兜兜:"叶雨含最近在忙什么,好些日子没来我们单位了。"米兜兜搪塞一句:"他们部队下半年搞训练,可能忙。"

谭春燕瞟了米兜兜一眼,米兜兜的表情很冷淡。往常谈起叶雨含,她总是滔滔不绝。退役军人事务局跟预备役团没有太直接的工作关系,不过米兜兜和叶雨含是多年的闺密,突然间断了往来,肯定是两人的关系出现了问题。谭春燕觉得,叶雨含今天不想跟她一起去退伍兵营地,或许也是在躲避米兜兜。

谭春燕参观完退伍兵营地后,叮嘱米兜兜回去写个材料,把林梳雨创业成功的经验报给市政府,并且联系媒体朋友,宣传林梳雨的创业精神。谭春燕发现米兜兜在参观退伍兵营地的过程中,没跟林梳雨说一句话,有些过分了。谭春燕提醒米兜兜:"帮助林梳雨是我们退役军人事务局义不容辞的责任,无论你喜欢不喜欢他,都必须对他投入情感,用心去帮助他。"谭春燕特意提到了叶雨含,说:"叶雨含做得比我们好,她对复转军人比我们有感情。"

米兜兜不冷不热地说:"她不是对复转军人有感情,她是对林梳雨有感情。"

谭春燕愣了一下,问:"真的吗?不会吧?"

米兜兜说:"我早感觉到了,她还在装。"

谭春燕欣喜地说:"不好吗?我希望是真的,他们俩还真可以。"

米兜兜哼了一声:"是,两个人脑子都有病,好人当兵都能当傻了。"

谭春燕瞪大眼睛看着米兜兜,不相信她会说出这样没水平的话,生气地说:"在你眼里当兵的都是傻子?找当兵的谈感情的人也是傻子?这么说我老公和我都是傻子了?你可是退役军人事务局的公务员,说这种话不觉得害臊吗?!"

谭春燕说完,丢下米兜兜,气呼呼地朝前走去。

米兜兜意识到自己说话过了线,上了车后并不立即开车,转身对后座的谭春燕说:"谭局,对不起啊,我刚才说话太随意了,其实我对当兵的没偏见,最近叶参谋一直不搭理我,就因为她帮林梳雨借钱,我没借给她,生我气了。"

谭春燕心里全明白了,剜了米兜兜一眼说:"开车吧。"

米兜兜为了弥补自己的过错,熬夜加班把林梳雨创业的经验材料写出来,报给市政府,又邀请几家大媒体的记者过来,对林梳雨的情况做了介绍,分发了材料。很快,几家大媒体和当地网红大咖就围绕"退伍兵营地"做了宣传报道,把林梳雨塑造成退伍兵自主创业的典型人物。当然,林梳雨之所以取得成功,要归功于退役军人事务局和谭春燕副局长,在媒体的渲染下,谭春燕成了慧眼识珠的伯乐。

谭春燕看了媒体的宣传报道有些尴尬,把米兜兜叫到办公室,先是肯定了她在林梳雨人物挖掘和宣传方面下了功夫,然后批评说:"你给媒体介绍情况,对我的工作夸大其词了,我们作为退役军人事务局的工作人员,为退伍兵做任何事情都是理所应当的,不应该当成政绩去宣传。"

此时谭春燕只是觉得她作为退役军人事务局的副局长,突出宣传她个人很不合适,怎么也想不到这种宣传能给她带来灾祸。

米兜兜给谭春燕埋了个雷。

第八章

22

　　退伍兵营地的经营项目对于学生和年轻人很有诱惑力，又有了媒体的推波助澜，刚开张就火出圈了，每天接待上百人。林梳雨一个人忙不过来，就招来了几个没有工作的退伍兵帮忙，只管吃住，没有工资。半个月的时间，收入七八万，林梳雨心里有底气了，如果整个退伍兵营地改造结束，所有项目齐全了，两年就能收回投资。当然挣钱不是林梳雨的目的，他所有的梦想就是让那些没有工作的退伍战友聚集在一起，一边经营项目一边带薪训练，打造一支军事素质过硬的退伍兵特训方队。他觉得自己对叶雨含最好的回报，就是特训方队在预备役师的秋季军事大比武中夺得冠军。

　　林梳雨要在滨海酒店员工军训之前成立特训方队，他在一些网络平台上发布了消息，全职队员签订劳动合同，由退伍兵营地缴纳社保,每月工资底薪四千。兼职队员没有工资,只有年底奖金。贾亮觉得自己不能再上班了,跟林梳雨商量,准备辞了保卫科的工作,到退伍兵营地担任专职教官。林梳雨确实需要贾亮的帮助,但辞职是大事,他让贾亮自己决定。贾亮说:"我不能不出钱也不出力,什么事情都让你一个人扛。"

贾亮正准备办理辞职手续的时候,退伍兵营地出事了,一个中学生在楼顶做空中索降的时候,因操作不当,落地前整个人摔在地上,被救护车拉走了。这个视频在网上爆开后持续发酵,惊动了烟威市领导,他们责成有关部门介入调查。虽然被拉到医院的学生只是受了轻伤,但事件的性质很恶劣,退伍兵营地被责令关闭,公司账户被查封。

林梳雨刚看到了希望,兜头就是一盆冰水,心情坏极了。这种事件发生后,通常要立即追责,谁批准建造退伍兵营地的?建成后什么部门通过了安全检查,发放了营业执照?不用问,退役军人事务局成了调查的重点,林梳雨的"伯乐"谭春燕副局长负有主要责任,停职接受调查。叶雨含那里,调查组也找她谈话了,她给退伍兵营地的账户一次性转入一百多万元,令人费解,这笔钱的来源和真实用途她需要解释清楚。调查组怀疑她是合伙人,只是一时找不到证据。

预备役团内部对叶雨含也有了非议,甚至有人建议对叶雨含进行调查。参谋长姜少华在预备役团的党委会议上,站出来力挺叶雨含。他说:"我用自己的党性担保,叶雨含只是出于工作原因帮助林梳雨,跟林梳雨绝对没有任何利益关系,如果我们连这点儿信任都没有,那就不是真正的战友。"

有人把姜少华在党委会上的表态告诉了叶雨含,叶雨含在心里说,跟林梳雨一样,这才是当过兵的男人。虽然心里很感动,但见了姜少华却一句感谢的话都没说,在她看来,任何一句感谢的话都是多余的。

网络上出现了各种猜测和谣言,说林梳雨打着特种兵的幌子招摇撞骗,成立退伍兵营地文化传播有限公司就是为了捞钱,甚至说谭春燕帮林梳雨拿下了樱桃镇废弃的小学,在退伍兵营地公司也得到了股份。还有人说林梳雨就是个疯子,是麻烦的制造者、狂妄的自恋者……林梳雨每天都会收到莫名其妙的短信和电话,他索性关了手机。

对于网上的谩骂和污蔑,林梳雨并不往心里去,他觉得调查结果出来后,一切猜疑都会烟消云散。让他心里不安的是,因为这个事件给谭春燕和叶雨含造成了伤害,他不知道该怎么去向她们道歉。

等待调查的日子很煎熬,林梳雨在小院待了几天,就意识到不能这样耗下去了。退伍兵营地的账户被封,一分钱取不出来。他用手机银行里的钱支付了受伤学生的医疗费,吃饭的钱都没剩下。调查结果多久才能出来?三个月还是半年?林梳雨无法掌控。孙娜一如既往地关心照顾他,隔三岔五去小院送一些吃的,弄得他心里过意不去。他不想麻烦孙娜,又不肯向父亲投降,就琢磨在樱桃镇找点儿事情做,至少要把吃饭钱挣出来。

樱桃镇有一家冷库,每天要发几车货物,只要你有足够的力气,装一天车能挣五百块,当天干活儿当天结账。林梳雨就去扛麻袋包了,把多余的力气消耗掉。他怕孙娜反对,谎称自己在小院待久了闷得慌,去冷库打零工,活动一下身子。

林梳雨接连遭遇坎坷,叶雨含怕他心态崩了,想打电话安慰他,打了几次没打通,索性开车去了樱桃镇,发现林梳雨的院门扣上了,却没有上锁,猜测他走不远。她坐在车里等了一会儿,仍不见人影,忽然想到孙娜应该知道林梳雨的行踪,于是给孙娜打电话,得知林梳雨在冷库打零工,冷库距离林梳雨的小院也就四百多米,她锁了车门,步行走过去。

刚走了一百多米,叶雨含就后悔了,她出门走得急,忘了换下军装,全身上下捂得严实,感觉上衣已经被汗水粘在后背上。虽然已经是下午四点多了,阳光仍很强烈,天气闷热,没有一丝风,空气中散发着腐烂的青草气息。

冷库门口停放了两辆拖挂车,十几个男人在扛麻袋包。他们学着女人围头巾的模样,每个人头上都围着一件衣物,用来抵挡灰尘。尽管看不清他们的真实面目,但叶雨含通过辨认体形和走路的姿态,很容易就找到了林梳雨,他把两百多斤重的麻袋包甩到车上,然后弓着腰,一溜儿小跑折返回去,忙着去扛下一个麻袋包。一瞬间,叶雨含的泪水流出来,她不想让林梳雨看到自己,悄悄躲到一堆木箱侧面,看着林梳雨走了两个来回,实在看不下去了,就回到林梳雨住处,自己打开院门,坐在石桌前等他。

晚饭前,林梳雨回来,看到院门打开了,估计是孙娜来了,于是在门口就喊:"孙娜,这么早就来了?"进了院子,他愣住了,石桌前坐着叶雨含。他反应很快,笑着说:"你怎么来了?我以为是孙娜呢。"

叶雨含站起来,故作轻松地伸了个懒腰说:"去哪里了?也不锁门,不怕小偷进屋里?"

林梳雨摇摇头,苦笑道:"没走远,就在镇上转悠了一圈。我屋里一床军被两只搪瓷缸,院里两个沙袋一对哑铃,小偷来了要哭着走。"

叶雨含也笑了。林梳雨屋里确实没值钱的东西,她进屋看了,跟部队宿舍没什么两样,被子整得方方正正,武装带、军服、毛巾、牙刷,所有物品摆放得整齐有序,屋子的每一个角落都能发现部队的元素。当然,叶雨含还意外地发现了几个温馨的细节,如窗台上摆着一盆兰花,开得正艳,她跟他聊天的时候,曾说过最喜欢这种小叶兰。再比如,他床边的木桌上有几本书,竟然跟她办公桌上的那几本书一样。还有,她在宁波天一阁买了两枚精致的书签,其中一枚送给了他,这枚书签就夹在书中。木桌的醒目位置摆放着好几张战友的合影,墙上还挂着他全副武装的"出征照",应该是在执行特殊任务的现场拍摄的。照片放大了,英气逼人的样子,感觉他要从相框里走出来似的。

叶雨含问:"晚饭怎么吃?我请你,镇上有像样的饭店吗?"

林梳雨浑身脏兮兮的,本来想回来冲个凉,然后给孙娜打电话,用挣来的钱约她去吃大锅饼子炖鱼。叶雨含这么一问,他不知该怎么回答了,吭哧了半天才说:"我请你吧,你在这儿吃晚饭吗?"

这语气,明显是赶人走的意思,换了别人不会留下来,但叶雨含就是想跟林梳雨一起吃晚饭,于是她不客气地说:"对呀,我说了在这儿吃晚饭,你这话问的,好像我脸皮特厚……谁请谁都行。"

林梳雨没办法了,他不能一身汗臭味陪叶雨含吃饭,只好坦诚地说:"我出去走路,出了一身汗,你等我一下,我冲个凉。"

小院一侧有两间厢房,是厕所和冲凉的地方,林梳雨拎着一身干净衣服走进去,不到十分钟就出来了,面貌焕然一新。叶雨含偷偷瞟了他一眼,内心突然起了涟漪。

林梳雨带着叶雨含去吃大锅饼子炖鱼。他很小心地剔除鱼刺,放在叶雨含的餐盘里,然后用眼角余光紧张地看着她吃,唯恐有遗漏的鱼刺扎着她。叶雨含感觉到了,抬头问:"你怎么不吃?盯着我干啥?"林梳雨不好意思地笑笑,说:"鱼刺多,你小心点儿。"她笑了,说:"我又不是小孩子,南方人比北方人会吃鱼……"正自吹自擂时,她突然哎呀一声,真的被一根鱼刺扎到了,腮帮子仿佛触雷了,一动不动。林梳雨慌了,站在一边手足无措,如果真是地雷,他会立即伸手排除,但面对叶雨含的腮帮子,他不知道该如何处置。

"怎么办?"他焦急地问。

叶雨含朝他轻轻摆手,示意他别说话,然后腮帮子和喉咙缓慢动作,小心翼翼地咽下了嘴里的食物,好在鱼刺并没有扎牢,随同食物咽下去了。然而叶雨含却动了个心眼儿,故意装着没有咽下去,很痛苦的样子。林梳雨忙找来老醋,叶雨含摇头不喝,他又掰了一块玉米面饼子,让叶雨含吞下去,然后问道:"怎么样了?还在吗?"叶雨含点点头,指了指自己的喉咙,然后张开嘴让林梳雨看。林梳雨歪着头,睁一只眼闭一只眼,摆出射击瞄准的动作,朝她嘴里面瞅,眼珠子差一点儿就碰到叶雨含的嘴唇了。叶雨含看着林梳雨满头汗水的样子,就不再折腾他了,使劲儿咽了一口唾液,眨巴一下眼睛说:"没了,咽下去了。"

林梳雨长舒一口气,自责说:"都是我不好,没挑干净鱼刺,吃鱼不能说话,知道了吧?"

林梳雨更加细致地剔除鱼刺。叶雨含说:"你不要忙活了,我自己吃。"说着拿起两张餐巾纸,伸手擦掉了林梳雨脸上的汗水。林梳雨慌张地躲开了,满脸通红。

叶雨含笑出声来,问:"这段时间你一个人在小院待着,不闷得慌?想不想出去找点儿事情做?我认识一位部队回来的何大哥,他跟你有相似的地方,不用政府安置工作,办理了自主择业,注册了一个家政服务公司,招聘的员工都是找不到工作的退伍兵。"

林梳雨眨巴了几下眼睛问:"全招聘的退伍兵?跟我想的一样呀,那我要去看看了。"

叶雨含松了一口气,她留下来吃饭,就是要找到合适的机会,劝林梳雨去城里打工,她不想让他去扛麻袋包了。

叶雨含装出不相信的样子问:"你真去？你去那里可是大材小用,不过也就是去散散心,调查组很快就会拿出调查报告,肯定没太大的事。"

林梳雨使劲儿点头:"真对不起,听说调查组也找你了,我总给你找麻烦,都不知道该、该说什么了,我发誓以后要报答你的支持。"

叶雨含故意问:"怎么报答呢？说说看。"

林梳雨说:"我组建特训方队参加秋季军事大比武,把冠军奖杯给你抱回来。"

叶雨含点点头说:"除了冠军奖杯,还有呢？"

林梳雨愣了一下,茫然摇头。

叶雨含说:"在烟威市,我是外地人,没有亲友,就希望心情不好的时候,你能安抚我。"

林梳雨愣在那里,不知道该如何回答。

23

叶雨含说的何大哥叫何昌贵,五十多岁,在部队当过营长,自主择业回老家,注册了一个"昌贵家政服务有限公司"。他跟林梳雨有相同的情怀,招聘的全都是退伍兵,主要是帮助没有工作的战友解决生活困难,很多退伍兵身体有病,甚至身体残疾,很难找到工作。叶雨含是参加米兜兜的一次饭局时认识的何昌贵，昌贵家政服务有限公司是退役军人事务局重点扶持单位，也是一面旗帜，米兜兜经常跟何昌贵聚餐。

叶雨含从樱桃镇回到宿舍，就给何昌贵打电话，详细介绍了林梳雨的情况。何昌贵很高兴地答应了，希望林梳雨尽快去上班，他急需这么个人帮他管理公司。何昌贵说的是实话，他妻子几年前病逝，自己带着儿子生活，儿子明年高考了，他每天做饭和接送儿子手忙脚乱的，打理公司业务有些力不从心。

林梳雨第一次去见何昌贵，按照部队的称呼，喊何昌贵"何营长"，何昌贵纠正他，说以后喊老班长就行。在部队不管是将军还是士兵，只要比你早入伍一天，喊老班长准没错。

何昌贵看到林梳雨第一眼，就觉得林梳雨很踏实，于是让林梳雨出任公司副经理，主抓公司的管理工作。林梳雨担心自己干不好，辜负了叶雨含和何昌贵的信任，上班后就把铺盖搬到公司宿舍。他在公司住了两天，就急出了一嘴泡，公司退伍兵走路松松垮垮，办事拖拖拉拉，说话随随便便，完全没有了兵的样子。家政服务公司不仅白天忙碌，晚上也经常接到群众电话，紧急抢修水管、下水道之类，因此公司晚上要轮流值班。晚上值班的这些人闲着没事，就凑在一起喝酒打牌，喝多了还经常闹事。林梳雨很不满，怎么能这样呢？不管你什么年龄，只要是退伍兵，在部队浸染过，就要有个兵样，别给部队丢脸。林梳雨决定整顿纪律作风，公司的日常生活按照部队规矩来，早出操，晚点名，平日里都忙碌,但每个周末要集中训练一天,他亲自当教官。

昌贵家政服务有限公司成立八年了,主要就是走市场谋生路,林梳雨成立退伍兵营地的目的是要展现兵魂,传播军营文化,两个公司不是一个模式,因此他的军事化管理引起了公司员工的强烈不满。这天,有位女客户找到公司,说五十多岁的老刘给她清洗抽油烟机,清洗后抽油烟效果不好,噪声特别大,肯定是清洗的时候搞坏了。老刘说自己清洗完特意试了试效果,客户当时没提出异议。

这种争执很难争出个结果,双方差点儿动手打起来。林梳雨得知事情经过,把老刘批评了一顿,说老刘的服务程序不标准,当时测试效果后,应当让客户签字,老刘漏掉了这个重要环节。林梳雨亲自给客户道歉,并给客户赔偿了一个同款的新抽油烟机。

老刘心里不平衡,私下跟几个退伍兵议论这事,大家都骂了娘。买新抽油烟机的钱谁来出?就算是公司掏钱,也是分摊在每个人头上,林梳雨根本不懂业务,来公司就是搅和的。

对于林梳雨的军事训练,退伍兵更是反感,觉得他不食人间烟火。早出操、晚点名,也只有留在公司值班的十几个人参加,喊个"一二三四"的口号都稀稀落落的。到了周日集中训练的时候,公司所有的退伍兵都参加,队伍才有了一些气势。家政服务公司没有双休日,都是倒班休息,平时的工作很累,有点儿空闲都想睡觉,大家碍于何昌贵的面子,才周日参加林梳雨的军训,不过都是出工不出力。

　　林梳雨当然不能容忍,在他看来,训练场就是战场,站到训练场上就要有军人的精气神。这些退伍兵离开部队后,身体大都走形了,队列训练的时候转体很费劲,要先把大肚子搬过去,然后才磕腿站稳。有个大腹便便的退伍兵,转体的时候大肚子没跟上,身体差点儿晃倒了,引起了大家的哄笑。林梳雨从队列中揪出胖老兵,训斥说:"你像个当过兵的人吗?你这个样子真给当兵的人丢脸!不要认为我们脱了军装就是普通人了,当过兵的人,不管我们现在从事什么工作,都要保持军人的本色!"

　　被训斥的老兵不以为然,当众顶撞了林梳雨。他有些不耐烦地说:"你真把自己当盘菜了?我们都是来陪你演戏的,大家每天上班够累了,是挣钱重要还是作秀重要? 现在市场竞争激烈,我们都快没有业务了,你让我们饿着肚子训练啊?"

　　林梳雨被老兵怼愣了,憋得脸红脖子粗的,就是找不到反击的言语。恰在这时候,队列里的老兵哄笑起来,甚至有人喊好。林梳雨极度失望地说:"那好吧,不想训练的可以离开,想训练的留下。"

　　林梳雨的话刚说完,队伍呼啦啦散开,人转眼间走光了,只剩下林梳雨一个人尴尬地站在训练场上。他心里明白,自己被这些战友抛弃了,他必须离开这里了。周日晚上,林梳雨找到何昌贵,递交了辞职书,明天就离开家政服务公司。何昌贵了解到事情真相,坚决支持林梳雨的做法。何昌贵真诚地说:"我多次跟他们灌输这种思想,不要以为脱了军装就不是军人了,做什么工作都需要不怕牺牲勇于奉献的精神,你一定要留下来,帮他们找回军人的荣耀感。"

何昌贵极力挽留,林梳雨却铁了心要辞职。退伍兵集体哄笑的瞬间,他的自尊心遭受到沉重的打击,即便是自己的退伍兵营地被查封,也没这么难过。他把辞职书放在何昌贵面前,转身离开。

第二天早晨,林梳雨趁大家还没有起床,拎着大黄手提包轻轻下楼。宿舍楼前是公司的大院,他出了门就加快脚步走,担心遇见什么人,却发现公司的退伍兵都身着迷彩服,列队整齐地站在楼前。他愣怔的时候,何昌贵跑步向前,面对他行了一个标准的军礼,喊道:"教官同志,公司退伍兵应到早操人数六十三名,实到五十六名,早操是否开始,请指示!"

林梳雨的手提包滑落到地上,他知道自己走不成了。

公司退伍兵对老班长何昌贵非常尊敬,他们大多数人没有工作,是何昌贵帮他们解决了生活困难,昌贵家政服务有限公司成为他们赖以生存的大家庭。何昌贵轻易不发脾气,但这一次他真怒了,狠狠地训斥了他们。

何昌贵带头参加早操和晚点名,周日的军事训练,他是排头兵。这样一来,公司退伍兵都不敢懈怠,跟着林梳雨严格训练,慢慢找回了在军营的那股激情,就连平时走路都挺直腰杆,走出军人的步伐。

退伍兵营地停业期间,停职检查的谭春燕副局长一直没闲着,多次找调查组沟通。米兜兜劝她不要再管林梳雨的事情,林梳雨给退役军人事务局带来太多的麻烦,退役军人事务局已经尽力了。谭春燕知道自己跟米兜兜解释得再多,米兜兜都不会理解。米兜兜没去过边疆艰苦部队,也没见过野战军的训练生活,她对退役军人没有深厚的感情。

调查组的调查迟迟没有结果,谭春燕为林梳雨捏着一把汗。这件事情拖久了,会把退伍兵营地的项目拖垮。谭春燕觉得不能再等了,索性直接去找分管退役军人事务局的史副市长。她对史副市长说:"我不怕停职,撤我的职都可以,但我们应该保护像林梳雨这样的退伍兵的激情,鼓励他们保持军人本色,为家乡做贡献。退伍兵营地有问题可以整改,但不能一棒子打死。"史副市长很理解谭春燕的心情,让她放心,市政府鼓励退伍兵回乡创业,而且要为他们创造条件,调查组不会鸡蛋里挑骨头的。

在各方努力下,调查组拿出了调查报告。尽管这次事故造成的后果并不严重,但社会影响很大,退伍兵营地的一些设施简陋,有安全隐患,管理也有疏漏,对于事故有不可推卸的责任,需要按照专家提出的建议认真整改,验收合格后才能对外营业。

这份调查报告让林梳雨躲过了一劫,但他却高兴不起来了。按照专家对退伍兵营地提出的整改方案,他找了建筑公司商谈合作,都没谈成。有的建筑公司觉得整改方案太复杂,需要大幅度提高建筑成本。还有几家建筑公司贵贱不接这个单,说退伍兵营地已经被各方盯上了,担心工程验收的时候很难过关。

林梳雨把贾亮和李晓飞找来商量对策。几个人好久没聚在一起了,按说林梳雨应该弄几个小菜,兄弟几个喝一口,可林梳雨没有心情,他晚饭都没吃,孙娜把一碗烩锅面端到石桌上,他推在一边,说商量完事情再吃。

"商量什么?"李晓飞说,"继续做下去,就要增加投资,我已经把全部存款都拿出来了,贾亮因为冬云的事情,也山穷水尽了,钱从哪里来?"

林梳雨疑惑地问李晓飞:"你的意思是半途而废?退伍兵营地已经初具规模,如果半途而废,欠下的债务怎么还?更重要的是,作为退伍兵,打了败仗,甚至是主动投降,不仅辜负了叶雨含的信任,也给退伍兵抹了黑,成为别人的笑料。"

贾亮叹一口气,拳头狠狠地捶在石桌上。

几个人都不说话了。林梳雨进退两难,他在部队打了很多硬仗,跟恐怖分子决斗从不退缩,总能找到克敌妙计。然而现在,他真的有劲儿使不上,最后他无奈地摇摇头,对贾亮和李晓飞说:"你们先回去吧,让我再想想,总会有办法的。"

贾亮非常愧疚,他觉得这一切都是自己的错,是他把退伍兵营地推入绝境的,离开小院的时候,他看了林梳雨一眼,说:"对不起,给我一些时间,我一定要找到冬云。"贾亮还以存幻想,觉得只要找到了冬云,一切问题就都好办了。

李晓飞和贾亮离开后,林梳雨静静地趴在石桌前,似乎睡着了。孙娜把炝锅面加热又端出来,站在旁边犹豫着,不知道该不该惊动他。这时候,他的手机响了,是母亲要跟他视频通话,他立即调整情绪,面带微笑地看着屏幕中的母亲问:"妈,忙啥呢?"

母亲说:"我能忙啥,还是老一套。你好多天没动静,忙什么呢?"

林梳雨故弄玄虚:"我不告诉你。"

"怎么?谈女朋友了?"母亲期待地问。

林梳雨摇摇头:"没有,谈了会告诉你的。妈,你手里……有钱吗?"

母亲误解了林梳雨的意思,说:"有钱,我不缺钱,你上次给我的钱我都给你放着呢,等你结婚的时候一起给你。"

林梳雨哦了一声,张了张嘴,不知道说什么了。

母亲说:"你别整天惦记着我,赶紧找个女朋友,妈现在就等你结婚了,你结了婚,妈就真的无牵无挂了。前几天我做梦,梦见你掉进一个冰窟窿里,把我吓醒了。你呀,真要是孝顺的话,就赶紧成个家。"

林梳雨结束跟母亲的视频通话后,急忙转身走进屋里,他不想在孙娜面前流泪。

孙娜把一碗炝锅面放在石桌上,她不知道自己还能做些什么,于是悄悄离开小院。回到家,想到林梳雨一脸的愁云,她怎么都无法入睡。突然间,她想到了叶雨含,或许叶雨含会有办法,于是就试探着拨打了叶雨含的手机。叶雨含没看来电显示,接听后问哪位,孙娜报了自己的名字,叶雨含好半天才反应过来,马上意识到这个电话可能与林梳雨有关,叶雨含紧张地说:"你找我?什么事情?"

孙娜把林梳雨的困境说了,叶雨含明知故问:"你怎么给我打电话?"

孙娜说:"雨含姐,我知道在他心里,谁都不可能替代你的位置。他喜欢你。"

"你怎么知道他……"叶雨含说了一半,觉得问得太幼稚了,就打住了,说,"我知道了,谢谢你给我打电话,我把微信号发给你,以后有事情可以随时给我发微信。"

叶雨含放下手机,心里很温暖。不知道为什么,这一瞬间,她喜欢上了孙娜。

已经晚上十点多了,叶雨含内心无法平静下来,穿着短裙下楼,穿过楼前的小花园,慢慢地走到训练场。她心里乱糟糟的,不知道怎么做才能帮林梳雨走出困境。她绕着训练场转圈,猛然抬头,发现面前走来一个人,是参谋长姜少华,她想躲开已经来不及了。

姜少华问:"叶参谋,这么晚还不睡?"

叶雨含忙说:"宿舍有些闷热,出来走走,透口气。参谋长怎么还不睡?"

姜少华说:"我在宿舍窗口看到训练场有人转悠,以为是谁呢,下来看一眼。这都十一点了,你转悠什么呢?"

"十一点了？不会吧？"叶雨含打开手机看了一眼时间,果然十一点了,或许参谋长在窗口看了她好久,一时不知该说什么。姜少华半开玩笑地说:"你这种没心没肺的人,不会有什么事情想不开吧？"

"有啊,你天天给我压力,今年预备役师秋季军事大比武,抱不回来冠军奖杯怎么办啊？我愁得白了头发。"

姜少华瞪了她一眼,才不相信她的话。他说:"有什么事情需要帮忙就找我,别闷在心里。"

叶雨含认真地点点头:"放心吧参谋长,什么事情都没有,就是突然间……想一个人走走。"

姜少华断定叶雨含一定遇到事情了,她不是那种心事很重的人,更没有林黛玉的忧伤和孤独,很少看到她一个人孤独地行走。他不便细问,犹豫片刻,甩开大步朝宿舍楼走去。

叶雨含看着姜少华走路的架势,突然想到了何昌贵,内心激动起来,怎么忘了何营长了？尽管时间很晚,但她顾不得那么多了,立即给何昌贵拨通了电话,也不管他高不高兴,说:"抱歉何营长,这么晚打搅你了,我也是心里焦急,觉得只有你能帮林梳雨。"

她把林梳雨的情况说完,何昌贵没丝毫停顿,爽朗地说:"你跟我客气什么,叶参谋,林梳雨是我公司的副经理,也是战友,我就是把公司全部抵押出去也要帮他。"

叶雨含连忙说:"谢谢你何营长,我们士兵预备役特训方队,特别需要林梳雨这样的退伍兵,我这么帮他,就是希望他能把退伍兵营地搞起来,为我们士兵预备役的秋季军事大比武争得荣誉。"

何昌贵说:"叶参谋,你不用解释,林梳雨虽然比我年轻,兵龄也比我短,但他比我更有兵的魄力。我离开部队十几年了,差一点儿忘了自己曾经当过兵,是林梳雨让我找回了军人的荣誉感,我现在感觉又归队了。"

这些话,在外人听来会觉得很可笑,但在军人之间,这些话听起来真诚而温暖。

24

第二天上午,何昌贵打电话约林梳雨在办公室见面,很生气地责怪他:"需要钱怎么不跟我说?口口声声叫我老班长,关键时刻不信任我了,我想带五十万资金入股你们公司,行不行?"

林梳雨愣了一下,问:"老班长,谁跟你说我需要钱?"

何昌贵不是个糊涂人,已经感觉到叶雨含对林梳雨这份特殊的感情,于是也不隐瞒,说:"叶参谋告诉我,你们退伍兵营地改造急需资金,我听她急得快要哭了,我跟你说好兄弟,叶参谋对你可不是一般的关心,这份情要记在心里。"

林梳雨更吃惊了,心想,叶参谋怎么知道的?自己已经欠她太多,真不想让她再为自己牵肠挂肚了。林梳雨对何昌贵坦诚地说:"老班长,我就是有了钱,也找不到建筑公司承接我们的整改项目,我们退伍兵营地现在成了舆论焦点,建筑公司不想惹这个麻烦。"

何昌贵有些不解地说:"你为什么要搞退伍兵营地?不就是要给退伍兵打造一个家嘛。既然是给退伍兵打造一个家,找什么建筑公司呀,我们退伍兵自己干就行了。"

林梳雨有些蒙:"老班长,我们家政服务公司几十个人,也不懂建筑工程,能干起来吗?"

何昌贵像唱戏一样哎呀呀呀地长叫一声,说:"你这么聪明的人,脑子怎么不拐弯了?靠我们家政服务公司的几十个人肯定不行,可你别忘了,烟威市有成千上万的复转军人,这当中什么人才没有?工程师、设计师、建筑师、测绘师,至于铁匠、木匠、泥瓦匠,你说有没有?"

"有啊,肯定有,还有厨师和理发师呀!问题是……我怎么请他们来?请得动、请得起吗?"

何昌贵笑了,说:"我有个主意,只要战友们有时间,肯定都能来,而且分文不取,你信不信?"

林梳雨焦急地问:"什么主意?你是老班长,我肯定信你。"

何昌贵一字一顿地说:"紧急集合!"

"紧急集合?"林梳雨忍不住惊叫起来。

在部队,紧急集合是应对突发险情的战备状态,是军人最高级别的紧急行动,是子弹上膛的热血奔赴!

林梳雨一听就茅塞顿开,这个主意跟退伍兵营地太切合了,他立即按照何昌贵的建议，以"紧急集合"的名义在抖音、微信朋友圈、退伍兵战友群等网络平台上发布了视频，并配了一段铿锵的文字，详细介绍这次"紧急集合"的任务、目标和重要意义。

退伍兵营地在出事之前，就已经引起了烟威市退伍兵的关注，很多战友群都在议论，觉得林梳雨脑洞大开，不太切合实际。他们虽然对林梳雨不抱希望，但退伍兵营地出事关闭后，又都为其惋惜，现在突然看到林梳雨发布的"紧急集合"通告，藏在血液里的激情被唤醒了，耳边仿佛响起高亢的军号声。很快，上百名退伍兵报名参加"紧急集合"，海陆空武警军种齐全，专业也五花八门，甚至来了十几个文工团的女退伍兵。再后来，附近城市的复转军人得到消息，直接打起背包赶到退伍兵营地，不为别的，就为了重温部队生活。

退伍兵营地的大院里扎起了帐篷，支起了炉灶，参加"紧急集合"的退伍兵，完全按照野营拉练的模式操作。退伍兵最大的优势就是用最快的速度健全各种组织，虽然他们来自不同兵种和不同地区，相互间并不熟悉，却只用了大半天时间就成立了技术研究队、工程突击队、后勤保障队、宣传公关队……这种快速反应能力，他们在部队演练了无数次，甚至经历了战火的考验。

这次贾亮没跟林梳雨商量就辞了工作，搬到退伍兵营地的帐篷里居住，而且加入了工程突击队，每天戴着安全帽在工地忙碌。他给自己断了后路，跟林梳雨绑在了一条战舰上。李晓飞带着三个毛孩子也住进了帐篷。吴一天不想错过退伍战友的大聚会,竟然请了半个月的假,去后勤保障队帮忙采购食品,还是干自己的老本行。

"紧急集合"一周后,王猛那边的保安队员竟然有十多人以"家有急事"为由请假,偷偷去了退伍兵营地,成了搬砖工。王猛心里有些不安,感觉林梳雨那边动静很大,也没跟赵庆波说,自己悄悄去退伍兵营地化装侦察,竟然被现场的气氛感染了,情不自禁地混在退伍兵队伍里,扯开嗓子唱了两首军歌,才恋恋不舍地离开了。

王猛一回到保安公司,就把赵庆波喊到办公室,让赵庆波赶紧想对策,照这样下去,退伍兵营地建成后,保安公司里的优秀退伍兵都跑光了。赵庆波对退伍兵营地一无所知,仍旧坐井观天地说:"他们建成了又能怎样,不就是搞了个训练场嘛,没人愿意饿着肚子去训练吧?"王猛气得直摇头,说赵庆波是猪脑子。"保安公司有月薪,难道林梳雨不会发工资吗?他们退伍兵营地整改前有几个经营项目就火出圈了,这次整改完善后,经营项目更多,能不火爆吗?"王猛对赵庆波说,"你有空去看一眼,看一眼你就知道了,还真不是钱的事,讲真话,我去看了,如果我没在这个位置上,不给钱我都想去。"

赵庆波吃惊,王猛都想跑过去,也太夸张了吧?既然这样,那就想办法让他们搞不成。他说:"给市政府写一封匿名信,说他们非法集会,说他们扰民,或者干脆制造一起事故,反正我有办法搞垮他们。"

王猛被赵庆波的话吓了一跳，他看着赵庆波问："你说人话好不好！这是咱当兵的人该说的话吗？这种话都能说出来，真给当兵的人丢脸，我都替你害臊！"赵庆波挨了骂，站在那里一脸委屈。王猛意识到自己有些冲动，保安公司如何留住优秀的队员，跟赵庆波没关系，是自己应该考虑的事情。于是他缓和了语气说："你真想打垮他们，就要在训练上下功夫，将来在比武场上见高低！"

退伍兵营地的大院里每天军歌嘹亮，口号震天，引来许多当地群众围观。这么大的事情，肯定要惊动樱桃镇派出所，负责退伍兵营地的社区民警徐春晓，主动上门找到林梳雨，问他需要哪些帮助。徐春晓也当过十多年兵，在连长位置上转业，被分到樱桃镇派出所当了普通的社区民警。因为有部队带兵的经历，徐春晓在社会治安综合治理方面很有办法，组建了二十多支群众志愿者队伍，按照"网格化"管理模式，把他分管的社区打造成了"枫桥经验"的样板社区，他本人被评为全省"最美基层民警"。

退伍兵营地落户在徐春晓分管的社区，他太开心了，肯定要想办法把退伍的战友纳入自己的志愿者队伍中。为了支援退伍兵营地的工程建设，徐春晓组织志愿者为工地上的退伍兵送去米面油盐酱醋茶以及毛巾白糖绿豆水等，生活用品应有尽有，那场面很有感染力。

林梳雨很惊讶，想不到徐春晓组织的志愿者队伍这么庞大，而且组织严密，很有战斗力。志愿者当中有白发苍苍的老人，也有花朵一样的姑娘，有紧急救援队，也有爱心帮扶中心，似乎生活当中需要什么，徐春晓就有什么样的志愿者队伍。林梳雨粗略估算了一下，徐春晓掌握的志愿者至少有上千人。他心里突然一个闪念，退伍兵营地打造好后，可以成立一支退伍兵志愿者方队，他跟徐春晓提出自己的想法后，徐春晓笑了，说他正想跟林梳雨商量这件事，如果社区有一支退伍兵志愿者队伍，成为社会治安综合治理的主力军，他们派出所就可以争创全国"枫桥式公安派出所"了。

在徐春晓的指导下，林梳雨利用这次"紧急集合"的机会，让退伍老兵填写了一张表格，留下了联系方式、职业和特长。随后，徐春晓请示了派出所所长和上级组织部门，成立退伍兵志愿者方队，并设立党支部，他担任党支部书记，林梳雨担任副书记。徐春晓还请人设计了一面"退伍兵志愿者方队"的队旗，准备邀请上级领导到樱桃镇，搞一个隆重的授旗仪式。

谭春燕已经恢复了职务，开始正常工作，她耳边不断传来退伍兵营地的消息，一直想去现场看看，给林梳雨鼓劲喝彩。如果是在停职前，她喊上米兜兜就走了，但现在她不想再给人留下话柄，于是给分管退役军人事务局的史副市长打电话请示，希望史副市长带队去看望退伍老兵。史副市长爽快地答应了，并且代表市政府捐赠了一批生活用品。

史副市长去退伍兵营地慰问，是一件大新闻，电视台派了记者跟随采访。樱桃镇派出所抓住机会，请史副市长为退伍兵志愿者方队授队旗。

林梳雨很久没见到谭春燕了,见到她就像见到自己的亲人,竟然张开双臂拥抱了她。谭春燕告诉林梳雨,这些日子她特别忙,因为秋季老兵复退工作又开始了,她每天大会接小会,所以没及时来退伍兵营地走走。林梳雨说:"谭局长先忙,等我们改建完成后,你周末过来住两天,算是度假。"

说话间,林梳雨瞥见站在谭春燕身后的米兜兜,于是很客气地跟她打招呼:"米科长好。"米兜兜完全没有心理准备,仓促地嗯了一声,表情非常尴尬。谭春燕心里很欣慰,不失时机地悄悄问米兜兜:"你不觉得林梳雨成熟了吗?"

米兜兜接话很快,说:"因为他身后有了一个高参。"

谭春燕笑了笑,她知道米兜兜说的高参是叶雨含参谋。

授旗仪式搞得很隆重,樱桃镇党委书记和镇长都参加了。林梳雨代表退伍老兵接过了退伍兵志愿者方队的队旗,他身后是上百名退伍老兵和正在改建的工地现场,还有徐春晓组织的五百多名群众志愿者,场面很壮观。

授旗仪式结束,徐春晓就组织召开了退伍兵志愿者方队的第一次党支部会,选举退伍兵营地文化传播有限公司的股东贾亮、何昌贵、李晓飞三人担任支部委员。党支部会上,林梳雨胸前佩戴党徽,兴奋地对徐春晓说:"老班长,这是我从部队回来后参加的第一场党员会,就像迷了路的孩子,终于找到家了。"

一个月后,退伍兵营地完成了全部改造工程,政府相关部门组织专家进行了验收,专家们参观了退伍兵营地后,都觉得不可思议,退伍兵不是在做工程,而是在打造一件艺术品,不要说宿舍、厕所和训练场了,院内每一棵树盘、每一块草坪、每一条人行道,都做得细致养眼。很多人以为当兵的五大三粗手脚笨拙,其实错了,如果你到过军营就会知道,士兵不管做什么事情都精益求精,哪怕是盖一座猪圈,也绝对按照三星级宾馆的标准去打造。你再去看部队的菜地,横平竖直,像一幅版画。

验收环节没有丝毫波折,带队验收的专家当场预言,退伍兵营地将来不但是训练的场地,也是一座军营展览馆,将来会成为网红打卡地。

其实不用专家预言,在退伍兵营地的建设过程中,已经有很多年轻人来参加退伍兵宣传队的演出,跟几个漂亮的退伍文艺女兵合唱部队歌曲,还去厨房帮厨,体验了部队的大锅饭。这些视频都发在网络平台上,谁都没想到,部队的大锅饭竟然受到了年轻人的欢迎。吃惯了饭店大餐的年轻人,感觉部队的大锅饭别有风味。其实大锅饭很简单,白菜粉条豆腐海带,外加几刀猪肉猪排猪肘子,有点儿像东北乱炖。当然,吃什么不是最重要的,关键是吃饭的方式很特别,一个大铁盆装满菜端出来,每人一个大海碗,很有梁山好汉的气势。大锅饭的蒸馒头和蒸米饭,也是这个方式端出来的。很多人都觉得奇怪,怎么馒头到了这里,吃起来特别有味道?

既然大锅饭受欢迎,林梳雨就开设了一个"周末大锅饭"的体验项目,他们的厨房完全是按照部队的厨房建造的,厨师就是曾经在部队的老炊事班班长,他在部队的时候参加地方厨师证考试,获得了特级厨师资格证。这个项目的体验时间从周六上午开始到周日早餐后结束,除了吃大锅饭,还有队列训练、射击训练、内务卫生训练、夜间紧急集合训练。尤其是内务卫生训练和夜间紧急集合训练,特别受家长欢迎,很多家长带孩子来体验军营生活,锻炼孩子们的自理能力和吃苦耐劳的精神。最初去体验大锅饭的,大多是学生和青年人,随着大锅饭的名气越来越大,四五十岁的人也来凑热闹。

这些日子,孙娜身边的人都在议论退伍兵营地的大锅饭,问孙娜去过没有。退伍兵营地距离孙娜住的小区不到两公里,改建的时候她隔三岔五就会去一次,但改建完成后,大门口设立了岗楼,出入大院凭证件通行,她就再也没有去过。尽管林梳雨还在樱桃镇的小院居住,但大多数时间吃住在退伍兵营地,她跟林梳雨见面的机会也少了。

孙娜很想去退伍兵营地体验一下,按说这事很简单,跟林梳雨说一声,林梳雨会安排退伍兵专业教官为她服务,但她不想给林梳雨添麻烦。在跟叶雨含微信聊天的时候,她透露了自己的烦恼。叶雨含说:"这不简单嘛,咱俩在网上报名,我这个训练参谋陪你去体验一天。"叶雨含跟米兜兜疏远后,在烟威市无亲无友的,自从那天接到孙娜的电话,被孙娜温暖之后,两个人就频繁来往,每天都有微信交流,偶尔也在周末约饭。深度接触后,叶雨含更喜欢孙娜了，自然就成了闺密。孙娜跟米兜兜最大的差别就是更平民化，很容易处成姐妹关系。其实米兜兜人并不坏，也很风趣，叶雨含跟她一起出门还是很开心的，不过米兜兜心比天高，一般人瞧不上，而且是实用主义者，价值观跟叶雨含有很大差异。

  退伍兵营地文化传播有限公司在网上有了自己的宣传平台，所有体验项目都要在网上提前预约。叶雨含帮助孙娜在网上报名，也没告诉林梳雨，周六的上午她带着孙娜去了退伍兵营地，跟随大家一起参加队列训练，一起吃大锅饭。退伍兵营地的教官是从退伍兵中挑选出来的，虽然都在预备役团见过一次叶雨含，但叶雨含脱了军服几乎变成另外一个人，而且还特意戴了口罩，只露出一双眼睛，组织训练的教官竟然没有认出她。林梳雨和贾亮成了公司领导，杂事太多，平时不组织训练，只有重要客人到来时，他们才参加退伍兵特训方队的训练表演。午饭的时候，贾亮听到有个教官跟其他几个教官显摆，上午他组织训练的队列里有个女游客，动作太标准了，人长得也好看。教官把拍摄的视频拿出来回放给其他教官看，贾亮无意中瞅了一眼，觉得有些像叶参谋，他从教官手里抓过手机仔细看，没错啊，就是预备役团的参谋叶雨含。几个教官再去看视频，都一脸惊愕，想不到叶雨含会出现在游客的队列里，这也太梦幻了吧？

  贾亮拿着教官的手机去找林梳雨，把视频给他看了，林梳雨也是一头雾水，叶雨含和孙娜什么时候来的？如果真来了，一定正在那边吃大锅饭。林梳雨和贾亮急忙去大食堂寻找叶雨含和孙娜。上百人的游客在大食堂吃饭,不能随便乱坐乱站,都是按照他们队列训练的班排编组,因此找起来并不困难。

林梳雨找到叶雨含和孙娜的时候,她俩已经把大海碗里的豆角炖排骨吃完了,正抱着海碗喝菜汤,整个海碗扣在脸上,等到她们拿开海碗的时候,林梳雨已经站在她们面前了。

孙娜最先看到林梳雨,惊叫:"哎呀,梳雨哥——"

叶雨含转头看到林梳雨,两个人对视几秒,叶雨含就忍不住嘿嘿笑起来,就像小孩子做了一件淘气事,被家长发现后想要掩饰的尴尬样子。贾亮在一边忍不住笑了,问:"叶参谋,你们这是藏猫猫呢?我的天呀,简直不敢相信。"

叶雨含忙摆手,制止贾亮大呼小叫。她说:"喊什么喊,我陪孙娜来凑热闹的,你们别吭声,我们跟大部队参加活动,让别人知道就不好玩了。"

林梳雨看着孙娜说:"你想来吃大锅饭,跟我说一声,我让你天天来吃。"

孙娜不好意思地说:"周六没事做,我跟雨含姐以游客的身份来体验一下,算是微服私访,这样能够帮你们发现问题。"

叶雨含插话:"说好了,不许跟着我们偷看。"

林梳雨无奈地摇摇头,他觉得眼前的叶雨含,真像一个捉迷藏的小女孩,顽皮而可爱。

第九章

25

退伍兵营地改建完成后，林梳雨组建了五十人的预备役特训方队，叶雨含将之命名为"蓝队"，王猛的特训方队成立在先，被命名为"红队"。按照叶雨含的训练方案，红、蓝两队分别依托保安公司和退伍兵营地，各自组织训练，两队每个季度在预备役团搞一次对抗赛，这样就可以让退伍兵骨干始终保持良好的状态，成为预备役团拉得出、打得赢的主力队伍，在处置突发事件和预备役师的大比武中发挥作用。她在跟参谋长姜少华汇报工作的时候，自豪地说："现在遇到突发事件，只要你一声令下，我可以拉出一支上百人的特战队，而且拉得出，打得赢！"

林梳雨组织的特训方队，有二十人带薪训练，实际上就是公司的员工，跟保安公司招聘的退伍兵一样，除了集中训练外，还要担任退伍兵营地训练项目的教官。其余三十名队员是兼职，平时都有各自的工作，只是在周末参加训练和担任游客体验项目的教官。二十名专职教官，都是林梳雨和贾亮一个个挑选出来的，不仅要求军事素质过硬，还必须有责任心，有军人的荣誉感。兼职教官要求低一些，但身体素质必须考核过关，而且要有军事训练的强项，无论是散打、射击、空中索降、跨越障碍等，都能够独立带队，组织游客完成体验项目。

按照这些标准，吴一天没有一项是合格的，但没有吴一天帮忙，林梳雨就租赁不到樱桃镇这所废弃的小学，他早就对吴一天有承诺，破例将他招入特训方队。退伍兵营地在双休日最忙，队员们需要为游客担任体验项目的教官，很少有时间组织训练。周一到周五游客不多，但兼职队员工作原因又不能参加训练。最终，林梳雨选择周一至周五的晚上八点至十点，作为特训方队集中训练时间。虽然是晚上，但总有一些兼职队员因为各种特殊情况而缺训，能全员合练的时间并不多。吴一天自从加入特训方队，从没缺席过晚上的训练，而且是训练最卖力的队员。两个小时的训练结束后，兼职队员都离开了，他还留下来让林梳雨给自己开小灶。

一天晚上，林梳雨给吴一天加练跨越障碍，在攀爬天梯的时候，他竟然失手掉下来，好在林梳雨反应极快，张开双臂抱住了他。天梯也就两人多高，坠落下来的冲击力并不大，两个人倒地后，林梳雨快速爬起来，吴一天却躺在地上没动，仔细一看，他竟然晕过去了。

林梳雨急忙喊人将吴一天送医院,到了急诊室时,吴一天醒过来。医生检查发现吴一天发高烧,仔细盘问,他承认自己这两天感冒了。林梳雨很生气,训斥吴一天:"感冒了你还参加训练?不要命啦?"

吴一天说:"发烧不严重,我觉得没事……"

"什么叫没事?感冒了就老老实实在家养病,来添什么乱呀!今晚你要真出点儿事情,退伍兵营地就彻底关门了,多少人要跟着你倒霉!"

吴一天意识到自己的行为有可能毁了退伍兵营地,因此一脸愧疚地说:"对不起老班长,我没想到会晕倒,给你添麻烦了。在部队,我不是合格的兵,你破例让我参加特训方队,我不能给你丢脸,我想做一名合格的特训队员。"

听了吴一天的话,林梳雨立即意识到自己刚才太冲动,说话欠考虑,忙给吴一天道歉。他说:"对不起兄弟,我刚才吓晕了,说了一堆狗屁话,你别往心里去。"

吴一天笑了,说:"我喜欢听这种狗屁话。我们当新兵的时候,新训班长说的全是这些狗屁话,现在想起来觉得特别亲切。"

林梳雨在急诊室陪吴一天打吊水,过去两个人交流并不多,难得有这样的机会聊天。他们从吴一天现在的女朋友真真,聊到林梳雨高中的初恋女同学孙颖。林梳雨对于感情的认真态度,让吴一天很感动,自己对待真真有些漫不经心了,必须认真起来。

因为两人聊得太投入,忘了给吴一天的家人报平安。夜里十二点多,鲁雪香发现儿子还没回家,就给吴一天打电话。吴一天到医院的时候,随身物品都放在退伍兵营地,有人听到吴一天的手机响了好几次,就接听了,说吴一天从天梯上摔下来,送医院去了。鲁雪香当时头嗡了一声,忙把已经睡着的吴铁城喊起来,直奔医院。在去医院的路上,鲁雪香给真真打了电话,真真不知道那边发生了什么事情,也匆忙开车去了医院。

尽管是虚惊一场,但鲁雪香因为过度紧张,需要发泄内心的情绪,于是在医院冲林梳雨喊叫起来,要追究他的责任,弄得吴一天很尴尬。吴一天说:"妈,我求你啦,这事跟林梳雨没关系,你别在这儿闹腾好不好。"

鲁雪香不理睬吴一天,仍是不依不饶缠着林梳雨,逼着林梳雨把吴一天开除出特训方队。林梳雨很为难,他无法答应鲁雪香这个要求。吴一天干脆不打吊水了,气呼呼走出急诊室。女朋友真真慌忙追出去,喊:"一天,上我的车。"

吴铁城实在忍不住了,强行拽着鲁雪香离去,边走边训斥:"你有完没完?一点儿素质都没有。"

吴铁城带着鲁雪香刚走到停车场,就接到真真的电话,说她跟吴一天先走了,今晚吴一天不想回家。不等吴铁城回话,鲁雪香抢过手机说:"真真,劝劝一天,不要让他参加特训方队了,你每天傍晚下班的时候,在霞光区政府大门口外守着,他出来后直接把他送回家。"

吴一天主动提出不想回家,要去真真那边住一晚上。真真的父母在城里给她买了房子,他们却住在下面的县城里。有几次真真邀请吴一天去她住处看看,吴一天都没去,现在半夜提出要去家里,让真真有些意外。真真问:"怎么想起要去我那里了?"

吴一天说:"我今晚不是病人嘛,你在身边照顾我,我最安心。"

真真深受感动,把车停到路边,抱住吴一天说:"放心吧,我会照顾好你,一辈子。"

"你也相信我,会爱你一辈子。"吴一天说。今晚,他算是正式向真真表白了,他说:"有时间带我去看看你父母。"

真真含着泪点点头。

真真听从了鲁雪香的话,傍晚下班的时候,去霞光区政府大门外等候吴一天,她去只是给鲁雪香一个交代,根本拦不住吴一天,到最后竟然陪他一起去了退伍兵营地。她跟鲁雪香说:"鲁阿姨,我真劝不住他,不过我跟着他呢,你放心吧,不会有什么事情。"

真真情商很高,既能让吴一天开心,又不得罪鲁雪香。

鲁雪香又找米兜兜,让米兜兜说服吴一天。米兜兜也不想让吴一天跟林梳雨在一起,于是把陶阳拽上,请吴一天和真真吃饭。吴一天挺喜欢陶阳的,虽然他还没跟小姨结婚,但见面总是喊他小姨父。他俩都是詹姆斯的铁粉,见面就要聊詹姆斯又创造什么神迹了,正聊得热闹,米兜兜强行插话,对吴一天说:"我听你妈跟我唠叨,你每天晚上还去退伍兵营地?我可提醒你吴一天,林梳雨脑子不正常,你跟林梳雨掺和在一起,早晚有一天跟他一样。"

吴一天愣怔一下,问:"小姨,你请我吃饭,就为说这事?如果是,我就不吃了。"

米兜兜气得把筷子拍在桌上:"你跟小姨说话,越来越没个规矩了,你爱吃不吃!"

吴一天站起身就走。真真看了一眼米兜兜和陶阳,抱歉地说:"我也走吧。"

米兜兜对真真摆手说:"装什么装?赶紧走!"

真真慌张地去追吴一天,边追边说:"等等我,你想吃什么?咱俩换个地方。"

米兜兜被真真气笑了,对陶阳说:"你看见了吧?好人当兵也变傻,吴一天才当了两年兵就这个样子。你再看他女朋友,也变傻了。"

陶阳抬眼瞅了米兜兜好半天,突然说:"所有人都是傻子,就你一个聪明?"

米兜兜觉得陶阳的话味道不对,瞪眼质问:"你什么意思?"

陶阳懒得解释,干脆说:"你对当兵的印象这么不好,就别在退役军人事务局上班了,最好换个单位。"

米兜兜听出陶阳话里有刺,索性放下筷子不吃了,也不说话,跟自己赌气。

要在往常,这个时候陶阳要哄米兜兜开心,但今天陶阳仿佛没看到米兜兜的表情,依旧慢悠悠低头吃饭,边吃边说:"我爸曾经说过,当兵可能后悔三年,不当兵肯定后悔一辈子。上大学的时候我特别想当兵,第一年因为母亲突然住院,我放弃了,第二年体检的时候,赶上我做了个疝气手术,又没走成,之后就超龄了,留下一辈子的遗憾。我没跟林梳雨打过交道,不好评价他,但这些日子听很多人说他们退伍兵营地搞得很有创意,我还想报名去体验一下,也算圆了我当兵的梦,你要有时间,陪我一起去?"

米兜兜不知道该怎么回答,她不明白这些人为什么都对军营生活感兴趣。

陶阳抬头追问:"你去不去?你不去我一个人去了。"

米兜兜叹了一口气说:"过些日子再去吧,秋季老兵退伍,谭局长又让我去高铁站拉横幅接站。"

陶阳点点头:"好,我等你忙完。"

秋季老兵退伍在九月份,跟三月份春季老兵退伍一样,很多单位和个人在高铁站抢占有利位置,扯起了"欢迎亲人光荣退伍"的横幅。退役军人事务局的横幅正对着高铁站出口,米兜兜每天站在横幅前,为退伍兵发放宣传页,解答疑惑。她的左后侧就是退伍兵营地的醒目广告,林梳雨特意找广告公司精心设计,广告牌的样子像船帆,上面有退伍兵营地的介绍和联系电话,还有他们训练的照片。广告牌可以随时移动,而且收放自如。林梳雨事情太多,派了退伍兵营地的两名教官在那里值班。因为退伍兵营地已成为当地的网红，他们的广告牌也成了很多人拍视频的背景板。

米兜兜距离退伍兵营地的摊位不到一百米，那边的热闹都看在眼里。突然间，她发现那边的人群有些混乱，原来是林梳雨来了，被很多人围着拍照。林梳雨是骑山地车来的，米兜兜看着自行车，很自然地想到了男朋友陶阳的奔驰越野，她心想，林梳雨连一辆车都买不起，整天骑着自行车嘚瑟，叶雨含怎么会看上他呢？

林梳雨也确实买不起车，他所有的钱都投在了退伍兵营地的项目上。公司开始赢利了，贾亮和李晓飞都劝他买一辆车，就算是给公司买的，但林梳雨拒绝了，说公司债务还没还清，现在买车遭人骂。贾亮不以为然："不就是叶参谋那一百多万嘛，年底肯定还清。"林梳雨说："那就等年底还清了叶参谋的钱再买。"后来叶雨含知道了这件事，劝慰林梳雨别着急还钱，她的钱不急用，还是抓紧去买一辆车。人靠衣裳马靠鞍，现在林梳雨是公司董事长了，应该买辆车来衬托他，整天骑着自行车，有损退伍兵营地文化传播有限公司的声誉。叶雨含开玩笑说："外面传说你们公司有我的股份，我的钱就在你们公司多放几年吧，等公司挣大钱了，我要跟着你们分红。"

林梳雨不管别人怎么劝，就是不买车。他对叶雨含说："骑自行车丢脸吗？我觉得骑自行车既便捷又很酷。"

林梳雨没说错，骑自行车比开车便捷，他骑自行车离开高铁站的时候,高铁站外正是车流高峰,他如鱼得水般在车流中绕来转去,很快消失了。

从市里返回樱桃镇,城乡接合部的彩虹桥是必经之路,这座桥距离樱桃镇还有十几公里。太阳快要落到山尖尖上了,白洋河的水面上铺了一层金灿灿的夕阳,河边一蓬蓬的芦苇花随着晚风轻轻摇曳。从芦苇中突然飞起的野鸭,惊吓到了在河边游玩的一条黑狗,黑狗愤怒地冲着飞走的野鸭狂吠,发泄它的不满。河两岸是大片的果园,被阳光照射了一整天的葡萄和苹果散发出温热甜润的果香。林梳雨骑着山地车走到桥心,被这景色迷住了,忍不住停下来,一条腿支撑在桥面上,另一条腿随意地跨在车镫子上,把目光从河面推远,一直推向了远处的山坡,惬意地欣赏远处的秋色。

突然间,他听到身后传来尖厉的刹车声,回头一看,一辆大巴车歪斜着身子朝他冲过来,好在他身手敏捷,丢下自行车向一边闪去,大巴车从他的自行车上碾过,撞开桥栏杆栽进河里。与此同时,迎面一辆三轮车逆行从他眼前驶过,驾驶三轮车的是一位七十多岁的老人。显然,大巴车为了躲避三轮车,急刹车的时候失去了控制。

林梳雨弯腰朝桥下看去,大巴车直上直下戳在河水中。大桥距离河面并不高,也就十多米,河水也不很深,最深的地方也就四五米,不过桥下的河水水流湍急,围绕大巴车形成一个漩涡。林梳雨快速掏出手机报了警,又给贾亮打电话,命令退伍兵营地的特训方队队员火速赶往彩虹桥。他边打电话边朝桥下跑,电话打完了,人也跑到河边,他脱掉上衣,连同手机一起丢在岸上,纵身跳入河水中,游到了坠河的大巴车旁,砸碎了大巴车的窗玻璃,车内的人纷纷从破碎的车窗逃出来,被湍急的河水冲到下游。

大约十五分钟,贾亮就带领特训方队的退伍兵赶到彩虹桥,受过专业训练的退伍兵并不慌乱,他们分工迅速,上游有搜救的,下游有拦截的,一切很有章法,在警察赶到之前,已经把大部分乘客救上岸。

此时天色已晚,警察现场展开调查,问被救上岸的乘客是哪家的员工,他们说是玖盛瑞府房地产公司的。正说着,陶阳和父亲陶少勇得到消息赶过来,一些员工看到陶少勇,忍不住抱头大哭。陶阳被现场哭泣的员工搞蒙了,不知道有多少员工坠入河里,心想完蛋了,公司的天要塌了,他双腿发软,一屁股坐在河边。父亲陶少勇尽管心里也焦急,但头脑很清晰,问清班车上坐了二十三名员工,然后一个个清点,发现还有五名员工失踪。六十多岁的陶少勇二话不说,一头扎入河水中,跟林梳雨他们一起寻找失踪的员工。

从附近赶来的群众站在河边,手持各种设备为河水中的退伍兵照明,林梳雨组织退伍兵在河水中拉网式排查搜救,他们有人身背救生圈,有人骑在废旧轮胎上,两公里长的河面上灯火闪烁,吆喝声不断。晚上八点钟,失踪的五名落水员工都找到了,二十三名员工除了几人受伤,没有一人死亡。

落水员工被送到医院检查身体,落水车辆也被打捞上来,救援行动宣告结束。特训方队的退伍兵在河边集合,林梳雨走到队列前清点完人数,正要带队离去,陶少勇快步走上前,朝队伍敬礼,激动地说:"老兵陶少勇给战友们敬礼,谢谢你们,谢谢你们!"之后,他转身握住林梳雨的双手,又说:"你救了我,你们救了我的公司!"

陶少勇心里明白,如果这二十三名员工出了事情,有人员死亡,他的公司就完了,后果不堪设想。

林梳雨并不认识陶少勇,但从他的举止上看,应该是在军营熏染过的,于是试探地问:"你当过兵?"

陶少勇说:"当过五年兵,参加过对越自卫反击战,1984年退伍回来的。"

林梳雨忙给陶少勇行了个军礼:"老班长好!"

陶阳并没有过去跟林梳雨打招呼,他远远地站在父亲身后,静静地看着林梳雨。他怎么也没想到这个被米兜兜看成脑子有问题的人,成了他的恩人。一瞬间,他对林梳雨的敬佩之情油然而生。

26

当天晚上,烟威市电视台的晚间新闻,播放了退伍兵抢救落水班车的新闻。救人的视频也被传到了网络平台上,林梳雨收到很多的微信,还有一些陌生来电,一直折腾到夜里十二点多才躺到床上。然而刚熄灯,手机又响了,黑暗中他瞅了一眼,立即坐起来接听。电话是叶雨含打来的,显然她也看到新闻或视频了。

"叶参谋这么晚还没睡呀?"林梳雨问。

叶雨含说:"我在网上搜你们救援的视频,搜了一遍又一遍。哎,你知道玖盛瑞府房地产公司的老板是谁吗?"

林梳雨说:"知道,在彩虹桥那边见过,叫陶少勇,特别巧合,他也当过兵。"

"我不是问这个,我看到你们见面的视频了。我是问,你知道不知道他儿子是谁的男朋友?"

"他儿子?"林梳雨有些蒙,"没看见他儿子呀?"

"就是在陶少勇身后的大个子,长得很帅。"

林梳雨脑中闪回了一下,想起来了,陶少勇身后确实站了个帅哥。他说:"怎么?不会是你男朋友吧?"

叶雨含生气了:"没你这么聊天的,把天聊死了,怎么可能是我男朋友?乱说,都不想搭理你了!"

林梳雨忙说:"我瞎猜,对不起,你说是谁的男朋友?"

"米兜兜,你没想到吧?"

林梳雨哎哟叫了一声,他真没想到会有这么巧合的事情,这么说陶少勇就是米兜兜未来的公爹,怪不得米兜兜牛烘烘的,看人的时候眼皮朝上翻。叶雨含忙解释,米兜兜跟陶阳认识没几个月,她就这性格,一贯看人往上翻眼皮,跟陶阳和陶少勇扯不上关系。

叶雨含说:"我估计今晚米兜兜一夜睡不好。"

林梳雨不明白什么意思,问:"为什么睡不好觉?"

叶雨含解释说:"米兜兜看到视频,知道是你们退伍兵营地的特训方队帮了陶阳,会很尴尬的。"

林梳雨又问:"为什么尴尬?"

叶雨含觉得林梳雨真是太笨了,于是说:"这还不明白?她肯定没想到未来的公爹也是当兵的。"

林梳雨还是不明白,又问:"未来的公爹是当兵的怎么啦?"

叶雨含无奈地说:"不聊了,没法聊了,你真是个猪头。"

林梳雨坐在床上发呆,心想,我哪里错了?怎么喊我猪头?他以为叶雨含生气了,并不知道"猪头"是女孩子对喜欢的男孩子的昵称。

叶雨含没猜错,米兜兜从视频中知道未来的公爹竟然是从部队出来的,觉得不可思议,在她看来,拥有上亿资产的陶少勇,说话温文尔雅,总是面带微笑,完全不像在部队扯着嗓子喊口令的兵。

米兜兜平时都是去陶阳居住的别墅,还没有跟陶阳的父母见过面,如果她去陶阳父母居住的四合院,就会看到卧室内挂着陶少勇在部队的照片,其中有一张胸前戴着大红花的放大照,是陶少勇参加对越自卫反击战荣立三等功的时候拍摄的。陶少勇当年退伍回来，就是凭着当兵的人那种无所畏惧的精神，在改革大潮中敢于拼搏，开辟出了一片天地。陶少勇经常说："没有当兵打下的底子，创业最初那几年还真挺不过来。"

陶少勇可是参加过战争的兵，有足够的资本吹牛，但他退伍回来后，很少提及在部队的光荣历史，那些光荣属于过去，他要去赢得新的荣誉。

当天晚上，陶阳在医院陪护受伤的公司员工，米兜兜在家里睡不踏实，半夜跑到医院陪陶阳。她责怪陶阳："为什么从来不告诉我你父亲当过兵？"

陶阳淡淡地说："你没问我呀。"

米兜兜想起自己曾在陶阳面前说了许多对军人不恭敬的话，很尴尬，于是试探地问："我抽个时间去看你父母吧？"

陶阳点点头说："好呀，随时都可以的。"

几天后，受轻伤的公司员工都出院了，陶阳陪父亲陶少勇去退伍兵营地感谢林梳雨和特训方队的退伍兵，问米兜兜去不去，米兜兜硬着头皮答应了。

米兜兜虽然答应陪陶阳去退伍兵营地，却又担心在陶阳和陶少勇面前林梳雨不给她面子，弄得很尴尬。她动了个心眼儿，把去退伍兵营地的事情汇报给了谭春燕副局长。谭春燕明白米兜兜就是拉她去作陪，按说林梳雨是退役军人事务局未来重点打造的典型，是退伍兵创业的标杆，她带领企业家陶少勇去慰问名正言顺。可惜时间不合适，她要去市里参加秋季退伍兵安置会议。

谭春燕突然想到了叶雨含，米兜兜跟叶雨含冷淡很久了，她一直想找机会帮她俩消除误会，毕竟是多年的好朋友，而且还有一些工作上的来往，总不能一直僵下去，这倒是一个彼此和解的好机会。现在跟林梳雨走得最近的人就是叶雨含，让叶雨含去陪米兜兜最合适。谭春燕就给叶雨含打了电话，把事情说了，让叶雨含主动联系米兜兜，给她一个台阶。叶雨含就笑了，其实她跟米兜兜没什么大矛盾，也就是对林梳雨的看法有分歧，当时她替林梳雨找钱心里焦急，彼此说话不讲究了。当然，米兜兜跟她性格上有差异，尤其是对待生活的态度完全不同，这也只是个人的价值观不同而已。

叶雨含给米兜兜打电话，故作吃惊地问："你要陪陶阳去退伍兵营地？正好我也想去参观一下，我请你在那里吃大锅饭。"

米兜兜一听就知道是谭春燕做的局，长长地舒了一口气，仿佛心里淤积了一团乱麻，瞬间畅通了。她用一贯调侃的语调说："大锅饭还用你请呀？退伍兵营地都是你家开的，要请就去观澜阁饭店。陶阳和他爸要去感谢林梳雨，这次多亏他帮忙。"

叶雨含顺着米兜兜的话茬儿说："我在网上看到视频了，真没想到陶阳的爸爸当过兵，是我的老班长了。"

米兜兜尴尬地笑笑说："我也没想到。"

叶雨含跟米兜兜约好了去退伍兵营地的时间，然后打电话给林梳雨，特意叮嘱了一番，让林梳雨对米兜兜热情一点儿，并详细告诉他应该怎么接待陶少勇和陶阳，甚至提醒他要回赠陶少勇什么礼物。叶雨含唠叨了半天,林梳雨听着听着突然笑了。他一笑,叶雨含就打住了话头,问他笑什么,他说:"你一点儿不像原来的叶参谋,唠唠叨叨像个老大妈。"叶雨含故作生气地说:"你太过分了,我怎么像老大妈了?"

说完,叶雨含自己先笑了。确实,自己怎么突然变得婆婆妈妈了?这不是自己的风格呀。

陶少勇和陶阳去退伍兵营地慰问,送去了价值一百万元的军事训练器材,并且跟退伍兵营地签订合同,每年委托林梳雨为玖盛瑞府的员工培训一周。他们去慰问最重要的一项内容,是陶阳代表公司赠送林梳雨一套住房,在九层顶楼,复式结构,建筑面积两百平方米,加上阳台和户外平台,总面积超过三百平方米。这套住房是公司的样板房,装修得很讲究,小区楼房清盘后,样板房一直留着没卖,按照前两年的市场价格,这套房子价值四百多万。陶阳说得很清楚,这套住房跟退伍兵营地文化传播有限公司没关系,是送给林梳雨个人的。

林梳雨有些意外,送给退伍兵营地的训练器材可以要,但这套房子不能收。陶少勇问林梳雨为什么不能收,林梳雨很真诚地说:"我作为退伍兵,做了我们退伍兵应该做的事情,如果收下这套房子,事情就变味了,会让别人产生误解,损害退伍兵的声誉。"

陶少勇有些生气地说:"这套房子不仅仅是奖励给你的,也是奖励给那些见义勇为之人的,我们这个社会,不能亏待了好人。"

陶阳也插话:"这套房子你必须收下,我希望你能成为我们小区的业主,我们小区会因为有你这样的业主而骄傲。"

陶少勇用一种不容反驳的口气说:"这套房子就是你林梳雨的,我会一直给你留在那里!"

话说到这个份儿上了,林梳雨一脸无奈地笑着,真是骑虎难下。这时候,米兜兜发挥她的长处了,她从陶阳手里接过房子的钥匙,转手交给了叶雨含说:"林梳雨还欠你一套房子呢,这套房子用来抵债了,如果林梳雨觉得吃亏了,你们俩去算账,多退少补,这样公平吧?"

陶阳心里佩服米兜兜的机智反应,他冷不丁地冒出一句:"就算你给叶参谋准备的婚房吧。"

陶少勇糊涂了,刚才是林梳雨欠了叶雨含一套房子,这会儿怎么突然间成了婚房?陶阳贴近陶少勇耳边嘀咕几句,陶少勇忍不住哎呀了好几声,说:"这是天大的好事,真是无心插柳柳成荫,我无意中成全了一件好事,就这么决定了,房子交给叶参谋了。"

叶雨含羞涩地说:"这是哪儿跟哪儿的事呀?都是米兜兜在乱说。"

米兜兜跟叶雨含冷战了两个月,正想做点儿什么表达自己的歉意,她确信叶雨含喜欢林梳雨,索性帮她对林梳雨表白了。米兜兜对叶雨含说:"我乱说了吗?好吧,那我今天就乱说了。林梳雨,你实话实说,我闺密对你怎么样?"

林梳雨看了一眼叶雨含,说:"叶参谋对我的工作特别支持,还有谭局长,没有她们,退伍兵营地就搞不成。"

米兜兜不高兴了,直截了当地问:"就只有工作上的支持吗?你是真糊涂还是装糊涂?看不出叶上尉喜欢你?"

林梳雨急忙摆手纠正:"别乱猜测,叶参谋怎么会喜欢我?"

"她如果喜欢你,你喜不喜欢她?我就想听你……"

叶雨含实在听不下去了,扑上去捂住米兜兜的嘴。米兜兜比叶雨含瘦弱,叶雨含使用了军体拳的擒拿动作,一只手将米兜兜的身子箍紧在胸前,另一只手捂住了米兜兜的嘴巴。米兜兜使劲儿挣脱出来,仍旧冲着林梳雨喊:"我问你话,你说呀!哎哟妈呀,差点儿憋死我。"

陶少勇和陶阳都笑了,看着林梳雨,等他回答。林梳雨吭哧半天,才说:"不行的,肯定不行。"

米兜兜朝林梳雨瞪眼:"什么不行?你不会觉得她比你大好几岁,配不上你吧?"

林梳雨急忙摇头:"我不是这个意思,我是说……嗐,我们不说这个好不好,我带你们去参观我们的大食堂。"

米兜兜拦住了林梳雨,穷追不舍,就是要让他在叶雨含面前表态。叶雨含上前替林梳雨解围,说:"谁说我喜欢他了?你假设的问题不成立。"

米兜兜急得直摇头,恨铁不成钢的样子对林梳雨说:"我说你脑子有问题吧,你还不承认,叶参谋喜欢你都看不出来。如果不是这样,那你就是不喜欢叶参谋,揣着明白装糊涂。"

林梳雨终于憋着劲儿说了一句痛快话:"我根本就配不上叶参谋,想都不能想,想了就是对叶参谋不尊重。"

"行吧,我明白了,你是不敢想,也就是说你喜欢叶参谋对吧?喜欢是一回事,不敢想是另一回事,现在我问你,把房子送给叶参谋,你同意吧?"

林梳雨点点头。

米兜兜不管叶雨含愿不愿意,把钥匙强行塞给她,两个人推来推去扭打在一起,看热闹的人笑弯了腰,那氛围就是一家人的感觉。好在现场没有媒体记者,他们可以随便欢笑。陶少勇特意不让媒体记者知道,也不准现场的人拍视频发朋友圈,他说自己不是做给别人看的,是发自内心要感谢林梳雨。

最后,房子钥匙就留在叶雨含手里了。

陶少勇第一次见到米兜兜,对于米兜兜刚才的表现很满意,笑呵呵地看着她。米兜兜注意到陶少勇的表情了,于是走到陶阳身边,故意做了一个淘气的表情。陶阳也很开心,笑着说:"我看你就当他们的红娘好了,你要跟踪到底,如果叶参谋反悔了,你要负责把房子要回来。"

林梳雨带着陶少勇参观了退伍兵营地,最后组织退伍兵特训方队,给陶少勇做了训练表演。陶少勇很激动,忍不住趴在训练场上做了匍匐前进以及快速出枪的动作,在单杠上做了引体向上,还攀爬了天梯,虽然六十好几了,却依旧虎虎生威,看得出当年在对越自卫反击战中是员猛将。

陶少勇玩累了,玩开心了,就站在训练场上跟林梳雨商量,他想成为退伍兵营地文化传播有限公司的股东。林梳雨当然很高兴了,说有老班长加持,他更有信心了。陶少勇认为军营文化是非常独特又具有正能量的文化,退伍兵营地要尽一切努力把军营文化推广好。他很深情地对林梳雨说:"我给你送个新兵,请你收下。"说着,把陶阳拉到林梳雨眼前。"他曾经很想当兵,却没有实现自己的梦想,希望他能在退伍兵营地圆自己的梦。退伍兵营地就是要帮助那些没有实现当兵梦想的人,圆自己人生的一个梦!"

叶雨含忍不住鼓起掌来,赞叹说:"退伍兵营地——圆你一个当兵的梦!这句话是退伍兵营地最好的广告词!"

27

说者无心听者有意,林梳雨真的把"退伍兵营地——圆你一个当兵的梦"作为广告词,放在了退伍兵营地的网站上。

"退伍兵营地"成为烟威市的文化品牌,林梳雨在烟威市也成了名人。一天他乘坐出租车,司机认出他后,死活不收他的车费,并且把自己的手机号留给林梳雨,说自己也当过兵,是战友,如果林梳雨需要用车或需要别的帮助,请给他打电话。出租车司机说，前些日子在彩虹桥下救人，他知道晚了，以后遇到这种事情，希望林梳雨及时通知他。

林梳雨点头答应了，并记下出租车司机的手机号。下车后，他心里很温暖，并不是因为省了二十多块钱的打车费，而是因为这份战友情。感动中，他突然想，退伍兵志愿者方队成立的时候，只有参加工程改建的一百多名退伍兵填表登记，既然是烟威市退伍兵志愿者方队，就应该向社会公开招聘，让更多的退伍兵加入进来。

林梳雨把自己的想法跟党支部书记徐春晓说了，又征求了何昌贵和贾亮的意见，大家都觉得这个想法非常好，最后商定公开向社会发布招聘广告，所有烟威市复转军人都可报名参加，但需要本人携带身份证到退伍兵营地登记拍照，在登记表上留下联系方式、职业和特长，领走一身志愿者服装，这身服装是定制的，臂章上有"退伍兵志愿者方队"的标识。

招聘广告发布后，一周内有两百多人去退伍兵营地报名登记，退伍兵志愿者方队猛增到三百多人。宏通大厦门口的那个保安，还有出租车司机都报名了。陶阳的父亲陶少勇也悄悄去了退伍兵营地报名，他在登记表上填写的职业是建筑工人。在烟威市的企业老板中，陶少勇是最低调谦逊的。

其实"退伍兵"是曾经当过兵的代名词，来报名的退伍兵志愿者中藏龙卧虎，有很多人曾是部队的营团职干部，甚至烟威籍将军许国雄也成了志愿者方队中的普通士兵，只是他们都隐藏了自己的身份。许国雄六十七岁了,在部队的时候,他很少回老家,退休后在北京住了几年,因为想念老家,就在烟威市买了一套合院,回家乡养老了。他很少参加公开活动,只跟少数亲友保持来往,大多数时间,他和老伴儿开着一辆越野车去乡下到处跑。老伴儿是兰州人,画家,喜欢在山水间打发时光。合院也在玖盛瑞府开发的金海岸小区里,却没人知道小区里住了一位将军。许国雄去退伍兵营地报名登记的时候,在"职务"一栏内,只写了"退休老兵"四个字,报名后就匆忙离开了,没人知道他是谁。

三百多人的志愿者方队很庞大,为了便于组织管理,林梳雨成立了十个分队,每个分队三十人左右,由退伍兵特训方队的二十名队员担任正副分队长。林梳雨还建立了一个退伍兵志愿者方队的微信群,但平时多数人都"潜水",在群里活跃的也就四五十人。退伍兵志愿者方队跟林梳雨组建的退伍兵特训方队不同,志愿者方队没有特殊要求,只要是当过兵且身体条件允许就可以加入,但特训方队是从退伍兵当中挑选出军事素养较高的人组成队伍进行训练。

退伍兵志愿者方队成立后,党支部书记、社区民警徐春晓在樱桃镇组织了两次志愿者活动,退伍兵志愿者方队只有一百多人参加。徐春晓却很满意,说上百人参加已经很不容易了,毕竟大多数人还要上班和做生意,无法脱身。

预备役师的秋季军事大比武在十一月底举行,日期确定后,预备役团参谋长姜少华心里没底,决定在比武前组织士兵预备役集中训练一周,并且在集中训练的第一天,搞一次红、蓝特训方队对抗赛,检验他们平时训练的水平,找出薄弱环节,然后利用一周的时间去强化训练。

士兵预备役的集中训练很难搞,原因是很多退伍兵在单位上班,不管是国企还是私企,请假都挺费劲。政府单位的人还好办,预备役团出个证明,单位领导都会顾全大局的。私企就不好办了,全看老板的心情,高兴了批假,不高兴什么证明也没用,所以预备役团不搞大规模的集中训练,只是让叶雨含通知王猛和林梳雨,红、蓝两队各选出三十名队员参加集训,需要单位批假的,预备役团出面协调。王猛那边的退伍兵特训队员都是保安公司的保安,他说了算,很容易选出三十名队员。林梳雨那边就复杂些,只有二十人是公司带薪训练的专职教官,铁定参加对抗赛,剩下十人的选择权在林梳雨和贾亮那里。其实也不难选择,平时的训练水平摆在那里,情况大家都看在眼里。

然而消息传出去后,吴一天竟然找到林梳雨,强烈要求参加对抗赛。按照训练态度,吴一天是退伍兵特训方队中最认真最吃苦的一个,几乎每天晚上都去退伍兵营地参加训练,但他在部队是后勤兵,军事动作是最差的一个。

林梳雨举棋不定。吴一天参加对抗赛,一定会拖累整个团队,然而他参加对抗赛的愿望非常强烈,就是想弥补在军营的遗憾,让自己成为一个合格的预备役士兵。

林梳雨征求贾亮的意见,贾亮的态度非常坚决,吴一天不能参加对抗赛，连商量的余地都没有。贾亮觉得林梳雨纠结这个问题都很可笑，甚至可以说很愚蠢。对抗赛除了队列、军体拳、器械使用、跨越障碍、空中索降等常规项目，还有两个特殊项目，人质解救和单兵对决。最特殊的就是单兵对决，由裁判现场从红、蓝双方队员中各选出两人，分成两组进行对决，主要是越野、泅渡、射击、散打。最后一项散打，以击倒对方为胜，接近于实战。吴一天的常规项目都是软柿子，如果单兵对决抽到他怎么办？林梳雨说根据他的推测，裁判现场从双方队员中抽人，都是抽出双方最强队员，王对王，他可能对上王猛，贾亮可能对上赵庆波，像吴一天这种情况，基本上不可能挑选他进行单兵对决。贾亮不以为然，推测有什么用？对抗赛不能有侥幸心理，拼的是硬实力。王猛保安公司的特训方队组建时间长，已经磨合训练好几年了，而且他们在招聘退伍兵的时候就有优势，把军事素质好的抢先挑走了。本来王猛和赵庆波就看不起他们退伍兵营地，如果这次对抗赛输了，赵庆波一定会大肆宣传，损害退伍兵营地的名声。贾亮憋着劲儿要在这次对抗赛中打败赵庆波，如果让吴一天参加，不就等于钢板里面揉进了一团棉花，不"拉胯"才怪呢。

林梳雨解释说："尽管对抗赛的胜负很重要，但绝不是最终目的，别说跟王猛他们的对抗赛了，即便是预备役师的秋季军事大比武，也是为了展示退伍兵的精神风貌和永不消失的兵魂，从这方面说，就应该让吴一天参加对抗赛。"

贾亮有些生气地对林梳雨说："既然胜负不重要，那干脆我不参加对抗赛了,你随便派三十人去吧。"

林梳雨知道无法说服贾亮,建议让退伍兵营地的所有人投票决定,如果大家都不同意,他也好对吴一天做解释。贾亮同意了,在他看来,缺心眼儿的人才会同意吴一天参加对抗赛。

投票结果让贾亮吃惊,二十名带薪的退伍兵特训队员都赞同吴一天参加对抗赛。贾亮当场怒了,指责林梳雨背后做了小动作,私下跟大家打了招呼。林梳雨有口难辩,因为这种可能确实存在,他无法证明自己的清白。一名教官大概看出林梳雨的窘态,站出来对贾亮说:"我们都是战友,如果连最基本的信任都没有,我们怎么可能凝聚力量打胜仗?"

贾亮眼珠子瞪得像牛蛋,质问道:"那你给我个解释,你们明知道吴一天军事训练不达标,为什么同意他参加对抗赛?成心让我们输?"

教官说:"如果我们招聘世界散打冠军去跟王猛他们对抗,赢了有什么意义?吴一天基础差,但他很卖力地训练,渴望成为一名合格的预备役士兵,他代表的是我们退伍兵的精气神,我们愿意跟他一起去拼搏,即便输了,我们也认了。"

在场的特训队员都跟着说:"对,输赢我们都认了,就是要带他去拼一次!"

贾亮无奈地摇摇头。

林梳雨听了很感动,在对抗赛的前几天,带着特训方队的退伍兵,轮番辅导吴一天训练,把对抗项目都演练了一遍。

参谋长姜少华很重视这次对抗赛,专门抽调了预备役团的训练专家,成立了一个七人裁判组,他亲自担任裁判长,训练参谋叶雨含只是裁判组协调员,基本上没有发言权。作为常规训练项目,队列、军体拳、器械使用、跨越障碍、空中索降,都是集体操作,裁判主要看红、蓝两队的精气神,以及动作是否整齐标准,其实就是打印象分。即便是集体操作,吴一天也很难滥竽充数,无论是齐步还是正步,摆臂不到位或是动作慢半拍,就像一首曲子中的不和谐音符,总是那么刺耳。裁判组感觉不可思议,蓝队怎么能让这样的队员参加对抗赛?

叶雨含在一边看得明白,又不好替林梳雨团队解释。林梳雨确定让吴一天参加对抗赛后,就跟叶雨含汇报了,当时她没表态,毕竟这是一个团队的选择。不过如果让她讲真话,她不建议吴一天参加对抗赛。

常规项目主要是检验预备役士兵的军事素养,解救人质和单兵对决才是衡量他们作战能力的标尺。林梳雨最担心吴一天在解救人质的环节出问题,只要过了这一关,后面的单兵对决就是他和贾亮的事了。所幸这个环节吴一天表现得非常优秀,尤其是他出枪的速度和准度,超过了大多数队员,因此在解救人质的对抗中,林梳雨的蓝队战胜了王猛的红队。

最后的单兵对决,裁判组要当场从红、蓝两队各抽出两人,实际上就是两队正副队长之间的对决。但裁判组临时商议,让红、蓝两队自己选择对手。经过抽签,蓝队率先从红队中挑选对手,林梳雨毫不犹豫地选择了红队队长王猛。两人在越野、泅渡和射击项目上不分上下,最后的散打,林梳雨占有绝对优势,三个回合下来,王猛就知道自己不是林梳雨的对手,当他被林梳雨的组合拳击倒后,按照比赛规定,他可以在十秒之内爬起来继续比赛,但他爬起来之后坦诚地认输了。

　　轮到红队选择的时候,赵庆波应该选择蓝队的副队长贾亮,他却选择了吴一天,就连王猛都惊愕了,这算什么?捡个软柿子捏,赢了光荣吗?赵庆波当然有自己的考虑,如果选择贾亮,真的没把握能赢,别看贾亮的脚有残疾,却曾经在跨越障碍的比拼中赢了他。前面的常规项目,他们不敢说绝对胜过林梳雨团队,单兵对决,王猛完败,如果他再输了,这场对抗赛红队恐怕会败北而狼狈收场。很明显,吴一天是蓝队最软的一个,把吴一天摁在地上狠狠地搓揉,至少可以挽回颜面,取得绝对的胜势。在他看来,要想取得对抗赛的胜利,就是要找准对方的软肋攻击。

　　吴一天是蓝队的软肋,但也不是赵庆波想的那么不堪一击,他低估了吴一天的坚韧。在越野、泅渡和射击三项比拼中,越野他占了些优势,但射击比赛却输了。吴一天在部队真枪实弹只打过两次靶子,但打靶子需要天生的感觉,靠苦练永远成不了神枪手。吴一天在部队两次打靶子的成绩都是优秀,他天生具有打靶子的感觉。不过在散打对决中,吴一天跟赵庆波根本不是一个级别的,什么勾拳摆拳侧踹直蹬腿,他都招架不住,刚站起来就被赵庆波击倒了。然而每次被击倒后不到十秒,他又站起来,到最后满脸是血,依旧迅速站起来,拉出进攻的架势,看那样子只要打不死,就要决斗到底。赵庆波有些心虚了,犹豫自己该不该出重拳。裁判组一看不对劲,直接叫停了比赛,判赵庆波胜出。但赵庆波一点儿胜利的喜悦都没有,他被吴一天弄得心里很烦,被吴一天夺走了胜利的快感。

王猛心里也很别扭,他想臭骂赵庆波一顿,为什么不跟贾亮对决?但他又不知道该怎么骂赵庆波。赵庆波有错吗?他为团队争得荣誉,没错呀。红、蓝对抗就是要争冠军,别说训练对抗赛了,在部队的时候,哪怕一次卫生评比,或者捉老鼠灭蟑螂,都要力争第一,这是军人的天性。然而对抗赛他们赢了,感觉却像输了,输在哪里又不知道。

林梳雨那边的气氛就不一样了,比赛结束,全体队员冲上去,抱着鼻青脸肿的吴一天往天上抛,仿佛吴一天拿了冠军一样兴奋。

王猛看着林梳雨他们欢庆的场面,心里突然明白,他们是输在气势上,这种气势就是兵魂。

第十章

28

对抗赛之后,参谋长姜少华召集裁判组开了一个总结会,找出红、蓝两队的薄弱环节。自然,吴一天是绕不过去的话题。叶雨含忍不住介绍了吴一天的情况,裁判组确实吃惊,都不好表态了,最终姜少华把烫手山芋丢给了叶雨含,让她根据强化训练的效果决定吴一天是否去参加军事比武大赛。

叶雨含制订了一周强化训练的详细方案,每天在训练场监督两个队的训练效果。其实根本不用监督,两个队在同一个训练场上,哪怕是喊个口号,也要比拼谁的声音更洪亮。

强化训练进行到第三天中午,烟威市的象牙山发生火灾,火势很快失去控制。象牙山是国家一级森林公园,而且山下就是烟威市的经济开发区,有上百家大型企业园区,还有二十多个村庄。据说,山火是一位七十多岁的老人上午在农田里烧荒引发的。虽然政府每年都挨村挨户广泛宣传，漫山遍野都有"见火就罚，烧荒就抓"的警示牌，但有些农村老人觉得罚款没有，抓去了还要管饭，罚与抓跟他们没关系，习惯将田地里的杂草或者玉米秸就地烧掉。上午起火的时候，风力很大，到了中午火势已经失去控制，整个森林公园火光冲天，连政府工作人员和民兵都上山灭火了。午饭后，副省长带领有关专家赶到烟威市，坐镇指挥山林灭火作业。也就是午饭后，王猛接到保安公司通知，让他们立即赶到火灾现场，听从灭火指挥部的统一指挥。

王猛带领保安公司的三十名特训队员离开预备役团时，郑重地给叶雨含敬礼，英雄出征一般说："请叶参谋放心，我们哪怕只有一个活着回来，也要参加军事大比武！"

强化训练被迫中止。王猛他们奔赴火场，林梳雨当然不能成为旁观者，不过在行动之前，他觉得应该给退伍兵志愿者方队党支部书记徐春晓打个电话汇报一下，没想到徐春晓已经带领十几个群众志愿者上山灭火了。林梳雨立即在退伍兵志愿者方队的微信群里下达了"紧急集合"的命令，要求退伍兵志愿者身穿统一的志愿者服装，携带水壶、毛巾，下午四点前赶到象牙山下的三娘庙集合，灭火指挥部和前线医院就设在三娘庙里。

林梳雨带领参加集训的队员从预备役团直接去了三娘庙，离开预备役团的时候，叶雨含悄悄叮嘱他，到了火灾现场一定注意安全。林梳雨心里一暖，其实他更担心叶雨含的安全，问她："你们不参加灭火吗？"

调动预备役团必须有军方的命令,没有重大险情一般不会动用部队。叶雨含摇头说:"我们还没接到命令,估计用不到我们。"

林梳雨听了,说了一句:"那就好。"

李晓飞和何昌贵在林梳雨他们到达之前,带着几十名退伍兵志愿者赶到了三娘庙,把退伍兵志愿者方队的旗帜插在庙前。林梳雨和贾亮跟他们会合后,立即召开了一个碰头会,象牙山距离市中心有一个半小时的车程,他们担心这么仓促的紧急集合,能赶过来的人很少。

王猛已经接受了灭火指挥部下达的任务,带领保安公司上百名保安奔赴经济开发区,负责动员和帮助开发区几个重要企业转移。由于秋季天气干燥,山风又大,火势蔓延很快,经济开发区正处在火势蔓延的通道上,距离火灾前沿十多公里,消防队员正在奋力阻止火势发展。但根据气象台预报,傍晚风向改变,北风转西南风,火势很可能失去控制,突破消防队员的控制线,上级要求几个重点企业的员工和贵重设备尽快撤离厂区。

两个小时后,有一百多名退伍兵志愿者赶来,按照各自的编队站在旗帜下待命。林梳雨已与灭火指挥部取得联系,他们的任务是动员和保护象牙山下十个村庄的群众安全转移。出发前,各分队清点人数,由林梳雨下达任务。突然间,何昌贵盯着后排队列里的许国雄,吃惊地问:"你是不是许将军?"

许国雄平静地说:"我是许国雄,一名普通的退伍兵志愿者。"

何昌贵挥舞了一下拳头,对着大家喊:"战友们,许将军来了!"

林梳雨不认识许国雄,但从何昌贵激动的样子猜测,这个人不是一般人物,他还是第一次看到五十多岁的何昌贵像孩子一般蹦跳起来。顺着众人的目光看去,站在后排队列里的许国雄瘦瘦的,很精干。林梳雨跟许国雄目光相对,许国雄微笑一下,轻轻点头。

许国雄是正军级少将,曾担任某兵种政治部副主任。当年部队确定让何昌贵转业时,何昌贵有些恋恋不舍,一位老乡带他去北京见过许国雄。许国雄听了何昌贵的情况,坦诚地说:"我理解你想留队的心情,也可以让你留部队再干两年,但以你的情况不可能在部队干一辈子,铁打的营盘流水的兵,过两年你还要转业,况且你妻子身体不好,早点儿回去照顾家人吧。"何昌贵觉得许将军说的有道理,于是当年办理了自主择业。现在想来,他如果不从部队回来,生病的妻子真的无力照顾上学的儿子。

许国雄在家乡养老,虽然不抛头露面,也不跟政府官员打交道,但对家乡的事情非常关注,林梳雨要建造退伍兵营地的新闻爆出后,他上网搜索了林梳雨的一些资料,觉得林梳雨很特别,就开始关注林梳雨的行踪。彩虹桥班车坠河事件后,他感慨地对身边的妻子说:"我当政治部主任的时候认识他就好了。"妻子问:"怎么就好了?"他说:"我绝不会让这么优秀的兵离开部队。"

说真的,没人能想到退伍兵志愿者方队里竟然藏着一位将军,这对林梳雨和所有退伍兵战友来说无疑是莫大鼓舞。林梳雨无法表达自己的心情,他走到许国雄面前行了一个军礼,喊道:"将军同志,退伍兵志愿者方队奉命前往火灾一线,转移受困群众,请您指示!"

许国雄回礼后说:"我只是一个普通的老兵,一切听从你的指挥!"

林梳雨悄悄靠近贾亮和李晓飞,吩咐说:"你们两个要照顾好许将军,绝不能有半点儿闪失。"他又走到吴一天身边说:"你跟紧我,我们一组。"

退伍兵志愿者方队兵分十路,各自奔赴承包的村庄。他们高举着"退伍兵志愿者方队"的旗帜,胳膊上佩戴着"退伍兵志愿者"的标识,整齐划一,纪律严明,吸引了很多记者跟随采访,甚至有一些网红主播跟随退伍兵志愿者进行现场直播。

退伍兵仍保持人民子弟兵的本色,在动员群众转移的同时,尽量帮助他们带走珍贵物品,牵羊、赶牛、抱鸡鸭……排除他们的后顾之忧。转移工作进展顺利,两小时的时间,十个村子的群众全部转移到安全区域。

林梳雨组织退伍兵志愿者返回村庄,准备挨家挨户清查一遍,防止有年老体弱的群众遗留在屋子里。就在这时,他们接到指挥部的命令,让他们火速支援经济开发区。林梳雨留下一小部分人完成清查工作,其余人随他赶往开发区。

王猛那边出了点儿事情。需要转移的几家企业各怀鬼胎,都在观望,谁都不想先动。动起来确实麻烦,需要将重要的文件和机械搬迁,所有员工都要转移,至少影响一周的生产。在他们看来,山火不可能烧到开发区,上面的领导谁都不想担责任,所以才小题大做。他们没有见过真正的山火,并不知道山火借助风力可以在空中飞行,所到之处灰飞烟灭。太阳快落山了,只有三分之一的企业员工被转移出去,大多数员工还在厂区内上班,王猛手下的保安动员他们赶紧撤离,员工们却说没有老板发话,谁也不敢擅自离岗。有一家医药企业更过分,竟然拒绝王猛他们进大门,理由是防止医药品受到污染。王猛在跟他们理论的时候,个别保安队员因为心里焦急,态度不是很好,双方发生了肢体接触,上百名企业员工将十几名保安队员围困在大门口。

保安队员失去耐性,说话也失了分寸,对于这场冲突确实负有责任,但更重要的是企业员工没有把保安队员放在眼里,王猛他们身上的保安服,对企业员工起不到震慑作用。

负责烟威市经济开发区转移工作的区领导恰好是吴一天的父亲吴铁城,他急得嘴唇生泡,嗓子都喊哑了。林梳雨带领退伍兵志愿者赶到后,吴铁城终于盼到了救兵,他抓住林梳雨的手说:"天快黑了,抓紧行动,拜托了。"

正说着,林芳晨脖子上挂着照相机从后面跑上来。林梳雨愣了几秒钟,艰涩地喊了一声:"爸。"

林芳晨惊喜地笑了笑,他的笑很难看。父子俩僵持了大半年,想不到在这种场合见面了。林芳晨一头汗水,白色的衬衣脏兮兮的，完全不像他平时洁净严谨的样子。林梳雨看着父亲，鼻子有些酸，很想跟他说点儿什么。就在这时，林芳晨突然发现了吴一天，忙给林梳雨使了个眼色，示意他躲闪一下，让吴一天跟对面的吴铁城父子俩构成一幅美好的画面。林芳晨按下快门的瞬间，林梳雨内心咯噔一下，转身走开了。

林芳晨跟林梳雨之间的微妙瞬间，贾亮看得清清楚楚，他失望地摇摇头。林梳雨跟林芳晨之间的冷战，贾亮太清楚了，他本以为这个时候父子俩肯定要有一些情感交流，哪怕不说话，彼此点点头或者拍一下肩膀，也能消除过去的误会，可林芳晨……

林梳雨弄明白企业转移的症结后，给企业负责人打电话，想跟他们沟通一下，结果不是没人接听就是关机。吴铁城气得要骂娘，告诉林梳雨，无论采取什么措施，必须在天黑前将几家企业的员工全部转移，厂区的重要设备都可以丢掉，但绝不能有人员伤亡。

林梳雨非常焦急，如果天黑下来，就会给转移带来麻烦。恰在这时候，风向已经转变，山火突破了控制线，情势非常危急。

林梳雨把几家企业的临时负责人召集在一起，要对不肯转移的企业员工采取措施，强行带离工业园区。负责人都一脸为难，说采取措施强行带离，员工闹起来谁负责任？林梳雨正不知怎么决策的时候，许国雄赶过来，对企业负责人说："现在不能再犹豫了，所有员工立即无条件服从命令，对于故意搞对抗、故意拖延时间的企业负责人，立即采取强硬措施，因此产生的一切后果由我负责。"

一名企业负责人狐疑地看着穿迷彩服的许国雄,问:"你是谁?员工们真闹起来,你多大的官能负起这个责任?"

许国雄怒视企业负责人,威严地说:"我是中国人民解放军退役将军许国雄,我命令你们立即行动!"

企业负责人被许国雄的气势镇住了。

退伍兵志愿者在企业负责人的带领下,进入厂区清点人数,对一些故意抵制转移的人员采取强硬措施,震慑了一小部分心怀鬼胎的人。在退伍兵志愿者的保护下,企业员工有序地转移到安全区域。

王猛绷紧的神经松弛下来,他第一次面对林梳雨说了一声:"谢谢。"

晚上九点多钟,退伍兵志愿者方队完成任务,返回三娘庙待命。由于天黑风大,为防止发生重大伤亡事故,指挥部要求山上灭火的机关干部和志愿者队伍全部撤下来,只有消防队员留守在森林公园核心防护区,阻止火势蔓延,保护生长千年的珍贵树木和其他植物。

这时候,林梳雨听到山上撤下来的人在议论,说预备役团下山的时候,有三人走失了。林梳雨心里一紧,怎么,预备役团也参战了吗?他急忙去指挥部打探消息,在那里遇到了预备役团参谋长姜少华,得知走失的三人中,有一名干部和两名士官,这名干部正是叶雨含。本来姜少华是想保护叶雨含,让她带领两名受伤的士官提前下山,然而在下山的路上,他们误入了林火最严重的天鹅湖一带,被围困在里面,生死不明。天鹅湖地形复杂,沟壑交错,那里因为生长着一种珍贵的植物"天鹅花",因此被当地人称为"天鹅湖"。

预备役团来了三十多人参战,靠他们自己的力量很难找人,姜少华请求灭火指挥部支援。指挥部跟前方的消防队员沟通,研判当下情况,根据前方提供的情报,叶雨含迷失的天鹅湖,正前方的路已经被明火封堵,强行冲进去,一旦风向有变,就可能全军覆没。这样危险的行动,谁都不敢轻易做决定。

林梳雨离开灭火指挥部,从消防队员那里找来了绳索、强光手电筒和医疗急救包。贾亮一看就明白了,对林梳雨说:"你是不是还需要一个助手?"

林梳雨看了贾亮一眼,没说话。贾亮又说:"要不要多带几个兄弟?"

林梳雨摇摇头。灭火指挥部有命令,任何人夜间不允许私自行动,一旦出现人员伤亡,林梳雨要承担责任。

林梳雨跟贾亮悄悄离开了退伍兵志愿者方队,沿着荆棘丛生的小路快速上山。林梳雨选择从后山陡峭的悬崖进入天鹅湖火灾区,虽然道路艰险,却是最安全的通道,因为陡峭的山崖几乎不生长树木,即便被山火围困,也不会形成大面积火海。还有一个原因,叶雨含作为训练参谋,迷路之后,在对周边火情并不了解的情况下,绝不会盲目行动,很可能会向山顶转移,从高处可以观察火情分布情况，这是在实战中经常使用的策略。

参谋长姜少华并不知道林梳雨和贾亮去营救叶雨含了，在他们出发半个多小时后，他也带领预备役团的官兵秘密行动了。姜少华对官兵们说："在战场上丢弃战友是可耻的，我们一定要把叶参谋他们救回来！"

不过，姜少华跟林梳雨走的不是一条路，他是沿着叶雨含迷失的路线搜寻下去的。姜少华判断，叶雨含三人很可能藏身在火灾区域中某个安全的地方。

叶雨含被消防队员误导了。她带领两名士官朝山下没走多远，在岔路口正犹豫选择哪条路时，忽然看到远处丛林中有二十多名消防队员朝山下走，觉得跟在他们身后不会走错路。她并不知道这些消防队员是奉命前往林火最严重的地带，去保护森林公园核心区的珍贵树木和其他植物。消防队员行走的速度很快，一会儿就不见踪影了。

叶雨含带着两名士官伤员走了一段路，感觉方向错了，想退回原路，发现来时的路冒出一片烟火，于是决定继续向前，准备从山顶绕路回去。她的选择是正确的，可她是外地人，对地形并不熟悉，艰难行走了半个小时，在距离山顶也就三四公里的地方停下来，不敢再走了。她看到前方有几条火龙已经朝山顶扑去，山顶风大、风速快，一旦被山火围困，根本来不及逃脱。叶雨含在对火情不熟悉的情况下，比较冷静地做出一个决定：原地不动，等待战友救援。

29

  对于普通人来说,攀登后山的陡峭悬崖等同于做梦,但对于攀岩高手来说,难度系数并不大。林梳雨和贾亮大约走了一个小时赶到悬崖下,却只用了十几分钟就从陡峭的山崖成功登顶。站在山顶朝远处瞭望,林梳雨心里一沉,眼前大片的山林都有明火燃烧,照亮了黑暗的天空,不断冒出的浓烟模糊了他的视线,他看不到一片安全区域。

  贾亮似乎比林梳雨还焦急,扯开嗓子跺着脚喊叫,声音很快被风吹走了。林梳雨掏出强光手电筒,对着天空有节奏地闪烁,贾亮从手电光闪烁的频率中,很容易就读懂了暗号的内容:向我靠拢。在部队夜间执行战斗任务,遇到特殊情况无法使用通信工具联络的时候,小分队之间的联络都是靠强光手电筒发送暗号。

  林梳雨不断变换光线方向和光柱的高度,频繁发出暗号,却一直没得到回应。贾亮觉得这种办法不行,如果叶参谋读不懂暗号怎么办?如果她昏迷了怎么办?如果她根本就看不到暗号怎么办?贾亮的几个怎么办,问得林梳雨心烦了,林梳雨大声质问:"那你说怎么办?"

  贾亮说:"我们朝天鹅湖方向走,边走边喊不行吗?"

林梳雨说:"你听听耳边的风,你喊呀,这么大的山林,嗓子喊破了有用吗?"

贾亮气得不搭理林梳雨,独自朝山下走。其实他也不知道该往哪个方向走,但觉得总比站在那里心里好受。他知道叶参谋对林梳雨那份特殊的情感,甚至想过有一天很开心地参加他们的婚礼,成为林梳雨的伴郎。他觉得林梳雨的伴郎非自己莫属。

林梳雨见贾亮走远了,急忙在后面追赶,这个时候,他们两人绝不能分开。他一边走一边继续朝天空发送暗号,走着走着也跟着贾亮喊叫起来:"叶参谋,叶雨含——你在哪里——"

最初,叶雨含并没有注意到天空的手电光,是旁边的士官伤员看到后,觉得蹊跷,用手指给叶雨含看。此时叶雨含正在琢磨朝哪个方向转移,她发现藏身的右侧山坡已有火光闪现,再拖延下去很可能被山火围困。

士官疑惑地喊:"叶参谋,你看,那边山坡丛林里有光,好像有人。"

叶雨含在参谋培训班学过各种方式的暗号语言,但在预备役团从来没使用过。她虽然读不懂光柱传达的内容,但知道这是一种特殊的军事暗号,战友们正在寻找他们。两个受伤的士官听叶参谋解读后,瞬间有了力气,跟着叶雨含朝光柱发出的方向靠近,光柱越来越近了,他们却被正在燃烧的山林阻挡了去路,两名士官伤员已经拼尽了最后一丝力气,根本不可能穿越眼前的火场,只好一屁股坐在了地上。叶雨含也气喘吁吁地陪他们坐下,希望休息片刻,憋足劲儿冲过火场。

刚坐了十几分钟,叶雨含猛地站起来,抻着脖子四下听着。她说:"你们听到了什么没有?"两名士官侧着耳朵细听,有人在呼喊。"叶参谋,喊你哩!"两名士官挣扎着爬起来,抓住身边的树干,恨不得爬到树梢上。

叶雨含不仅听出是喊她的名字,而且听出喊她的人是林梳雨,她坚定地对两名士官说:"我们必须尽快冲过去,向他们靠近,能走多远走多远,越近越好!"

三人不约而同地手拉手,无所畏惧地冲进火场。叶雨含走在最前面,感觉浑身都是力气,她对身后的两人说:"听我口令,一、二、三——四!"

这是他们走进军营第一天就开始练习的口号,每天都喊,喊了成千上万次,最终喊出了兵味和兵魂。两名士官心领神会,使出了丹田气,跟着叶雨含合力呐喊:"一、二、三——四!"

他们迎着浓烟和火光弯腰前行,像纤夫一样有节奏地喊着口号。夜空中,他们的口号随风飘荡,时断时续地从烟雾弥漫的丛林上空掠过。不远处的林梳雨和贾亮清晰地听到了口号声,兴奋地呼叫起来:"他们在那边!他们听到我们的呼喊了!"

"一、二、三——四!"林梳雨和贾亮也喊起了口号,朝着叶雨含所在的那片火场奔跑。双方的口号声越来越近,最终,林梳雨发现了火光中的叶雨含,她在丛林中趔趄着身子奔跑着。

"叶参谋——!"他大声呐喊。

叶雨含听到了喊声,站住,直起腰看前方,看到林梳雨的同时,她的身子倒了下去。

叶雨含醒来的时候,已经躺在三娘庙的大殿内,参谋长姜少华和预备役团的军医守在她身边。她并无大碍,只是因为过度紧张和劳累,加上被浓烟熏呛,大脑一时缺氧,昏迷了一个多小时。

姜少华松了一口气,本想说"你终于醒了",却突然用幽默的口气说:"睡够了吧?睡够了我们撤回!"

叶雨含吃力地坐起来,有些头晕,忙用手掌捂了一下前额,转头四下张望,却没看到林梳雨。她张了张嘴,没说出话来。姜少华明白她要问什么,说林梳雨执行新任务去了。叶雨含有些紧张地问:"什么任务?又上山了?"

姜少华摇摇头说:"目前我也不清楚。他们是不是已经撤走了?我接到了通知,预备役团可以撤回去了。"

叶雨含追问:"山火灭了?"

姜少华说:"没有。指挥部从全省抽调了消防员和灭火飞机,当地机关干部和群众全部撤回。"

正说着,三娘庙外传来飞机的轰鸣声,两架灭火专用飞机从三娘庙上空飞过。叶雨含似乎放心了,静静地坐着,像是在回忆什么。猛然间,她发现身后有一尊女子的塑像,愣了一下问:"这是哪里?"

姜少华说:"三娘庙。"

恰巧有一位当地干部从他们旁边走过,似乎为了显示自己知识丰富,主动站住了,给叶雨含讲了三娘的故事。明朝的时候,山下的村子里有一个男人做蚕丝生意,娶了媳妇后没多久就去江南卖货,去了就没消息了。新媳妇等了男人三年也不见音信,有人说男人在外面得暴病死了,也有人说男人在江南看上了别的女人,在那里安家了。因为男人排行老三,大家称呼新媳妇三娘。十里八村的一些男人看上了三娘的美貌,使用了各种伎俩,想占三娘的便宜,都没有得逞。三娘一直坚信自己的男人还活着,一定会回来的。为了过安静的日子,三娘毅然选择用开水烫伤了面容,变成了一个丑八怪。然而就在她毁容不久,男人真的回来了。原来三娘的男人在南方得了一种怪病,多亏一位老中医收留治疗。三年一晃而过,男人身体恢复了元气,老中医觉得他很聪明,人又厚道,想把女儿许给他,男人提出要回老家看看,如果媳妇另嫁他人,他就返回老中医家,如果媳妇还在等他,就只能谢绝老中医的好意了。男人回家后,得知妻子为自己毁容,非常感动,决定留在媳妇身边,一辈子给她当牛做马。后人为了表彰三娘对爱情的忠贞,就在对面山上建了一座庙,从此这里就成了青年男女求姻缘的地方,据说很灵验。

听完这个美丽动人的故事,叶雨含仰头仔细打量三娘塑像,她从来不相信佛前许愿有多么灵验,但这一刻却不由自主地闭上眼睛,在心里许了一个愿,希望自己能够嫁给林梳雨。

预备役团撤回去后,叶雨含才得到消息,退伍兵志愿者奉命为来自全省的消防队当向导。从全省各地抽调来的消防队员并不熟悉象牙山的地形,需要有当地人为他们带路上山。同时也需要当地人作为联络员,跟灭火指挥部以及各部门联系。指挥部发现林梳雨带领的退伍兵志愿者方队不仅熟悉象牙山的地形地貌,而且特别能战斗,于是选定他们给外来的消防队提供服务。叶雨含心里紧张起来,说是向导,其实林梳雨他们是最危险的开路先锋。

叶雨含很想给林梳雨打电话,叮嘱他注意保护自己,却又觉得不合适,于是就给孙娜发微信语音,希望孙娜提醒一下林梳雨。孙娜一听就明白了,回复说这个电话应该由叶雨含亲自打。

叶雨含心里忐忑不安,忍不住给林梳雨发了一条短信:预备役师秋季军事大比武如常进行,希望保护好身体。林梳雨只回了一个字:是。

退伍兵志愿者分成二十个小组,活跃在火灾现场最前线,自然成了各大媒体镜头里最闪亮的风景,他们的"退伍兵志愿者方队"旗帜和臂上的"退伍兵志愿者"标识,成为力量和胜利的象征。他们是退伍兵,也可以说是普通的群众,但在火灾现场,大家把他们当成了一支正规军,哪里危险他们就会出现在哪里,经常会听到有人兴奋地喊:"退伍兵来了!"这一声吆喝,让林梳雨梦回军营,感觉就像当年他在部队听到群众喊"解放军来了"一样荣耀。

叶雨含每天上网搜索有关退伍兵志愿者方队的新闻和视频,过去她很少看电视,但这两天晚上一直守在电视前看晚间新闻。吴一天的母亲鲁雪香,也是每晚靠在沙发上看烟威市电视台的新闻以及火灾现场的各种直播,在退伍兵志愿者方队中寻找儿子的身影,一坐就是大半夜。吴铁城知道她心里怎么想的,故意逗她说:"你不放心,明天去给他送些吃的?"

鲁雪香听出吴铁城在讽刺她,瞪吴铁城一眼说:"你以为我不敢去啊?我真想去!"

吴铁城感慨地说:"我把他送到部队当兵是送对了,他退伍回来,我还担心他走歪了路,毕竟社会上的诱惑太多了,现在我放心了,这要感谢林梳雨。"

鲁雪香没好气地怼了一句:"你放心了,我却整天提心吊胆的不放心了。"

吴铁城从内心敬佩林梳雨,就在昨天,一些媒体刊发了他跟儿子吴一天同框的照片和视频,他很生气地把林芳晨喊到办公室,严厉批评了他这种做法。吴铁城说:"你的眼睛不要老盯着我盯着领导,最值得宣传的是你儿子林梳雨和那些退伍兵志愿者,吴一天只是他们当中最普通的一个。"

林芳晨刚提升副处级干部,担任融媒体中心副主任。吴铁城在会上说:"林芳晨有缺点,过分谨慎,缺少开拓性。不过他的优点很明显,在科级干部位置上干了十多年,工作扎实,能吃苦,任劳任怨,这样的干部应该任用。"

吴铁城已经听说了林芳晨跟儿子林梳雨之间的隔阂,提醒林芳晨说:"有时间要跟林梳雨坐下来好好聊聊,不要太把自己当个爹,我跟吴一天就是朋友关系,什么话都可以聊。"

这话,退役军人事务局的谭春燕也跟林芳晨说过,但他就是不能放下身段主动去跟林梳雨沟通。现在又听吴铁城这么说,林芳晨动了心思,琢磨怎么才能放下身段,跟儿子林梳雨做朋友。

经过四天五夜的奋战,象牙山的林火被扑灭了。恰好第二天就是预备役师组织的秋季军事大比武,林梳雨带着退伍兵特训方队的三十名队员直接赶到参赛现场,加入叶雨含带领的烟威市预备役团的参赛方阵。他们当中很多人的迷彩服被树枝刮破,被林火烧烂,脸上带着一块块褐色疤痕,但他们精神抖擞,眼神中透出所向无敌的坚韧和自信。

入场式上,当烟威市预备役团参赛方阵走来的时候,播报人的声音突然高亢起来:"现在走来的是烟威市预备役团退伍兵方队,他们当中很多人参加了象牙山扑灭山火的战斗,刚刚从浓烟烈火中走来,身穿烟熏火烤的迷彩服,带着烈火灼伤的疤痕,迈着刚毅、坚定的步伐向我们走来……"

作为领队,叶雨含走在方阵最前方,经过观礼台时,她底气十足地喊:"敬礼——!首——长——好!"

观礼台上的首长们立即起立,向烟威市预备役团参赛方阵举手敬礼。

在叶雨含身后,林梳雨和退伍兵参赛队员走出了英雄凯旋的步伐,走出了所向无敌的气势。

30

烟威市预备役团退伍兵方队在预备役师秋季军事大比武中首次夺冠,参谋长姜少华特意给了叶雨含三天的假期。叶雨含从组织退伍兵方队特训,到参与扑灭山火,再到军事比武,已经透支了身体,她完全是凭意志力坚持下来的。当然,姜少华给叶雨含三天假期,还有一层意思,就是让她趁热打铁谈一场恋爱。

叶雨含谈恋爱了,姜少华忍不住嘿嘿笑。在这之前,姜少华并不知道叶雨含喜欢林梳雨,这次军事比武,林梳雨散打决赛把对手打下擂台的瞬间,叶雨含激动地跟走下擂台的林梳雨拥抱,让姜少华有些诧异,这不像是叶雨含的行事风格。仔细一想,觉得其中有蹊跷,难道因为林梳雨把她从山上救下来了,就要以身相许?姜少华私下跟贾亮打探情况,才知道叶雨含喜欢林梳雨有些日子了,只是一直没捅破那层窗户纸。叶雨含这个岁数还单身,部队领导都替她焦急,现在她终于有了喜欢的人,姜少华当然高兴了。不过他也很疑惑,既然喜欢,为什么不大胆去追?男追女,累断脊梁骨,女追男,一个眼神一顿饭,她就不能请林梳雨吃顿饭?

姜少华把叶雨含叫到办公室,通知她放下手头工作,休假三天,连带双休日就有五天假期。叶雨含有点儿不敢相信,说:"我上半年休了探亲假,怎么又让我休假?你不要总给我意外惊喜好不好?"

姜少华说:"你前些日子累惨了,应该休假调养。"

叶雨含说:"好呀,你给我批假,我就休。"

姜少华用指关节敲着桌子说:"你应该好好感谢一下林梳雨,哎呀,没有他冒着生命危险去解救你们,真不好说会发生什么意外,自古就有英雄救美的感人故事,你可以利用假期,来一场说走就走的旅行。"

叶雨含歪头观察姜少华脸上的表情,觉得他的眼神和微笑不太正常,就纠正说:"参谋长,我要声明,林梳雨是不是英雄且不论,我肯定不是美人,英雄救美用这儿不合适。再说了,三天假期我能走到哪里?去一趟烟威市郊区,也能叫说走就走的旅行?"

姜少华来了一个急转弯,说:"我觉得林梳雨挺好的,如果你真喜欢他,就别羞羞答答的,直接吹响冲锋号。"

叶雨含有些惊讶,问:"参谋长你听谁说的?不要乱点鸳鸯谱。我走了,我的假期从现在开始。"

叶雨含走出姜少华办公室,给孙娜打电话,问孙娜忙不忙,要不要一起吃个晚饭。她说:"把你梳雨哥也喊上。"

孙娜说:"你有空闲了?想见梳雨哥了?"

"我休几天假。我还没感谢他的救命之恩呢。"

叶雨含几天前跟孙娜微信语音聊天的时候,已经把林梳雨舍生忘死搭救她的经过说了,孙娜觉得一点儿都不奇怪,说叶雨

243

含在火场迷路是命中注定的劫难,爱神派遣林梳雨去搭救她,就是要让她明白林梳雨多么爱她多么勇敢。"你就不要再举棋不定了,抓紧表白吧。"

叶雨含气笑了,说:"我什么时候举棋不定了,这种事情还用表白吗?他要是没这个想法,我傻乎乎表白,尴尬不尴尬?"孙娜一想也对,这种事情应该男的先表白。孙娜说:"等我找机会问问梳雨哥,他到底怎么想的,我给你搭个桥。"

孙娜心里想,叶雨含这次打电话过来是她等着过桥了,来试探自己搭桥了没有。孙娜说:"我在退伍兵营地当临时服务员,你要想吃大锅饭就过来。"

叶雨含没丝毫犹豫,对孙娜说:"我马上过去。"

因为退伍兵志愿者方队在扑灭象牙山林火的战斗中成了英雄集体,接连两天市领导和一些单位都去退伍兵营地慰问,孙娜被林梳雨喊去帮忙,在接待室倒水沏茶,每天还要接待很多新闻媒体的记者。退伍兵营地的大门口乱得像菜市场,很多网红主播在哨楼两侧支起了临时帐篷做直播,二十四小时大呼小叫的。林梳雨觉得这样下去不行,退伍兵志愿者方队是维护基层社会治安的群众组织,不为名不图利,如果被过分宣传和炒作,就会有表演和作秀的嫌疑,失去了存在的价值。他创建退伍兵营地的初衷是给退伍兵提供一个军事训练和情感交流的场所,是传播和展示军营文化的窗口,不能成为网红打卡地和走秀场。于是林梳雨决定,退伍兵营地婉拒单位和领导的慰问,拒绝新闻媒体采访,并派人清理了大门口的网络直播摊。

叶雨含给孙娜打电话的时候,退伍兵营地刚刚清闲下来,孙娜准备收拾自己的物品离开。她想,既然叶雨含休假,正好约她过来,在这里给她搭个桥。

作为预备役团的训练参谋,休假几天去退伍兵营地打工,傻子也看出来了,她是奔着林梳雨去的。李晓飞找贾亮商量,这几天晚上没事别去打扰林梳雨,白天也尽量不让他操心退伍兵营地的事情。尽管天气变冷了,但到退伍兵营地体验军营生活的热度有增无减,很多单位来这里搞党员活动和国防教育,二十名教官不仅要组织游客进行军事训练,还要给客人表演一些训练项目。林梳雨作为营地的负责人,肯定是最忙的,到这里来的游客都想见他一面,似乎不跟他合影就等于没来一样。

当然孙娜也不傻,吃饭的时候故意躲开叶雨含,去跟贾亮和李晓飞坐一起,让叶雨含和林梳雨单独一张餐桌。林梳雨揣着明白装糊涂,见了叶雨含,一口一个叶参谋地叫。退伍兵特训方队给游客表演军体拳,孙娜和叶雨含也想凑到游客身后观看,被林梳雨发现了,他跑步到叶雨含面前敬礼:"报告叶参谋,退伍兵特训方队日常训练,请您指示。值班员林梳雨。"

叶雨含气得想转身就走,无奈身边有很多人,只能按照部队的规矩,回礼说:"表演开始!"

表演结束后,叶雨含对林梳雨表达了自己的不满:"我是来休假的,不是来检查训练情况的,你再给我报告,我就说队伍解散,看你怎么下台阶。"林梳雨仍旧认真地说:"叶参谋休假也还是我们的首长呀,你能在我们退伍兵营地休假,是对我们的肯定和鼓励,是我们退伍兵的一种荣耀……"

叶雨含生气地说:"我刚来第一天你就这样折腾我,不想让我在这里休假,我明天就走。"说完,她拉着孙娜走开了。

孙娜也生气,晚饭前找林梳雨摊牌。孙娜说:"梳雨哥,你是诚实的人吧?"林梳雨眨巴眼睛,大概明白孙娜为什么生气,却故意一脸不解地看着她。

孙娜说:"你如果是诚实的人,那就诚实地告诉我,你喜欢雨含姐吗?"

林梳雨点头,说:"谁都喜欢她,你不是也喜欢吗?"

"少给我绕弯子,我问你爱不爱她。"

"爱。"林梳雨咬了咬嘴唇,又说,"可我知道,我不配跟她在一起。她如果选择了我,别人会嘲笑她找了一个脑子不太正常的退伍兵,我不想让她承受这些压力和烦恼。"

"怎么不配?我觉得你们俩挺般配的,谁会嘲笑她?"

"不要说别人了,她母亲就不会同意。"

孙娜愣了一下,问:"你怎么知道她母亲会不同意?"

林梳雨没说自己去过叶雨含家,拐了个弯说:"我希望她像米兜兜一样,找一个有钱人或者成功体面的人……"

孙娜明白了,米兜兜曾经看不起他,反对叶雨含跟他交往,他担心以后叶雨含在米兜兜和陶阳面前矮一头。孙娜瞪大眼睛瞅着林梳雨说:"我一直觉得你是特自信的人,怎么突然看扁了自己?你就是一个成功者,什么有钱人,啊呸!再说了,你管别人怎么看你,只要雨含姐喜欢你就行。你不会在等雨含姐向你表白吧?你是男人,应该主动跟雨含姐表白,懂了吧?她休几天假,哪里也没去,跑这儿来打工,你还想让她怎么做!"孙娜越说越生气,说到最后,握紧拳头对准他的胸脯狠狠捣了一下说:"今晚我约雨含姐出去散步,有什么话你跟她说,如果你真不想跟她来往,就直接告诉她,别浪费她的时间和感情!"

林梳雨晚上要忙到十点熄灯后才有些空闲。来营地体验军营生活的游客住在战斗班宿舍,半夜要体验一次紧急集合。一般都是在凌晨一两点钟,值班教官在楼道吹响紧急集合的哨子,游客按照教官训练的程序,快速起床扎腰带、打背包,跑到操场上集合。虽然这些事情有专职教官负责,但每天晚上林梳雨都要检查一遍,看是否有安全隐患。

当晚熄灯后,他接到孙娜的电话,说她们在大门口等他。林梳雨觉得躲不过去了,就硬着头皮出门了,跟孙娜和叶雨含会合。孙娜对这一带地形很熟,她跟叶雨含说:"退伍兵营地的东面有一片银杏树林,白天从那里路过的时候,我看到叶子落了一地,很美。"说着,她牵起叶雨含的手朝前走,两人有说有笑的,没人搭理林梳雨,他像个多余的人,跟在她们身后寂寞地走。月光很好,照出了孙娜和叶雨含纤长的身影。已经进入十二月份了,又是夜里十点多钟,天气很凉,大约走了十分钟,就看到了月光下的银杏树,孙娜突然说:"我穿少了,太冷,我回去拿件衣服,也给你拿一件来。"

这种低级谎言,孙娜说得一本正经,说完掉转身子就走,把叶雨含丢在那里。叶雨含也一本正经地喊:"你快点儿回来,我等你。"

林梳雨心里好笑,叶参谋这么聪明的人,也能有这么笨拙的表演。他上前几步对她说:"别等了,孙娜不会回来了。"

叶雨含似乎很惊讶地问:"她不回来了?你怎么知道?"

"三岁小孩子都知道。"林梳雨说着,走上了银杏树林的一条小路。银杏叶子落了一地,能明显感觉到脚下软软的。有风吹来,树林沙沙响动,几枚银杏叶从眼前飘落。叶雨含原地站了几秒钟,然后快步跟上去,有些慌张地说:"这么晚,你朝林子里走,不害怕呀?"

"叶参谋怕走夜路……"

叶雨含打断他的话:"别叫我叶参谋。"

他也觉着这时候叫她叶参谋太虚假了,但不叫叶参谋叫什么?他想不出另外的称呼。吭哧了半天,索性直来直去了,说:"孙娜找我了,其实我也知道你对我好。"

叶雨含说:"哦,我以为你是木头桩子呢。"

"我不想害了你。"

"怎么说?"

"我一个退伍兵,什么都没有,现在只有这么一块训练场。"

叶雨含站住了，距离林梳雨很近，林梳雨本能地朝后面退了一步。叶雨含问："你说，我想要什么？如果我跟别人一样追求物质和虚荣，我至于这个岁数还没把自己嫁出去？所以你不要跟我说穷富的事情，现在都什么时代了，我们俩在一起，会为温饱发愁吗？当我们都满足了基本的物质需求，这时最应该考虑的是什么？我一直在乎自己内心的感觉，寻找能跟我精神上契合的人。你的这块训练场，足够装下我全部的情感世界。"

林梳雨静静地听着，极力压抑着自己内心的情感，平静地说："我就觉得自己配不上你，会让你在生活中承受很多压力，你的亲戚、朋友……"

"行了吧，孙娜跟我说了，你不用担心我母亲，她会支持我的。你更不用担心周围的人怎么看我，我相信自己的选择，因为我了解你，而且可能是最了解你的人。"

林梳雨无法反驳叶雨含的话，她说的是事实，她是最了解自己的人。他慢慢转过身子往回走，夜晚确实很冷，他看到叶雨含双臂缩着，很想将她拥入怀里，给她抵挡一些风寒，但他的双手却僵硬着。

他说："太冷了，回去吧，我说的对吧，取衣服的那个人不会回来了。"

叶雨含站着不动，脚下铺了一层金黄的银杏叶，月色从银杏树杈间漏泄下来，一地的碎银。这情景，宛如梦境。她轻轻地说："我想知道，你到底喜欢还是不喜欢我，你心里有没有我。"

林梳雨又掉头,走到叶雨含面前,语气诚恳地说:"喜欢,你一直在我心里,而且是那种愿意用生命去换取的喜欢,只是……我无法对你说我爱你……"

"为什么?给我个理由。"

林梳雨低下头,犹豫了一会儿才说:"我曾经对她说,这一生我决不会再爱别人,我要爱她一生一世……"

叶雨含明白了,她很理解地点点头:"嗯。我会等你,也是一生一世。"

第十一章

31

吴铁城一直想去退伍兵营地看看,儿子吴一天几乎把那里当成家了,而且在那里完成了蜕变,那里似乎有一股魔力。正好在火灾救援中,林梳雨带领退伍兵志愿者方队给了经济开发区强力支援,作为负责这项工作的副主任,吴铁城应该去退伍兵营地感谢林梳雨和退伍兵们。吴铁城安排林芳晨定做一面锦旗,并让他跟林梳雨联系,确定哪一天去合适。林芳晨很久没给林梳雨打电话了,正好让他借此机会"破冰"。

林芳晨琢磨了半天才给林梳雨打电话,本来想跟儿子像朋友一样聊几句,但电话打通后,他情不自禁地拿出了当爹的口气,没有任何商量的余地,说:"明天上午八点半,吴铁城副主任要去你们那里送一面锦旗,对你们来说是一个很大的荣誉,你要安排周到。"

林梳雨皱了皱眉头,不客气地说:"你跟吴主任说,谢谢他,但我们不接受任何单位的锦旗和慰问,也不需要什么荣誉。"

父子的对话又僵在那里。林芳晨的火气噌地上来了,骂道:"你摆什么臭架子?现在了不起了是吧?没有这些领导的支持,你们的狗屁营地一天也办不下去……"

不等林芳晨说完,林梳雨挂断了手机。

林芳晨气得原地转了几圈。气归气,吴铁城交代的事情还要办。他叹了几口气,一寻思,想起了退役军人事务局的谭春燕副局长,于是给谭春燕打电话,满肚子的苦水不吐不快:"谭局长,又要麻烦你了,吴铁城主任要去退伍兵营地送锦旗,倔驴似的林梳雨竟然不接待,你说怎么办?我总不能跟吴主任说他们不接待吧?他听你的话,你批评他几句好不好?"

谭春燕忙说:"这事交给我,我正好有事找他。"

挂了手机,谭春燕心里自责,早该把林梳雨跟林芳晨的关系协调好,事情一多就搁下了。虽然他们父子当初是因为林梳雨辞职的事闹别扭,其实症结不在这里,而是家庭原因,他们长期没有情感交流,父子俩彼此冷漠。

谭春燕没给林梳雨打电话,她喊上了米兜兜直接去了退伍兵营地。谭春燕和米兜兜没想到叶雨含和孙娜都在那里,意外相遇后,几个人异口同声地笑着说:"巧了吧,巧了吧。"

林梳雨在几个女人热闹的时候,站在一边朝谭春燕咧嘴笑。每次见到谭春燕,他都很开心,他已经把谭春燕当成自己的老大姐了。也确实,自从林梳雨从部队回来,谭春燕为他操了很多心,她无论说话做事,都是一个大姐姐的模样。

几个女人说笑半天,才想起身边的林梳雨,齐刷刷转头看他,看了几眼突然爆笑起来。林梳雨不好意思地问:"谭局怎么突然来了?"

谭春燕说市政府要把退伍兵营地作为国防教育基地,需要林梳雨上报一些材料。"我让米兜兜帮你整理材料,需要什么她会跟你要的。"林梳雨答应一定好好配合米兜兜,把需要上报的材料准备好,别的荣誉可以推辞,但国防教育基地必须争取过来。他客气地说:"辛苦米科长了。"

米兜兜笑了,说:"学乖巧了,还是叶参谋训练得好。"

叶雨含哭笑不得,说:"什么事都扯上我啊?"

说完工作的事,谭春燕话锋一转,拿出老大姐的口气说:"林梳雨,有件事情我可要批评你,经济开发区要过来送锦旗,你爸上午跟你联系,你为什么拒绝?话没说完就挂断了手机,有这事吧?"

林梳雨语塞,吭哧了一下才说:"很烦他跟我打官腔,官不大官腔不小。另外,我们退伍兵营地还是要扎扎实实做些事情,不能刚起步就被鲜花和掌声淹没了。"

谭春燕说:"听了你的话,我真的很高兴,退伍兵营地取得了很大的成功,而你却依旧保持清醒的头脑,这非常难得,只有这样才会走得更远。不过你想过没有,你爸爸给你打电话,不是代表他自己,你一口回绝了,让他怎么跟吴主任交代,吴主任如果知道你回绝了,又会怎么想?现在退伍兵营地不仅仅是你的公司,也是烟威市的一张名片,你考虑事情要站位高一些,而且随着你们退伍兵营地的发展壮大和你的不断成长进步,你将来无疑要承担更多的社会义务和社会职务,你跟自己父亲这种关系,如果传出去,对你的形象损害很大。"

林梳雨低着头,一声不吭。

谭春燕又说:"我接触过林主任,他性格有些问题,更重要的是根本不了解你,所以替你做主替你焦急,恨铁不成钢的心态。那你的问题呢?你坐下来耐心跟他解释过你的想法没有?咱们先不说林主任的问题,你是儿子,又是从部队这所大学校培养出来的,用你的话说,退伍兵的一举一动都代表着军营文化,你就这样处理跟父亲的关系吗?你们退伍兵营地向社会宣传军营文化,我想问你一句,军营文化不包含孝道文化吗?军功章里有你的一半也有我的一半,难道没有父母的一半吗?那首《老父亲》你会唱吧?我知道因为他跟你母亲离婚的事情,你心里一直有疙瘩,但我要告诉你,父母的事情真的说不清谁对谁错,你是母亲的儿子,也是父亲的儿子,对他们二老都要尊敬,我说的对不对?"

林梳雨已经眼含泪花,频频点头。他说:"对不起谭局长,我知道自己错了,谢谢你能这么真心地批评我。"

米兜兜在一边看了,心里暗暗佩服谭春燕,这些话句句入心,字字真情,自己还真要好好跟她学习。

谭春燕轻轻喘了一口气,伸手握住林梳雨的手。"别叫我谭局长,我是你的老大姐。"林梳雨再也忍不住了,眼窝里的泪水流出来。谭春燕又说:"现在就给你爸爸打电话,跟他道个歉,然后确定吴主任来的时间,而且一定要在吴主任面前给足你爸爸面子。你爸这人啊,就是死要面子。"

林梳雨拿着手机犹豫着,很为难的样子。叶雨含轻轻捅了他一把,微笑地看着他。林梳雨不再犹豫,拨通了父亲的手机,里面没有声音,身边的几个人都有些紧张地看着林梳雨的表情。

"爸……对不起啊,我不该挂了你的电话。明天上午八点半,我等你和吴主任来。"林梳雨吃力地说。

林芳晨那边一定惊呆了,不知道该怎么应答,哎哎了半天,憋出了一句完整的话:"有空就回家。"

林梳雨点头嗯了一声,满脸泪水。

米兜兜来了个大喘气:"哎呀,紧张死我了,你这个电话打得我浑身冒汗。"

几个人都松了一口气,笑了,沉闷的气氛瞬间活跃起来。米兜兜机灵又聪明,有她在就不缺少轻松幽默。

谭春燕叮嘱林梳雨一句:"后天周末,你抓紧回家一趟。"

孙娜突然有了灵感,说:"梳雨哥,你如果一个人回家怕尴尬,让雨含姐陪你,好不好?"

米兜兜夸张地瞪大眼睛说:"要是带着叶参谋回去,你爸会不会高兴疯了?"

林梳雨瞟了叶雨含一眼,心里竟然也想,他如果把叶雨含带回家,会是什么样的情景?

　　谭春燕离开退伍兵营地后,在车上就给林芳晨打了个电话,把跟林梳雨聊天的情况大致告诉了他,如果不告诉他,他心里会一直纳闷儿,怎么林梳雨突然懂事了?谭春燕打电话并不是为了让林芳晨感谢她,而是提醒林芳晨,明天去退伍兵营地见到林梳雨时,要主动跟林梳雨约定回家的时间,最好就是后天周末。谭春燕还特意透露了林梳雨跟叶雨含的关系,让他明天也邀请叶雨含一起去家里。林芳晨怀疑地问:"真的?叶参谋会看上他?我觉得不可能。"

　　谭春燕又好气又好笑,这当爹的听到这么好的消息不但不激动,反而怀疑这是假消息,还是对自己的儿子没信心。

　　尽管谭春燕提前打了招呼,但第二天林芳晨见到林梳雨时,依旧是过去那副一本正经的样子,没有跟林梳雨私聊,说的全是场面话,只是在林梳雨不注意的时候,经常偷偷打量他,仿佛不认识自己的儿子了。

　　活动结束的时候,林芳晨突然对叶雨含说:"叶参谋,这个周末有空去我家坐坐,我给你做小龙虾,比饭店卖的好吃。"

　　林芳晨冷不丁冒出这么一句话,前无铺垫后无解释,搞得周围人莫名其妙。还好,叶雨含反应比较快,接住了他的话,说:"好呀林主任,有机会我们都去,我和孙娜都特别爱吃小龙虾,你可要多买一些。"

孙娜实在憋不住,捂嘴笑了,心里赞叹:这个叶雨含,嘴巴也会哄人。

周末林梳雨没有回家,退伍兵营地每个周末客人都爆满,不仅需要退伍兵教官,也需要很多做服务工作的,而且是一些特殊的服务。到退伍兵营地体验军营生活的游客大都是本市人,有的游客把自家狗狗也带来了。照看狗狗的事情就交给了叶雨含和孙娜,虽然只有五只狗狗,却把她俩累坏了,忙得连午饭都没吃。

偶然间,叶雨含看到李晓飞从面前走过,突然有了灵感,李晓飞的专业就是训练狗狗的,他的三个毛孩子也都在这里,应该让他办个狗狗训练馆,不仅能帮游客照顾狗狗,还可以给游客表演警犬训练。

叶雨含立即把林梳雨和李晓飞喊到一起,问他们这个想法是否可行,两个人喜出望外,说这个项目肯定能吸引孩子们观看,怎么早没想到呀,看来退伍兵营地能够开发的项目还有很多。当天下午,他们就给游客临时增加了宠物狗训练表演,测试一下游客的反应。李晓飞带着自家三个毛孩子,把平时训练的内容都展示了一遍,不仅小学生们喜欢,家长们也都兴奋不已,很多游客当场表示要把自家的狗狗送来"上学"。

不经意间,"狗狗训练馆"就开张了,而且开张就大火。训练馆挂了很多李晓飞在部队训练军犬的照片,作为优秀的军犬训导员,李晓飞的专业能力毋庸置疑,训练馆不仅承接狗狗训练业务,还开了抖音直播,介绍狗狗一年四季的饮食习惯和规律,每天涨粉上千人。

周末,叶雨含就成了狗狗训练馆的常客,且不管她是否真的喜欢观看狗狗的训练表演,至少她找到了一个可以经常来退伍兵营地的理由。

32

狗狗训练馆爆火后,给了何昌贵一个启发,退伍兵营地这块招牌含金量十足,他的昌贵家政服务有限公司这些年经营艰难,处于半死不活的状态,可以更名为"退伍兵家政服务有限公司",搬迁到退伍兵营地的大院,统一归林梳雨负责,主打退伍兵的品牌。

何昌贵找林梳雨商量,说儿子明年高考,也就剩下半年的时间,他要把精力主要用在儿子身上,家政服务公司交给林梳雨打理。林梳雨无法拒绝老班长的要求,况且家政服务公司几十名退伍兵都加入了退伍兵志愿者方队,他们需要挣钱养家,才能更好地参加志愿者活动。

林梳雨把昌贵家政服务公司改成退伍兵家政服务公司,作为退伍兵营地的一个项目用心经营。林梳雨想,既然是退伍兵家政服务公司,就要围绕退伍兵的特色开展项目,别的家政公司有月嫂,我们可以有"月哥",但"月哥"不是去客户家里陪伴那些刚出生的婴儿,而是陪伴那些正在成长的少年,利用退伍兵营地的优势,为他们讲传统、讲军史,为他们进行简单的军事训练,培养他们坚定的意志力。而且应该增加"家庭保洁"的业务,肯定比那些大妈大嫂做得好,单论搞卫生,有谁能比部队战士搞卫生更专业?

林梳雨新上的这两个服务项目,确实很受客户欢迎,很多客户把业务转移到了退伍兵家政服务公司。家政市场就这么大的蛋糕,退伍兵家政服务公司红火了,必然抢了别人的蛋糕,招致别的家政服务公司的不满,尤其是和顺家政服务公司,他们这段时间的业务量直线下降,他们的客户大都跑到了退伍兵家政服务公司。公司经理孙树茂很恼火,吩咐手下的小兄弟,让他们想办法整垮退伍兵家政服务公司。他说:"我不管是谁,只要撞在我枪口上,都得死。"

烟威市东山菜市场经营规模很大,每天凌晨有上百辆外地运菜车进来,需要很多人卸车。林梳雨跟菜市场经理协商,希望把卸车的差事交给退伍兵家政服务公司。菜市场经理当场答应了,退伍兵的声誉很好,他当然愿意跟林梳雨合作。

这天,孙树茂得知菜市场凌晨要来二十多辆运菜车,就告诉菜市场经理,卸车的活儿他们揽下了。菜市场经理不想给他们公司,他们的员工干活儿太粗了,而且要价比较高,不过他也不想得罪孙树茂,就含糊地推辞说,这个单已经被别人订走。之后,菜市场经理给林梳雨打电话,约定了明天一大早卸车的事。

孙树茂骄横惯了,得知退伍兵家政服务公司揽下这个单,忍不下这口气,直接给退伍兵家政服务公司值班室打电话,说这个单他们接定了,谁敢掺和,就拼个你死我活。其实这笔单子很辛苦,也挣不了几个钱,有人给林梳雨建议放弃这个单子,据说和顺家政服务公司那边准备了器械,明天凌晨要强行去接单。

林梳雨摇头,说这不是钱的事,就是一分钱不挣也要干,正气必须压倒邪气。他通知退伍兵特训方队的五十名队员,支援退伍兵家政服务公司,明天凌晨他亲自带队去菜市场卸车。有人问准备什么器械,林梳雨笑了,说:"我们不是去打架的,我们是去为客户服务的。"

之后,林梳雨给退伍兵志愿者方队的党支部书记、社区民警徐春晓打电话,汇报了明天凌晨去菜市场的事情,得到了徐春晓的支持,这件事如果退伍兵忍让了,就会助长孙树茂他们的嚣张气焰。徐春晓叮嘱林梳雨说:"我今晚值班,有事情及时报警,要沉着冷静,注意控制局势。"

第二天凌晨,林梳雨和贾亮带领五十名特训方队的退伍兵,还有二十名退伍兵家政服务公司的战友,他们的打扮与在部队参加劳动时一样,统一穿迷彩服,胳膊上缠一条白毛巾,林梳雨喊着"一二一"的口令,齐步走进菜市场。和顺家政服务公司来了二十多人,手里拿着卸车的工具作为打架器械,很早就在菜市场占领了有利位置,拉出拼命的架势。然而,当林梳雨带领退伍兵走过来的时候,拦在道路中间的人纷纷退避,闪出一条通道,林梳雨目不斜视带队进入指定地点，队伍报数、分组、散开，等待运菜车的到来。和顺家政服务公司的二十多人一声不吭，灰溜溜地离去了。

徐春晓担心发生意外，凌晨带着两名辅警守候在菜市场外，观察里面的动静，看到和顺家政服务公司的人走后，才松了一口气，带着辅警悄悄地撤离了。

和顺家政服务公司的人吃了败仗，就像小孩子在外面被欺负了，回家给爹妈告状，样子委屈得不行了，而且故意添油加醋地跟孙树茂说，那些退伍兵都会武功，根本不把和顺家政服务公司放在眼里。孙树茂恨得咬牙切齿地说："走着瞧，日子长着呢，会让他们死得很难看。"

孙树茂十七岁就跟在蔡桂森后面混，后来给蔡桂森开车，心狠手辣，在烟威市名声不好。蔡桂森发家后，把自己成功打扮成企业家，说话办事文质彬彬，一副儒商的样子。他觉得孙树茂不适合待在自己身边了，便单独给他成立了家政服务有限公司。前两年，蔡桂森跟海外的网络金融诈骗团伙勾搭上了，专门注册了"林杉金融投资有限公司"，为掩人耳目，让孙树茂出任公司总经理，实际操控人还是蔡桂森。这些年扫黑除恶的力度很大，蔡桂森经常敲打孙树茂，让他夹紧了尾巴，少惹事。蔡桂森担心孙树茂出事后，城门失火殃及池鱼，把自己牵扯进去。

菜市场事件，孙树茂觉得自己丢了脸面，愤恨之下忘了蔡桂森的叮嘱，又使出了当年那些下三烂的招数，要把退伍兵家政服

261

务公司搞垮。

退伍兵家政服务公司的张力,在部队是炊事员,二级士官,退伍回来跟妻子韩淑娟开了一个羊肉馆,一年挣几万块钱,天天陪客人喝酒,把胃喝坏了。羊肉馆停业后,到了何昌贵的公司。这天,他上门给雇主家里做保洁,女主人跟他年龄相仿,看上去性格开朗,嘴皮子很能说,跟张力聊得挺热乎。张力清理客厅的茶几时,发现茶几上有个小垃圾盒,里面丢了一个小摆件,核桃大的一头牛。他问女主人怎么丢在垃圾盒里,女主人说不要了。张力说:"挺好看的,丢了太可惜,看着像金的。"

女主人说:"是铜的,你喜欢就拿走,放在家里占地方。"

张力很高兴,他恰好属牛,这个小摆件算是跟自己有缘。做完了屋里的保洁,临走的时候,女主人在厨房,他走到客厅随手把茶几上的小摆件装进兜里。然而他刚到公司,警察就追来了,从他身上搜出了那头铜牛。张力很纳闷儿,问警察:"你们要干啥?这是雇主送给我的呀!"

警察不跟张力废话,带回派出所审问。

在派出所,张力遇到了那个女主人,忙上前说:"老妹,你跟警察说说,是不是你送给我的……"

女主人气愤地说:"我送你的?凭什么呀?我喜欢你啊?这么贵重的黄金怎么可能送你!"

张力感觉不对劲儿,这女人怎么突然变脸了?原来她笑起来挺好看的,这会儿一脸横肉,就像一个疯婆。张力很恳切地说:

"哎哎老妹,你怎么这样啊?你说的这是铜做的……"

张力后面的话没底气了,也懒得说了,心里咯噔一下,坏了,可能被这个女人设套了。她给我设套什么意思?难道她是单身,看上我了?张力脑子乱糟糟的,开始胡思乱想。

警察为了确认这头牛到底是金做的还是铜做的,带着张力和女主人去了金店检测,确实是纯金的,价值十多万。这么贵重的物品,女人不可能随随便便送给张力,然而张力对天发誓是女人送给他的。警察决定立案调查,然而案子还没任何进展,网上就爆出退伍兵家政服务公司的人上门保洁,偷走了客户十几万的金牛的事。很快就有人扒出了张力开羊肉馆时候的事情,说他家羊肉馆过去卖的全是假肉,他妻子韩淑娟结婚前跟村里一个四十多岁的光棍儿跑上海待了两个月。

林梳雨觉得很蹊跷,他不相信张力会偷客户的物品,退伍兵这点儿素质还是有的,但现在的问题是,张力无法证明自己的清白。

隔了两天,又出事了。退伍兵家政服务公司的小吕在部队是一级士官,三年前退伍回来,小伙子年轻又有热情,到雇主家清洁卫生,雇主特意交代,茶室的博古架不用清理了,但小吕觉得挺脏的,还是小心地去清理,结果有一个紫砂壶的壶把掉下来了。雇主大惊失色,说是小吕不小心搞坏的,小吕说自己轻轻拿起来就掉了,肯定原来就是坏的。两个人争论半天,最终雇主报警了,去瓷器店验证,断痕确实是新的。雇主说这把紫砂壶原价一万多,让退伍兵家政服务公司赔偿,而且又是处理结果还没出来,网上就出现了一堆谣言。

最离奇的是第三件事,一个年轻女人去退伍兵营地找何昌贵谈业务,进办公室不到十分钟就喊叫着跑出来,上衣都被撕开了。何昌贵从后面追,喊她:"你喊什么喊?想干啥?"

"我就要报警!就要报警!你禽兽不如!"女人尖叫着,拨打手机报警。

在退伍兵营地体验军营生活的一些游客不知道发生了什么事情,都跑过去围观。女人在电话里跟警察哭诉,说自己遭到了性侵。何昌贵很快意识到这个女人是故意来闹事的,这两天他跟林梳雨几个人正商量对策,要求公司所有人员有所警惕,没想到事情竟然搞到他头上了。

彼时林梳雨不在退伍兵营地,接到何昌贵的电话急忙赶回来,樱桃镇派出所所长和社区民警徐春晓已经把何昌贵和女人带回派出所做笔录。林梳雨又去了派出所,跟徐春晓了解情况。他说:"老班长,我敢保证何营长不可能做出这种事,你一定要彻底查清楚。"徐春晓点点头,他也知道这件事是故意抹黑何昌贵,但要查出事情的真相却很不容易,何昌贵办公室没有监控,只有他跟这个女人在里面,无法证实他是清白的,当然也不能证实他非礼了女人。

林梳雨有些焦急地问:"那最后怎么处理?"

徐春晓说:"很难有结果。"

"没有结果不行啊,何营长不能背着一个坏名声。"

徐春晓苦笑:"那女人还说坏了她的名声呢,让我们一定惩罚何昌贵。"

林梳雨很气愤,说:"老班长,你不觉得最近几件事情很蹊跷吗?我怀疑有人故意抹黑我们退伍兵。"

徐春晓若有所思,半天才说:"你多注意和顺家政服务公司,他们的老板孙树茂很狡诈,想抓他的尾巴挺难的。"

林梳雨说:"我也想到他们了,上次他们在菜市场吃了瘪,很可能暗地搞小动作。看样子,这三件事都是孙树茂精心设计的。老班长,你给我点儿时间,我一定查个水落石出。"

徐春晓说:"你放心,这边我也会继续审查这女人,挖出她背后的推手。你小心点儿,这个孙树茂不是省油的灯。"

林梳雨心想,和顺家政服务公司的老板孙树茂到底是个什么样的人,竟然闹出这么大的动静。林梳雨并不知道他要寻找的翡翠弥勒佛,就在孙树茂的车钥匙上。

"老班长,孙树茂这人长什么样子?"林梳雨问。

徐春晓说:"我见过几次,长得膀大腰圆的,像摔跤运动员。我可以调出他的身份证照片,但跟他本人长得不太一样,有机会我让你认识他本人。"

当天晚上,网上就有了何昌贵的视频。女人跑出何昌贵办公室的瞬间,竟然有人抓拍到了,这显然不是巧合,而是精心设计的。很快,不明真相的网民被煽动起来,打开本地资讯的网页,几乎都是对退伍兵营地的谩骂和攻击,两三天的时间,退伍兵营地就冷落下来,几乎没有人去体验军营生活了,显然退伍兵营地的声誉遭受了极大损害。

林梳雨没想到,这么落后而拙劣的伎俩,竟然迷惑了广大网民,他完全没有心理准备,更没有公关团队。不过他并没有慌张,甚至带有一些小兴奋,就像在部队每次处置突发事件前的心境一样,尽管不知道即将发生什么,但知道又一次全新的挑战来临了。军人,从来不畏惧挑战。林梳雨突然觉得,他其实从退伍回来就一直在等待这种挑战的到来。

"好吧,来得太好了!"他在心里说。

林梳雨立即向退役军人事务局报告,请求他们的法律援助,同时召集退伍兵几个核心人员开了一个商讨会,研究下一步怎么行动。吴一天主动请缨,去摸清孙树茂的底细,看他到底是哪方来的妖精。贾亮提出要去监视孙树茂的活动,从中发现蛛丝马迹。何昌贵叮嘱贾亮行事要谨慎,不能小看了这些人。米兜兜想起陶阳的父亲陶少勇,他是烟威市改革开放第一批弄潮儿,跟大多数老板都有过交往,或许他能了解孙树茂的历史。叶雨含是现役军人,不能参与任何行动,不过她给林梳雨出了个好主意,建议林梳雨去保安公司跟王猛联系,很多写字楼和企事业单位的保安都是王猛的手下,可以帮忙掌握孙树茂的行踪。叶雨含说:"如果你不方便说,我找王猛,捍卫退伍兵的荣誉,他责无旁贷。"

林梳雨问:"我一直不知道这个人长什么样子,我在网上搜过,没有找到他的照片。"

米兜兜不相信,公司的老板网上都会有资料。她当场上网搜,搜了半天确实没找到一张照片。"咦?不可能吧,怎么会没有一张照片?"米兜兜不甘心,换了一个搜索方式,终于找到一段小视频,不过视频中有五六个人,无法确定哪个人是孙树茂。林梳雨想起徐春晓说过,孙树茂的样子很像摔跤运动员,就对米兜兜说:"我看一下。"

林梳雨看了一遍视频,突然睁大眼睛,重新看第二遍,锁定了视频的一个画面,对叶雨含说:"叶参谋你来看,你看这个人,还记不记得?"

叶雨含凑到林梳雨身边,探头瞅了半天视频,又疑惑地看林梳雨。"像不像跟你撞车的那个人?"林梳雨提醒了一句,叶雨含恍然大悟,忙再看视频画面,肯定地说:"是这个人,嗨,真是巧了呀。"

林梳雨像是自言自语:"还有更巧的……"

说了半截子话,林梳雨打住了,他觉得弥勒佛的秘密太重要了,轻易不能泄露出来,他不能确定孙树茂手里的弥勒佛就是他送给孙颖的,如果是,泄露消息会让孙树茂有所防范。

叶雨含看出林梳雨欲言又止,就说:"你别操心了,这件事情交给王猛,王猛有办法找到他。"

商讨会刚开完,何昌贵接到一个电话,张力跳楼自杀了。众人愣了片刻,林梳雨醒悟过来,说:"走,去他家里看看。"

33

这些天张力承受了巨大的压力,他特别悔恨,觉得自己太傻了,就算是小铜牛,也不应该占小便宜。按照退伍兵家政服务公司的规定,到客户家里任何物品都不能要,哪怕是一杯茶水都不能喝,他却严重违反了公司的规定,导致网上很多人攻击退伍兵营地,不但给自己招惹来麻烦,还给退伍兵抹了黑。

张力私下问了律师,他这种情况该怎么办,律师说这种案例很多,如果没有足够的证据,张力可能会被判刑。一个退伍兵如果被判刑,有人就会说,怎么当的兵?部队怎么培养的?毫无疑问,部队的声誉会受到损害。按说,林子大了什么鸟都有,有人的地方就有好人和坏人,但黑你的人不会从这角度想问题。张力无法接受这个结局,干脆不上班了,躺在家里不愿出门。妻子韩淑娟得知张力的处境,心里很生气,她没有工作,平时出去打零工,家里全靠张力支撑着,如果张力获刑入狱,日子更加艰难了。韩淑娟忍不住责备他几句,说他平时看着很精明,其实没脑子,还不如个三岁的孩子。

张力性格刚烈,一气之下留下封遗书,说他愿意用死证明自己的清白。其实他跳楼自杀,反而给了对方抹黑的理由,你要真没偷,有理讲理,你自杀干啥?自杀就是逃避责任,等于承认了自己偷走了雇主的金牛。

林梳雨带着十几名退伍兵赶到张力家,帮忙料理完后事,准备离开的时候,看了张力的妻子韩淑娟一眼,突然觉得这母女俩太可怜了。张力住在城乡接合部,家里有一个很大的院子,马上就要过元旦了,又近黄昏,天气很冷,韩淑娟怀抱着五岁的女儿,站在院子门口,有礼节地送别一个个前来帮忙的客人。她机械地对客人点头,目光空洞无物,头上的白孝帽在夜色里格外扎眼。怀里的孩子已经睡着了,或许她已经筋疲力尽,抱着孩子的双臂低垂着,孩子的双脚快要触到地面了。

这个夜晚,她们母女怎么过?把母女俩丢给黑夜,显然太凄冷。突然间,林梳雨脑子闪过一个好主意,他决定把母女俩接到退伍兵营地,让韩淑娟去食堂上班,她跟张力开过饭店,去给食堂的退伍兵老班长打杂没问题。当然还有一个更重要的工作,就是照顾何昌贵的儿子。何昌贵的儿子高三住校,只有周末才回家,自从家政服务公司更名搬迁到退伍兵营地,生意红火起来,何昌贵周末都把儿子接到退伍兵营地,跟他一起吃住,基本上在公司安家了。如果韩淑娟去公司,何昌贵周末就可以把儿子交给她照顾,这对儿子高考太有利了。

林梳雨当即帮助韩淑娟收拾了生活用品,把她们母女接到了公司。韩淑娟非常懊悔,说她不该责备张力,当时应该安慰他。她说:"张力爱贪小便宜,但绝不会偷雇主的东西,他死得太冤枉了。"林梳雨劝韩淑娟别多想,张力自杀的责任不在她。"嫂子,你要好好照顾女儿,张力的事情别再想了,我们知道他是清白的,警察已经立案调查,一定要为他讨回个公道。"

韩淑娟到退伍兵营地的大食堂帮工,何昌贵很赞成,但反对周末帮他照顾儿子,说不能让公司替他请保姆。林梳雨皱了皱眉头,说:"你这个老同志脑子不拐弯啊,让她帮你照顾孩子只是一个手段,转移她的注意力,不能让她整天沉浸在张力去世的悲痛中,她跟孩子们在一起,会激发她的母爱,让她忙碌起来,心情也就会慢慢好起来。"何昌贵想了想,也对,就让韩淑娟住在自己的隔壁。

张力跳楼的第四天,王猛那边传来了好消息,虹山小区的保安发现孙树茂经常跟一个女孩结伴出入这里,并拍下了出入大门的视频,跟物业查证得知,这个女孩在小区租赁了房子。王猛担心视频泄露出去,亲自去了退伍兵营地,把视频送给林梳雨,其实也是想借这个机会跟林梳雨建立起联系。

林梳雨简直不敢相信自己的眼睛,陪伴在孙树茂身边的女孩居然是冬云。这到底发生了什么事?消失的冬云怎么会住在虹山小区?这里面埋藏着多大的秘密?他立即喊贾亮过来,把视频截图给贾亮看了,贾亮有些冲动,起身就要去虹山小区找冬云,被林梳雨拽住了,他说:"徐春晓一再叮嘱我,遇到事情不要冲动,我们先要摸清他们的关系,搞明白到底发生了什么事情。"

贾亮恨死冬云了,他挣脱了林梳雨,吼道:"我要去抓了那妖精,暴打一顿,什么事情都能搞明白。"

林梳雨实在拦不住贾亮,就发脾气了,训斥他:"你这个熊兵怎么一点儿脑子都没有?你知道跟她在一起的男人是谁吗?知道他们在搞什么阴谋吗?"

"不就是和顺家政服务公司的经理孙树茂吗?他们在一起能搞什么?就是那些狗男女的龌龊事!"

林梳雨一声不吭地盯着贾亮,眼神很犀利,把贾亮看蒙了。林梳雨说:"好吧,我觉得可以告诉你了,事情不是你想的这么简单。"

林梳雨把弥勒佛的事情从头到尾讲了,贾亮瞪大眼睛,好半天才从惊诧中缓过神来,说:"赶紧报警啊,我的头都大了,感觉里面的水太深了。"

"我也在想是现在报警还是等我们查清了孙树茂和冬云的底细再去。"

贾亮肯定地说:"现在报警,万一他们有所警觉,逃跑了怎么办?"

正犹豫时,米兜兜打来电话,她从陶少勇那里得知,孙树茂是依靠蔡桂森发家的,二十多年前蔡桂森是烟威市第一批暴发户,主要经营金矿和建筑材料,后来他把金矿卖了,改做房地产,开发了一个楼盘,卖得并不好,最近几年又搞了一个金融投资公司,据说私下在做非法融资。陶少勇告诉米兜兜:"蔡桂森无论做什么生意,都不会规规矩矩的,他就不是一个安分守己的人。"

陶少勇提供的信息很重要,林梳雨分析,孙树茂和蔡桂森很可能打着融资的幌子进行网络诈骗,如果真是这样,就必须尽快报警,不要让他们坑害更多的人。林梳雨打电话约吴一天去烟威市刑侦支队,当面给李支队长汇报了情况。李支队长感谢吴一天和林梳雨提供的线索,不过网络诈骗是网侦支队负责,据他了解,网侦支队正在跟踪一个网络诈骗团伙,这个团伙跟国外网络诈骗集团勾结在一起,诱惑中国人在网上投资所谓高利息和高回报的项目。李支队长很严肃地告诉林梳雨说:"冬云和孙树茂的事情你不要管了,市局有统一安排,千万不要打草惊蛇。"

林梳雨心有不甘,就把弥勒佛的事情说了,这个案子可属于刑侦支队负责。他说:"我现在越来越觉得就是他杀害了孙颖,能不能尽快对他采取措施?"

李支队长愣住了,想了一会儿,问道:"你能肯定那个弥勒佛就是你送给孙颖的那个?"

林梳雨犹豫了一下,说:"我只是看了一眼他的车钥匙环,觉得很像。"

刑侦支队已经从当年的物证中提取了两个犯罪嫌疑人的DNA并输入数据库,但这么多年一直没有比对成功。如果孙树茂是嫌疑人之一,就有了明确的侦查对象,从孙树茂那里提取DNA并不是难事。

李支队长内心很激动,但表情平静如水,这就是刑警的特点。"这件事,你不能再跟任何人说。没有证据,现在不能惊动他,需要你配合的时候,我会通知你。"李支队长很严肃地看着林梳雨。

林梳雨有些失望,轻轻叹了一口气。

李支队长似乎是为了安慰林梳雨,告诉他已经从库房找到了孙颖的双肩包,上面确实没有那个弥勒佛,不过物证检测中心正在用先进的科技手段检测双肩包,希望能有新的发现。

吴一天忙说:"谢谢李叔叔,那我们等消息了。"

林梳雨心里焦急,他甚至觉得警察的办案效率太差了,眼看就要过春节了,不知道又要等到何时才有消息。其实很多人不了解警察的办案程序,对警察有误解。按照林梳雨的想法,警察应该立即审问孙树茂,查问弥勒佛的来历,并对他进行DNA检测,一切就真相大白了。警察不是这么想,如果直接审问孙树茂没有收获怎么办?后面破案就麻烦了。警察的策略总是从外围开始,就像挖一棵树,先把周边土层去掉,露出一些毛细根,然后梳理这些繁杂的根系,一步步接近根系中心,最后致命一击,树木就完整地倒下,万无一失。

春节前,林梳雨特别忙碌,很多单位和个人去退伍兵营地慰问,送去各种年货,需要林梳雨迎来送往,还要参加志愿者活动,去养老院和一些贫困家庭送温暖。当然最重要的一项活动,就是组织召开盛大的茶话会。前一阶段接连发生的事件,损害了退伍兵营地的声誉,林梳雨希望通过春节茶话会提升退伍兵营地的士气,为新一年红红火火的生活奠定基调。茶话会本来是让谭春燕邀请分管退役军人事务局的史副市长参加,但史副市长告诉谭春燕,烟威市的市长要亲自参加退伍兵营地的茶话会,这样一来，活动规格就提高了，各种准备工作更加烦琐。

　　林梳雨对这些迎来送往的接待工作很不熟练，谭春燕让米兜兜协助林梳雨安排茶话会相关事宜，林梳雨又把孙娜请来帮工，总算把茶话会安排妥当。孙娜几乎成了退伍兵营地的专用服务员，有事情就把她招呼来了，没有任何报酬。时间久了，她跟退伍兵营地的人都熟悉了，尤其是她性格温顺，人又善良，大家都很喜欢她。林梳雨敏锐地发现，贾亮很喜欢跟孙娜聊天，而且对她很照顾，林梳雨就动了心思，侧面问贾亮对孙娜感觉如何，贾亮明白了林梳雨的意思，坦率地说："我很喜欢她，愿意为她付出一切。"

　　林梳雨毫不怀疑贾亮的人品，把孙娜托付给他绝对放心，只是不知道孙娜是否愿意。林梳雨觉得春节期间是他们接触的好机会，于是当天晚上就找孙娜，把贾亮的情况介绍了半天，然后问孙娜对贾亮印象如何。孙娜羞涩地笑了，说："梳雨哥想吃猪头啊？行啊，我帮你挣个猪头。"他们当地的风俗，成亲后的男方，答谢红娘需要送一个猪头。

　　其实这些日子林梳雨一直在琢磨何昌贵跟韩淑娟两人的事情，韩淑娟每天特别忙碌，做完了大食堂的事情，还要给一儿一女做饭洗衣服，接送他们上下学。她似乎很轻松地赢得了何昌贵儿子何淼的喜欢，经常可以看到何淼跟她在一起说笑。当然，照顾何淼的同时，她也顺带着照顾了何昌贵，弄得何昌贵很不好意思，几次在林梳雨面前夸赞韩淑娟贤惠能干，显然对韩淑娟印象很好。韩淑娟比何昌贵年轻八岁,长得端庄文静,面容喜庆,真是个好妻子。何昌贵一个人过了几年了,没再婚主要是考虑到儿子的感受,想等到儿子高考后再考虑自己的婚事。韩淑娟这边,张力去世不久,也不适合提这件事。林梳雨心里盘算,等半年后找个适当的机会给两个人撮合一下。

促成了贾亮和孙娜牵手,纯属意外之喜,而且得来全不费工夫,林梳雨心里自然高兴。按照家乡的说法,这预示着退伍兵营地"家业兴旺"了。

林梳雨心里很高兴,真的有一种要过年的感觉了。

然而,就在春节茶话会举行的前两天,米兜兜给林梳雨透露,谭春燕副局长可能无法参加茶话会了。林梳雨慌了,谭春燕如果不参加茶话会,谁负责跟市政府领导对接?他可什么都不懂,全靠谭春燕上下串联。林梳雨问米兜兜:"谭局长为什么不能参加?市长来参加,她不来怎么行呢?"米兜兜最初支支吾吾不肯说,最终在林梳雨的苦苦追问下说了实话,谭春燕的女儿赌气离家出走了,没几天就要过年了,这事太闹心。

问题出在谭春燕身上。今年秋季的退役士官中,有一位二级女士官,名叫王静怡,是从青海艰苦的高原地区回来的,身体不太好,不太好找工作。按说像王静怡这样的二级士官,没有义务必须给她安排工作,政府只能尽力而为。但谭春燕觉得,王静怡在青海高原地区服役九年,对于一个女孩子来说很不容易,应该给她安排工作。谭春燕跟各单位联系推荐,最终没有找到合适的岗位,她就回家跟老公商量,要把女儿的那个岗位让给王静怡。女儿赵洋今年大学毕业后,找工作也很费劲,后来谭春燕的老公通过老战友的关系,在国企找到了一个工作岗位,而且挺不错,在办公室做文秘,原计划春节后去上班。

谭春燕的老公也是从边疆部队转业的,也觉得王静怡能在青海高原服役九年不容易,特别理解谭春燕的心情和她工作的难处,竟然答应把这个岗位让给王静怡。然而夫妻俩在跟女儿赵洋商量的时候,赵洋不能理解父母的做法,一气之下离家出走了,谭春燕和老公正在四处寻找女儿,估计没有心思参加茶话会。

林梳雨得知内情,又一次被谭春燕的真情感动了,她对退伍兵比对自己的女儿还用心。感动之余,林梳雨又一阵心酸,觉得谭春燕太不容易了。他找到何昌贵和贾亮等人,开了一个小会,大家达成了一致意见,然后在退伍兵志愿者方队的微信群里下了一道"密令",要撒开大网,尽一切努力,务必在年三十前,把谭局长的女儿赵洋找回来。

退伍兵都被谭春燕的爱心感动了,大家放下手头的事情,把寻找赵洋作为头等大事,八仙过海各显神通,开始了一场用爱换爱的行动。

第十二章

34

退伍兵营地的春节茶话会根据市政府领导的时间,安排在腊月二十八,隔一天就是除夕了。谭春燕副局长并没有缺席,她满面笑容地陪着市长和史副市长走进食堂大厅。退伍兵营地的大食堂可以容纳两百多人,已经座无虚席。参加茶话会的有退伍兵代表、当地一些群众组织的负责人、支持和帮助退伍兵营地的企业代表。林梳雨特别邀请了许国雄将军、玖盛瑞府的董事长陶少勇、思源贸易有限公司董事长于德华、保安公司副总经理王猛、樱桃镇社区民警徐春晓,当然还有叶雨含和孙娜。

市长首先致辞,高度赞扬了林梳雨等退伍兵们为当地社会治安稳定做出的突出贡献,肯定了退伍兵营地文化传播有限公司成立以来取得的成绩,尤其是在国防教育中的率先垂范作用。

轮到林梳雨致答谢词,他扫视着全场,十几秒钟没说话,全场静无声息,真是一根针掉到地上都会发出嘭的响声。他没有客套话,开口直奔主题:"各位领导、朋友和我的战友们,感谢你们对我以及退伍兵营地的大力支持,退伍兵营地能取得成功,当然离不开市政府领导的厚爱,就不多说了。今天我要重点感谢两个人,退役军人事务局的副局长谭春燕大姐和预备役团叶雨含参谋,她们是我今天还能够站在这里的原因。"

林梳雨停下来,从前台走到第一排的谭春燕身边,张开双臂拥抱了她,博得了一阵掌声。叶雨含就坐在谭春燕身边,关于他跟叶雨含的故事,内部人心知肚明了,都等待他跟叶雨含的拥抱,然而没有,他只是对叶雨含微笑着点点头,突施冷箭,说道:"我真的没想到今天谭春燕副局长能来参加茶话会,因为她的女儿离家出走,生死未卜。"

所有人都惊讶地瞪大眼睛去看谭春燕,而谭春燕瞪大眼睛在看林梳雨。市长忍不住侧过身子跟史副市长交流几句,史副市长摇头表示一无所知。然后,大家又把目光齐刷刷投向林梳雨,催他说下去。

"我想告诉大家,她女儿赵洋离家出走,都是因为谭局长,或者说因为我们退伍兵。"林梳雨转身走回台上,突然提高了声音说,"她竟然把女儿的就业岗位,让给了今年秋季退伍的女兵王静怡,原因只有一个,因为王静怡在青海高原服役九年。换作任何一个女儿,都不可能理解母亲的做法,于是女儿赵洋离家出走了,再过一天就是大年三十,而她今天却谈笑风生地参加了我们退伍兵的茶话会,这简直就是扯淡!"

林梳雨突然停住,把声音放慢、放轻,深情地说:"但是,我们退伍兵理解她的做法,我们知道此时此刻她内心所受的折磨和痛苦,她已经把退伍兵当成了她的孩子、她的兄弟姊妹……"

林梳雨垂下头,再抬起头的时候,已经满脸泪水。静静地,所有人都看着谭春燕,看着看着,寂静中突然爆发出震耳欲聋的掌声。

林梳雨平息了自己的情绪,带着泪花微笑着说:"过年了,我们退伍兵想送给谭局长、送给我亲爱的谭大姐一份礼物,致敬她对我们的厚爱。"

林梳雨看向身后,他身后的房门打开,孙娜和贾亮陪着赵洋走出来,走出来的赵洋已经满面泪水。大家都一脸惊讶,还没反应过来,就听林梳雨说:"我们退伍兵志愿者方队尽最大努力,找回了谭局长的女儿,我现在把赵洋送回到她身边。"

赵洋走向谭春燕,拥抱她说:"对不起妈,对不起谭大姐……"

赵洋的一声"谭大姐",让所有人哭着笑了。总是波澜不惊的谭春燕,此刻也已经泪崩,对女儿说:"该说对不起的是我。"

站在台上的贾亮掏出一张A4纸,大声说:"各位领导和朋友,我受公司委托,在此宣布,聘请赵洋同志担任退伍兵营地文化传播有限公司办公室主任。"

林梳雨走到赵洋面前,跟赵洋握手,彼此相视一笑,显然他们已经有过深入交流,成了朋友。林梳雨对赵洋说:"让我们一起放飞梦想,去拼搏未来,去赢得胜利!"

惊喜一个接着一个,在雷鸣般的掌声中,市长和副市长忍不住站起来,所有人都站起来,向谭春燕和林梳雨送上最真诚的祝福。

退伍兵营地也确实需要一个懂文秘工作的办公室主任,总不能遇到活动就临时招呼孙娜帮忙。林梳雨曾想过从退伍女兵中招聘,还没开始招聘,赵洋就撞上门来。赵洋大学所学恰好是文秘专业,她也想不依靠父母,渴望独自闯荡,因此林梳雨找到她后,没费多少口舌,赵洋就决定加入林梳雨的团队,成为退伍兵营地唯一的文职人员。

茶话会结束,谭春燕握着林梳雨的手说:"谢谢你帮我解决了一个大难题,靠我说服她,几乎不可能。感谢的话不说了,我想给你提个要求……"

不等谭春燕说完,林梳雨就说:"我知道,就是严格要求赵洋是吧?"

谭春燕摇头:"赵洋的事情跟我无关了,好坏都是你的员工,你看着办。我听米兜兜说,今年春节叶参谋不回老家,就是为了留在这里陪你,我想提个要求,希望你带她回家陪你爸爸过个年。"

林梳雨郑重地点头说:"我记住了。"

年三十,林梳雨没有带着叶雨含回家陪林芳晨过年,他让所有退伍兵教官都回家,自己留下值班。不过他和叶雨含把林芳晨接到了退伍兵营地,跟何昌贵、韩淑娟一起守岁。得知叶雨含在退伍兵营地过年,孙娜也跟着跑过去,贾亮也就很自然地留下来。让他们意外的是,陶少勇拉着一车年货,带着老婆和儿子陶阳,在大年三十的上午来到退伍兵营地,要跟林梳雨他们一起热闹热闹。叶雨含有些纳闷儿,问陶阳:"米兜兜呢?她怎么不来?"

陶阳说:"她留在父母身边守岁,初一过来。"

这么多人凑在一起过大年,忙坏了韩淑娟,尽管有孙娜和叶雨含打下手,但里里外外都是韩淑娟在张罗,到最后何昌贵都心疼她了,也跑到食堂帮忙。然而他去了食堂,叶雨含和孙娜却悄悄溜掉,故意剩下他跟韩淑娟搭档。

孙娜心细,总觉得林梳雨跟叶雨含哪儿不太对劲儿,林梳雨仍旧叫叶雨含叶参谋,叶雨含叫林梳雨林教官,而且两个人即便是坐在一起,也保持着距离,根本不像恋爱中的男女,没有一点儿亲昵举动。她跟贾亮虽然最近才确定恋爱关系,但已经牵手走路了。

孙娜直接问叶雨含:"你跟我梳雨哥关系怎么样?"

叶雨含说:"挺好的呀。"

"好到什么程度?"孙娜看着叶雨含,发现她有些茫然,于是进一步挑明,"你跟他拥抱、接吻,还是那个了?"

叶雨含明白了,瞪了孙娜一眼:"什么这个那个的,你跟贾亮那个了?"

孙娜点点头:"我把一切都交给了他,因为我们彼此信任。"

"这不是信任不信任的事,我们彼此尊重对方。"

"我觉得你们之间有问题,根本不像恋爱,梳雨哥不喜欢你吗?我觉得他很喜欢你,可能他还是太老实了,在你面前有些不好意思,你主动一些好不好?"

叶雨含叹了一口气说:"跟你说实话吧,他心里还装着你姐姐,无法投身到另一场恋爱中。"

孙娜明白了,气愤地说:"他简直就是个傻子,这么愚蠢,我找他!"

叶雨含忙说:"别,给他时间,我等他。"

对于林芳晨来说,这是他离婚后过得最快乐的年,他的目光几乎没离开过叶雨含,怎么看都看不够,有时候甚至觉得是在做梦。年三十晚上,林梳雨跟母亲视频的时候,竟然没提到叶雨含,他在一边很焦急,恨不得把叶雨含拉到林梳雨身边,让他母亲看一眼自己未来的儿媳妇。

除夕夜,大家凑在一起顾不上看"春晚",因为他们自己的"春晚"更精彩。大家轮番上场展示自己的才艺,各种滑稽出丑,让众人笑翻了。陶少勇喝了一些酒,上场给大家唱了好几首军歌。何昌贵跟林梳雨合唱一首《十五的月亮》之后,发现韩淑娟带着女儿悄悄离去了,他愣了一下,也跟出去。

韩淑娟回到屋里,女儿已经在她怀里睡着了,她把女儿安顿好,从皮箱内拿出了一个相框,放在桌子上,是张力的照片。她按照家乡风俗,在桌子上摆了祭品,上三炷香,对着相框默默地闭上眼睛。

看到这一情景,一瞬间,何昌贵百感交集,眼泪情不自禁地流出来。远处的食堂传来歌声:

> 战友战友亲如兄弟,革命把我们召唤在一起。
> 你来自边疆他来自内地,我们都是人民的子弟。
> 战友,战友!这亲切的称呼,这崇高的友谊,
> 把我们结成一个钢铁集体,
> …………

何昌贵默默转身离开窗前,在心里说:张力兄弟,你放心吧,我会照顾好她们母女的。

大食堂那边曲终人散,已经半夜一点了,大家都很疲惫,各自回去休息,初一还有更热闹的场面等着他们去支撑。林梳雨从食堂出来没有回房间,一个人走向大院训练场那边,坐在木马上看着天空。远处的爆竹声稀落下来,这个躁动的夜晚有了短暂的安静。天空没有星星,灰蒙蒙的像要落雪,他不知道天堂里的孙颖是否在看着自己。身后,有脚步声传来,他在想自己到底该不该回头,不回头也知道是叶雨含。他感觉到她慢慢靠近身后,静止片刻,两只胳膊从身后绕过来,揽住了他的腰。他的目光落在胸前两只白净的手上。

他犹豫了一下,把自己的两只手放上去,捂住了白净的手。

他不动,她也不动。他们似乎害怕轻轻地一动,便可能掀起滔天巨浪。

初一上午,退伍兵营地来了很多退伍的战友,携儿带女到操场上放鞭炮。城里属于禁放区,樱桃镇没有限制,可以找到一些年味儿。

米兜兜也早早跑来了,有了米兜兜,退伍兵营地就更热闹了,她总是能冒出很多金句,逗大家开心。昨晚虽然按当地风俗留在父母身边,但她的心思却飞到陶阳这里,不断跟他视频,几乎全程参与了陶阳他们的活动。米兜兜来了,陶少勇就带着老伴儿离开,说自己留在这里会让年轻人别扭,其实他还要去拜访一些老战友和好朋友。

林梳雨邀请王猛参加了茶话会,礼尚往来,王猛初一跑来给林梳雨拜年,也是来跟林梳雨商量,节后想把保安公司的骨干送到退伍兵营地强化训练十天。林梳雨疑惑,保安公司有训练场地也有教官,何必花钱到这里来脱产训练。王猛说:"保安公司缺少兵魂,不如这里有氛围,我们需要向你们学习团队精神,学习如何保持军人的荣耀,做一个永不褪色的退伍兵。"

林梳雨明白了王猛的意思,半开玩笑地说:"我们一定会让你觉得这笔钱花得值得。"

送走王猛,林梳雨突然接到市局刑侦支队李支队长的电话,让他立即去刑侦队一趟。林梳雨心里一紧,怎么,孙颖的案子有进展了?此时快吃午饭了,他没告诉贾亮和叶雨含他们实情,只说自己有点儿事情出去一趟。叶雨含和孙娜都看出了林梳雨的慌张,觉得奇怪,初一会有什么事情,急着午饭前去处理?

林梳雨到了刑侦支队,才知道刑侦支队几个办案人员这几天没有休息,利用过年的有利时机,围绕孙树茂展开侦查。平时孙树茂很少参加公开活动,更不要说喝醉酒了,年三十晚上,林杉金融投资有限公司搞了一次盛宴,邀请了很多客人,蔡桂森和孙树茂都出场了,侦查员化装成宾客,不仅提取了孙树茂的呕吐物,还趁他喝醉酒取走了他钥匙环上的翡翠弥勒佛。

李支队长的眼珠子红红的,看得出来熬夜了,林梳雨突然觉得这些警察很不容易,别人过年他们破案,其中甘苦只有他们自己知道。李支队长把弥勒佛放在林梳雨面前,让他辨认,说:"你仔细看,是不是你送给孙颖的?"

林梳雨反复看了好几遍,毕竟过去十几年了,而且弥勒佛挂在孙树茂的钥匙环上,光洁度发生了变化,挂件的绳子也换了,上面还加了一个绿松石的圆珠。弥勒佛的翡翠属于花青种,他突然想起弥勒佛的右耳朵后面,有一块绿豆大的绿斑点,晶莹透亮,忙仔细寻找,果然找到了。他指着绿斑点,对李支队长肯定地说:"就是这块,这个斑点我记得清楚。"

李支队长盯着林梳雨指点的地方看了半天,然后又看看林梳雨,觉得林梳雨说的话可信。李支队长内心挺激动,外表却不动声色,因为检测中心针对呕吐物的检测还没有出结果。李支队长说:"你回去吧,有什么消息我们随时联系你。还是那句话,不能跟任何人透露这件事。"

林梳雨试探地问："是不是……你们很快会对孙树茂采取行动？"

李支队长说："弥勒佛挂件在孙树茂手里，并不能证明他就是犯罪嫌疑人，有可能是别人送他的。"

林梳雨惊讶地瞪大眼睛，想解释什么，被李支队长制止了。

回到退伍兵营地，大家都吃过午饭了，有六个人坐在大食堂的圆桌上打"够级"扑克，其余人在旁边围着看，吆喝声和笑声不绝于耳。林梳雨走进食堂，韩淑娟忙站起来给他去准备饭，都是现成的，几分钟就端出来了。细心的叶雨含发现，林梳雨脸色不好，而且吃了几口饭又去了樱桃镇派出所，说去给徐春晓拜个年。林梳雨去樱桃镇派出所的时候，跟贾亮对了一个眼神，贾亮似乎心领神会地点点头。所有人都觉得林梳雨心里有事，但贾亮却安慰大家说："别瞎猜测，林梳雨什么事也没有。"

叶雨含悄悄对孙娜说："我敢肯定林梳雨心里有事，很大的事。"

叶雨含顿了一下又说："我敢肯定贾亮知道这件事，但不会跟你说。"

孙娜眨巴几下眼说："我去套套话。"

孙娜走到贾亮身边，轻轻捅了一下他的腰，使了个眼色，贾亮忙从人堆后面溜走，到了无人处，伸手去揽孙娜的腰肢，被孙娜推开了。孙娜责备地说："你不怕被人瞧见！"

贾亮蒙了,心想你喊我悄悄出来,却又不让我挨近你,怎么个意思?孙娜盯着贾亮的眼睛,问:"你怎么知道梳雨哥没事?我觉得他脸色不好。"

贾亮明白了,原来拉他出来是问这事。贾亮说:"我说没事就没事,你不用问。"

孙娜说:"你跟我藏心眼儿是不是?对我不信任是不是?"

贾亮慌忙辩解:"我咋对你不信任啦?"

"那你告诉我,梳雨哥遇到什么事了?"孙娜说着,用手捏了捏贾亮的肩膀,很温存地靠在他身边。

贾亮说:"确实有事,不过我向你保证是那种无关紧要的事。"

"无关紧要的事你都不告诉我?"

"保守秘密是军人的职责。"

孙娜气得转身就走,说:"行,以后有事我也不跟你说。"

孙娜去跟叶雨含汇报,说怎么问贾亮都不肯说,叶雨含点点头:"他不会说的,保守秘密是军人的职责。"孙娜惊讶,叶雨含竟然跟贾亮说一样的话。

孙娜有些不甘心,接连几天变着法儿地从贾亮嘴里套话,直到春节假期即将结束,也没问出个子丑寅卯。她跟叶雨含说:"你们当兵的人嘴是铁打的,我都使出美人计了,也没撬开他的嘴。"

叶雨含一次也没问过林梳雨,她知道问也白问。不过这几天悄悄观察林梳雨的情绪,倒也没什么大起大落,她也就放心了。春节假期还有三天结束,她因为要值班,提前返回了预备役团。

35

一年之计在于春。春节过后预备役团开始忙起来,叶雨含去预备役师学习半个月,主要是研讨今年的士兵预备役训练方案。临走前没来得及跟林梳雨见面,只是给他发了一条短信。

林梳雨这边上班后也特别忙碌,退伍兵志愿者方队参加了烟威市春季马拉松环城赛的服务工作,还在党支部书记徐春晓的带领下去社区宣传春季防火知识,一晃半个月就过去了。

三月初,王猛亲自把三十名保安公司的骨干送到退伍兵营地,接受为期十天的军事训练。他作为保安公司副总经理,没时间全程陪同,把三十名保安骨干交给林梳雨后,他说:"我这三十人可都是公司的种子,你们一定要严格管理,传授真经,让他们训练结束后,将这里的军人作风带回去。"

恰好这天米兜兜陪着谭春燕送女儿赵洋报到,听说王猛把三十名保安送来接受军事训练,谭春燕就跟林梳雨提出要求,希望女儿赵洋跟着保安队员一起军训。林梳雨觉得这个主意不错,问赵洋愿不愿意。赵洋说:"上了你们的船,就要按你们的规矩走,我就是一块面团,你们看着揉搓吧。"

众人都笑了。米兜兜突然想起陶阳一直想来体验军营生活,如果现在能跟来,那就太好了。米兜兜就给陶阳打电话,说了这边的情况,陶阳毫不犹豫地答应了。

林梳雨安排贾亮带领几名专职教官,承担这次军事训练任务。赵庆波也在这三十名保安骨干里,他第一次到退伍兵营地,觉得这里的氛围确实比保安公司好很多。但他自尊心很强,觉得让贾亮来训练他是一种耻辱。他私下跟几个保安队员说:"让我跟一个瘸子学,学跛脚走路啊?我学个鸟!"

按照退伍兵营地的军训规定,队员们不能私下饮酒,更不能私自走出大门。一些队员还停留在春节假期散漫的节奏里,对于退伍兵营地的纪律满不在乎。开训的第三天晚上,赵庆波带着五个队员出去喝酒,回来的时候在大门口被贾亮遇见了,贾亮生气地喊:"你们几个站住!把帽子戴好!"

赵庆波喝得微醉,回头瞪眼看着贾亮,哼唧一声说:"你算老几?滚一边去!"赵庆波带着五名队员大摇大摆地走了,根本不理睬贾亮,他们当中不知道哪一个还得意地吹了几声口哨。

贾亮真想当场收拾他们一顿,不过转念一想,这件事还是交给林梳雨处理更好。林梳雨开训前就叮嘱他了,跟赵庆波要心平气和地相处,严格训练,充分展示退伍兵营地的精神风貌,一定不能发生任何冲突。

贾亮将情况上报给林梳雨,说赵庆波跟他较劲儿,根本不服从管理,晚上带着好几个队员出去喝酒,在大门口被拦住了还骂骂咧咧的。林梳雨二话没说,当即给王猛打了电话说明情况。

王猛接到林梳雨的电话,又羞又恼,立即开车去退伍兵营地,来了个紧急集合,把保安公司的队员都拉到了训练场上。出门喝酒的几个人感觉不妙,酒醒了大半,站在队列里不敢看王猛。

王猛盯着赵庆波看了半天,突然大声喊:"私自出去喝酒的,给我站出来!"

赵庆波和五名队员低头走出队列,他声音虚虚地对王猛说:"对不起王总,我知道错了……"

王猛懒得搭理他,注视着队列说:"你们都看见了,我们保安公司的脸面都被他们丢光了!怎么处理,我把权力交给大家,如果多数人赞成开除他们,现在就让他们滚蛋!如果大家选择留下他们,你们这个月的工资减半,并且要陪他们接受处罚,今晚通宵训练。"

王猛停顿一下,说:"同意开除他们的举手。"

没有人举手,都安静地站着,目光落在喝酒的几个人身上。

"赞成留下他们的人举手。"所有人齐刷刷地举起手来。

陶阳跟赵洋站在队列末端,按说他俩是局外人,不参与表态,但他们被眼前的气氛弄得很紧张,真担心把赵庆波他们几个人开除了,于是也跟着举起手。

看着面前一双双渴望的眼睛,王猛心里一热,这才是同生死共患难的兄弟。

"行呀,你们愿意扣工资愿意陪他们受罚,我就暂时留下他们。"王猛对赵庆波几个人说,"你们几个归队!"

五名队员归队了,赵庆波却站在那里没动。王猛正要训斥他,发现他脸上挂着泪水,他对着队列鞠了一躬,说:"谢谢战友们,谢谢兄弟们,我对不起大家,拖累你们了。"道歉后,赵庆波才回到队列里自己的位置上。

王猛对站在队尾的陶阳和赵洋说:"你们两个回去休息。"

陶阳愣了一下,看了一眼赵洋,两人都站着没动。

王猛补充说:"这件事跟你们没关系,你们不用跟着受罚。"

陶阳说:"王总,我们现在是一个集体,我和赵洋也是队员,愿意陪着他们一起受罚!"

王猛命令全体队员绕训练场跑十圈,跑完了接着是正步训练,踢腿摆臂,一步一动,每一动都要单腿站上十几分钟,很多人身子拧成了麻花,依旧咬牙坚持着。正步训练结束,又是军体拳和散打训练,一个晚上不停地折腾他们。

林梳雨和贾亮就站在对面的楼房窗户前,看王猛怎么处理赵庆波。看到半夜,贾亮忍不住对林梳雨说:"王猛真×蛋,比我都狠呀。"

林梳雨赞叹地说:"王猛不愧是空军特战队出来的,硬气!"

天微亮,王猛结束训练。他站在队列前问:"累吗?"

所有人底气十足地回答:"不累!"

"行,是我王猛的兄弟!"王猛有些动情地做训练总结,"首先我要感谢大家,选择了让赵庆波他们留下来,跟他们一起承担责任,尤其是编外的陶阳和赵洋,从今天开始,他们是我们团队不可分离的一部分,是我们的好兄弟好姊妹,你们用行动证明了,我们是一个团结的集体,一个很有战斗力的集体。希望你们珍惜在退伍兵营地的短暂时光,好好向林梳雨的团队学习,学习他们身上保持的那种军人的荣誉感和永不磨灭的兵魂。"

王猛说完,郑重地给大家行了一个军礼。

赵庆波被王猛收拾了一顿后,从此变得低调了,保安公司的队员们也都非常谦虚谨慎,他们每天早晨提前起床打扫环境卫生,完全像是在新兵连一样对待训练和日常生活的点滴。

终于等来了周末,这也是他们十天军事训练中唯一的周末,贾亮周六下午破例给保安队员们放了半天假,让他们换洗一下衣服,当然也是给谭春燕和米兜兜她们提供探视机会。

天下母亲都一样,谭春燕也未能免俗,虽然她让女儿参加保安公司队员的军事训练,但每天都在担心女儿,有几次忍不住想去看看。得知女儿休息半天,她就毫不犹豫地喊上米兜兜,带了很多女儿喜欢吃的食品去了退伍兵营地。米兜兜听说叶雨含从预备役师学习回来了,又喊上了叶雨含,周末的退伍兵营地成了战友们聚会的场所,也成了欢乐的海洋。

无论大人小孩,最喜欢的项目就是李晓飞的狗狗表演,作为警犬训导员,李晓飞把狗狗表演搞得可以跟一些电视台的娱乐节目相媲美,训练有素的各品种宠物狗卖萌耍宝,争相献艺,怎么能逗游客开心怎么玩,竟然成为游客的必看节目,有些喧宾夺主了。

李晓飞虽然是退伍兵营地的股东,但很"佛系",只管狗狗训练馆的事情。他的世界里除了狗狗,什么都没有了,也不谈女朋友,有好几位喜欢养狗狗的单身美女觉得跟李晓飞有共同语言,想跟他在一起凑成狗爸狗妈,都被他委婉拒绝了,看这样子他是要一辈子守着这些毛孩子。

叶雨含被米兜兜喊去退伍兵营地,肯定要去看望林梳雨,然而林梳雨却不在,贾亮说林梳雨跟吴一天办事去了。林梳雨最近总是跟吴一天还有贾亮聚一起嘀嘀咕咕的,弄得很神秘,叶雨含猜测跟冬云的案子有关系。自从拍到孙树茂跟冬云在一起的视频,这件事再也没消息了,这显然不是林梳雨和贾亮的做事风格,所以只有一种可能,他们在不动声色地暗自行动。她虽然替林梳雨担心,却从来不问,女人不要多问男人的事情,男人也不要试图去搞懂女人的内心世界。

林梳雨不在退伍兵营地,叶雨含就觉得很无趣,但又不能马上就走,保安公司的队员在这里训练,她作为预备役团训练参谋,必须要去看望一下队员。

队员们都在营房门口晒太阳,从田野处吹来的风带来春的气息。短短四五天,陶阳就被晒成了"黑种人",脑门儿上面还脱皮了,米兜兜心疼地抱着他的头,往脑门儿上擦一种药膏,边擦边问:"你这样玩命有意思吗?实在不行就回去吧。"

赵洋的头发乱蓬蓬的,像个小疯子,脚底起了很多血泡,谭春燕正小心翼翼地给她处理血泡,也问她:"行吗?还能坚持吗?"

赵洋说:"我现在想不坚持都不行了,当了逃兵,这辈子我都抬不起头来,死也要死在训练场上。"

谭春燕说:"你是来上班的,不是来拼命的。"

赵洋说:"人生就是要拼命,不管做什么,没有拼命精神,就没有精彩的人生。你不是天天都在拼命吗?"

谭春燕看着女儿颇为吃惊,大呼小叫地对叶雨含说:"听听,听听我女儿的经典语录,这才训练几天,就悟到人生真谛了,懂得拼搏了。"

叶雨含并不停留,笑一笑走过去,把更多的时间留给她们母女。

赵庆波在外面的大水池子洗衣服,面前摆了三个洗衣盆。水还很凉,他的衣袖高高挽起,双手冻得紫红。叶雨含纳闷儿,问他怎么换下这么多衣服,他说是帮贾亮和几个教官洗的。叶雨含更纳闷儿了:"怎么?贾亮让你帮他洗衣服?太过分了吧?"

赵庆波说:"是我抢来的,抢晚了抢不到,都想帮教官洗衣服。"

叶雨含忍不住笑了:"又当新兵了?"在新兵连,新兵为了抢洗老兵的袜子和短裤,能吵起来。赵庆波不好意思地笑:"什么山上唱什么歌,现在就是当新兵,你不积极点儿,贾亮教官就变着法儿地折腾我们。"

"这不行,我要批评他们。"叶雨含嘴上这么说,心里挺高兴,林梳雨跟王猛能够团结起来,足以支撑起士兵预备役团的大梁,实现参谋长姜少华构建的蓝图。烟威市预备役团现在兵精粮足,可以应对任何突发事件。

看完了保安队员,叶雨含没跟米兜兜和谭春燕打招呼就先走了。她们都在忙自己的事情,叶雨含却觉得无事可做,并且突然有了一种孤独感。

叶雨含跟林梳雨也就二十多天没见面,却感觉时间过去了很久。她开车返回途中,有几次想把车停在路边,给林梳雨打个电话。正犹豫着,收到一条微信,打开一看,是林梳雨发来的。"听说你从学习班回来,去了营地,很抱歉我跟吴一天出门办事。忙过这阵子,我请你吃饭,还去樱桃镇吃大锅饼子炖鱼吧。"读完,叶雨含竟然流泪了。她自己也很生气,怎么,快三十六岁的人了,跟个小女孩一样不成熟,这么多年在训练场上摸爬滚打,也从来没掉过泪,怎么现在变成了林黛玉了?她狠狠地擦了一下泪水,在微信里给林梳雨回了一个字:嗯。

36

林梳雨上午在吴一天的陪伴下,去拜访了刑侦支队李支队长。春节过去快一个月了,孙颖的案子一直没消息,他实在沉不住气了。

李支队长难得清闲一天,他穿了一身睡衣,坐在自家阳台上,面前放着一杯刚冲好的热奶,满阳台都是奶香。吴一天和林梳雨走进来的时候,他只是礼节性地抬了一下屁股。

吴一天问："李叔叔,睡够了吧？"

"你们走了我还要睡,睡几天也睡不够。"李支队长明白,他们来是要打听孙颖案子的事。他看了林梳雨一眼,突然问："你在高中时,很喜欢孙颖是吧？"

林梳雨点点头说："她那时候帮助了我。"

李支队长眉毛一挑,问："帮你什么啦？"

林梳雨犹豫一下说："那时候我妈妈跟爸爸离婚,去了宁波我舅舅那里,我突然变得不想说话,也不想跟人交流,她发现后就想办法……"

李支队长摆手不让他说了,把一瓶饮料递给林梳雨说："我懒得烧水了,你喝这个。"

即便在家里,李支队长也还是那副四平八稳的样子,说话的腔调和温度没有什么起伏变化。他告诉林梳雨,网络金融诈骗案快收网了,境外诈骗团伙主要负责人已被抓获,从中掌握了烟威市诈骗团伙的一些信息。孙颖的案件还没有进展,刑侦支队又成立了专案组,争取尽快锁定犯罪嫌疑人。

林梳雨忙说："我昨晚做梦了,梦见孙树茂就是凶手。"

李支队长瞅着林梳雨说："如果做梦好用,我们就不用天天受累了,躺在床上做梦就行了。"

林梳雨尴尬地笑笑,不等他再问什么,李支队长已经转移了话题,问吴一天："你爸爸过年很忙吧？我也没时间去看他。"

吴一天说："你去也见不到他,他几乎不在家里。"

"行,你代我问他好,我有空去看他。"李支队长喝完了最后一口热奶说,"我还想睡一会儿。"

林梳雨就明白了,站起来跟李支队长道别。他去家里拜访李支队长,就是想获得孙颖案的进展情况,但从李支队长的表情判断,案件侦破仍然遥遥无期。

其实沉寂了十几年的案件即将告破,这些天李支队长跟专案组的民警一直压抑着内心的激动。检测中心从孙树茂的呕吐物中提取出的DNA,跟当年现场留存的物证DNA进行比对,结果一致,孙树茂就是犯罪嫌疑人之一。刑侦支队严密监视孙树茂的行踪,发现他跟蔡桂森关系不同寻常,于是侦查员搞到了蔡桂森抽过的一个烟蒂,通过Y染色体比对成功,确定另一个犯罪嫌疑人就是蔡桂森。不过由于蔡桂森牵扯到境外网络金融诈骗案,暂时不宜惊动他,刑侦支队一直在等待收网的机会。

孙树茂最初发现车钥匙环上的弥勒佛丢失,没当回事,以为喝多了酒,在什么地方蹭掉了。毕竟孙颖案过去十几年了,公安局局长换了好几任,当年参与破案的专案组民警也大多退休了,他觉得警察早就放弃了对这个案子的追查。

不过阴险狡诈的蔡桂森却很谨慎,境外网络金融诈骗团伙被抓,让他预感到情况不妙,后来又听到了一些风声,刑侦支队重新成立专案组,侦破十三年前的"5·18"女生被害案,更让他觉得不同寻常。恰好这时候,手下一个人给蔡桂森透露,孙树茂采取手段收拾了退伍兵家政服务公司,甚至把他跟冬云的事情也抖搂出来,蔡桂森勃然大怒,骂了孙树茂祖宗八代。

孙树茂这才知道刑侦支队还没放弃孙颖的命案,十三年前的那个秋天,又回到了孙树茂的眼前。那时候他还在给蔡桂森开车,中午陪蔡桂森出去吃饭,酒后又在朋友那里喝茶,下午拉着蔡桂森回公司,在大街上遇到了背着双肩包的孙颖,他停下车跟她说话。之前,孙颖的父亲在孙树茂的建筑工地干了半年,因为都姓孙,跟孙树茂攀了个七拐八绕的亲戚,得到了孙树茂的关照。暑假期间,孙颖去过建筑工地两次,孙树茂请她和她父亲吃过饭,对她印象很深。孙树茂在大街上见到孙颖,只是觉得挺巧合,停下车问她去哪里,孙颖说要去坐公交车回家。

打了个招呼后,孙树茂刚启动车,车后座的蔡桂森突然问:"谁家的女孩这么好看,怎么认识的?"孙树茂说:"她爸爸去年在我们建筑工地干活儿,她去过工地。"蔡桂森不阴不阳地说:"现在也就见了这么嫩的妞还有些兴趣。"

孙树茂想讨好蔡桂森,说:"那好呀,送到嘴边的肉,不吃白不吃。"

孙树茂开车追上孙颖,说他们要去樱桃镇,顺路带上她一起走。孙颖涉世未深,上车跟蔡桂森坐在后面。孙树茂选择走小路,行至偏僻处,孙树茂给了蔡桂森一个暗示,蔡桂森突然转身,用早已准备好的毛巾捂住了孙颖的嘴,孙颖挣扎的时候,孙树茂停下车,回身帮忙摁住孙颖的胳膊,孙颖很快就没力气了,蔡桂森将毛巾使劲儿塞进她嘴里。孙树茂下车打开车门,蔡桂森将孙颖拖到路边玉米地里,孙树茂就在路边放风。蔡桂森施暴后,孙树茂去打扫战场,孙颖已经昏迷,他用孙颖的衣服捂住了她的嘴和鼻子,将她闷死,然后处理了现场,离开时发现她双肩包上的翡翠弥勒佛挺好看,顺手拽下来。孙树茂开车都是戴着白线手套,他做这一切的时候并没有留下指纹,给后来警察破案提高了难度,物证检测中心通过孙树茂滴落在双肩包上的两滴汗水测出了DNA,并最终比对成功。

蔡桂森当时借着酒劲儿兽性大发,酒醒后自己也怕了,听说刑侦支队成立了专案组,担心孙树茂惹是生非,就让孙树茂去做外地的工程项目,三年后风平浪静了,才让孙树茂回到烟威市,也不用他开车了,让他去负责和顺家政服务公司,实际上就是疏远了他。孙树茂拿走的弥勒佛,也是几年后才挂在车钥匙上的。

孙树茂突然意识到自己车钥匙环上的弥勒佛丢失,绝不是偶然,他心慌了,如果蔡桂森知道了这件事,能把他剁了。当初他从孙颖双肩包上拽下了这个弥勒佛,蔡桂森并不知道。孙树茂越想越害怕,开始做最坏的打算了。他给了冬云几万块钱,谎称警察已经盯上冬云了,让她赶紧离开烟威市,并叮嘱她到家后给他发个短信,短信只写"平安"两字。如果出事了,就不要发短信了。孙树茂真的不知道,他跟冬云早就被警察盯紧了,冬云慌慌张张坐上了回老家的高铁,出高铁站的时候就被两名警察带走了。

孙树茂没有等到冬云的短信,预感到末日已至,他携带了私藏的两颗手榴弹和一把自制短枪,逃进了象牙山。出门时,他给蔡桂森打了个电话,把实情告诉了蔡桂森。蔡桂森匆忙奔往机场,他早有准备,已经办理好了护照和签证,但在机场候机室准备登机的时候被警察抓获。他没有任何反抗,很淡定地问警察:"你们搞错了吧?凭什么抓我?"

警察说:"别演了,脱了你的人皮吧。"

围捕孙树茂,动用了几百名警察和辅警,还有上千名志愿者。警察和辅警上山搜索,志愿者在山下封堵各个路口。春天树木刚冒嫩芽,象牙山的一些山林比较稀疏,能看到人影在丛林中移动。远远看去,漫山遍野都是围捕的警察。

围捕了两天后,包围圈逐渐缩小,集中在方圆五公里的一片密林中。这片密林以松木为主,沟壑纵横,地形非常复杂,警察开始搜索这片区域的时候,孙树茂甩出一颗手榴弹,两名警察受伤,围捕指挥部立即下达停止搜索的命令,研究对策。虽然孙树茂活动的大概方位已经清楚,但他身边带了多少枪支弹药,谁都说不清,盲目搜索可能会造成伤亡,最糟糕的是象牙山防火站的一名机关干部被孙树茂劫为人质,当时这位干部在临时搭建的防火站值班,孙树茂不仅劫持了机关干部,还把木屋里的一些食物带走了。围捕指挥部决定,所有围山人员按兵不动,将特警支队调到最前线,在无人机的引领下搜索密林区域。然而速度太慢了,按照这种方式搜索需要耗时十几天。

林梳雨和退伍兵志愿者都在外围封堵路口,这时候他忍不住找到党支部书记、社区民警徐春晓,请求批准他、贾亮和李晓飞三人组成特战小组,作为尖兵进入密林搜索,特警支队跟在他们身后收缩包围圈。徐春晓听了林梳雨的详细方案后觉得可行,出面跟围捕指挥部沟通,经过反复协商,最终同意了林梳雨的行动方案。

林梳雨三人从警戒线出发,进入孙树茂可能藏身的区域。李晓飞带着他的金毛、边牧和拉布拉多三个毛孩子在前面搜索,林梳雨和贾亮在李晓飞两翼,三人呈三角阵形行进,特警支队在他们身后两百多米的地方,形成了一个包围圈。林梳雨希望三个毛孩子在前面发现孙树茂踪迹,逼迫他现身,他跟贾亮从两翼包抄,抓获孙树茂。他小时候带着狗狗上山抓兔子,就是用这种围捕方式。

三个毛孩子根据李晓飞的手势时而前进时而卧倒,机敏地搜索前行。突然间,边牧叼着一个食品包装袋兴奋地跑到李晓飞面前,李晓飞判断,孙树茂很可能就在这一带藏身。他回身给了林梳雨和贾亮一个手势,让他们做好准备,然后命令三个毛孩子冲刺。三个毛孩子丢下了李晓飞,朝一条深沟里奔跑,几分钟后,茂密的沟壑里传来三个毛孩子的狂吠,林梳雨三人迅速朝着声音传来的方向移动,很快就看到孙树茂的身影,若隐若现地在树林缝隙间奔跑。

林梳雨三人完成使命,特警举枪,随着砰砰几声枪响,孙树茂应声倒地。

三个毛孩子箭一般冲上去了,特警支队的警察也从林梳雨他们面前跑过,林梳雨却转身朝山下走去,他不想看到孙树茂丑恶的嘴脸。

事后听特警队员议论,孙树茂被两颗子弹击中,一颗子弹击中头部,一颗子弹击中胸部。特警队员跑到他身边的时候,他已经闭上了眼睛。

围捕行动已过一周,恰逢清明节,贾亮和孙娜陪着林梳雨和叶雨含去了孙颖的坟地,将两束鲜花放在坟前,并按照当地的风俗撒了一些纸钱。

孙娜对着坟头说:"姐,你终于可以安息了。"

孙娜又转身对林梳雨说:"梳雨哥,你跟我姐这一页翻过去了,好好去爱雨含姐吧。"孙娜说完,看了贾亮一眼,两个人站起来朝山下走,把叶雨含和林梳雨留在山上。

林梳雨和叶雨含站在原地默默看着,两个人都不知道该说点儿什么,于是很默契地转身,也朝山下走去。田野已经从寒冬中苏醒过来,有一些野花零星地开放了,叶雨含顺手采摘了一些,问林梳雨:"好看吗?"

林梳雨点点头,深情地看着叶雨含说:"我会爱你一辈子。"

叶雨含说:"我信。"

两个人很自然地拥抱在一起,叶雨含手中的野花滑落到地上。

后记

致敬我们的青春

  我十八岁入伍,在部队服役二十四年,几乎将自己所有的青春年华都献给了军营,部队生活成为我人生的主调。虽然离开部队将近二十年,依然经常梦见身在部队的情景。喜欢品味辛弃疾的诗句:醉里挑灯看剑,梦回吹角连营。八百里分麾下炙,五十弦翻塞外声,沙场秋点兵。马作的卢飞快,弓如霹雳弦惊。了却君王天下事,赢得生前身后名。可怜白发生!

  其实不仅是我,无论是将军还是士兵、身家过亿的总裁或者出租车司机,每一位曾在部队扛过枪的战友都有这种感觉,聊起新兵连的生活和老连队都会热血沸腾,有说不完的话。尽管离开部队多年,但在我们内心深处,一直珍藏着那段美好的岁月。

  我很早就开始关注复转军人,还没有离开部队的时候,曾写过两部中篇小说《老营盘》和《我们的战友遍天下》。《老营盘》是我的成名作,《我们的战友遍天下》是我传播量最大的一部中篇小说。然而当我离开部队后,才真正感觉到了内心的失落和孤独远不是我那两部中篇小说能够表达的。当初,我们从一个社会青年入伍到部队,成长为一名优秀的军人,需要一个艰苦磨炼的过程。同样,一名优秀的军人从部队复退到地方,要想成为生活的强者,也需要一个艰苦磨炼的成长过程。

长篇小说《曾在部队扛过枪》,写的就是一群退伍兵到地方艰难成长的故事。从部队到地方,他们又成了"新兵",心中揣着"若有战,召必回,战必胜"的梦想,挣扎着学习适应现实生活的技能,努力克服"退伍综合征",让自己变成一个"正常"的俗人。然而,无论怎么改变,他们身上的兵魂仍在,对部队那份情感,随着时间的推移越来越浓厚。于是,小说的主人公林梳雨和几名战友利用一所废弃的小学打造了一座"军营",在社会上传播军营文化,不仅给退伍的战友找到了精神家园,也给那些没有当过兵的人弥补了遗憾,让他们体验了部队生活,实现了"当兵"的梦想。

人民军队在战火年代及和平时期,逐渐形成了独有的军营文化,这就是不怕牺牲、勇于奉献、能打胜仗、对党忠诚的优秀品质。以林梳雨为代表的优秀退伍兵,自觉地承担起了传播军营文化的使命,让社会发现和认识到了退伍兵的巨大正能量,同时也让退伍兵重温了他们在部队的青春岁月!

感谢山东省委宣传部和烟台市委宣传部,在我这部长篇小说写作之初,就将其列入首批"齐鲁文艺高峰计划"重点项目(原名《镇守胶东》);也要感谢中国作家协会,将这部作品列入2024年重点作品扶持项目。当然,我更要感谢《小说月报·原创版》和百花文艺出版社,让这部小说在最短的时间内与读者见面了。

在此,我作为一位军旅作家,还要感谢几千万转业和退伍的战友们,你们永远是我创作的动力和源泉,我愿意与你们一起,为传播我们的军营文化不懈地努力,为我们复转军人的光荣与梦想不懈地写作!

衣向东

2024 年 5 月 30 日